Une famille française

Christian Signol

Une famille française

roman

Albin Michel

IL A ÉTÉ TIRÉ DE CET OUVRAGE

Treize exemplaires
sur vélin bouffant des papeteries Salzer
dont trois exemplaires numérotés de 1 *à* 3
et dix exemplaires, hors commerce, numérotés de I *à* X

À mes petits-enfants,
désormais citoyens du monde.

« La vitesse est entrée dans l'Histoire et cela s'est fait en une génération. »

Marc Bloch

Première partie

LA TERRE

1

ANTOINE ne dormait pas. Il observait le cœur des volets éclairés par la Lune, dont les rayons s'échouaient contre le mur où s'accotait son lit. Comme ils étaient beaux et rassurants dans l'ombre de la chambre ! La nuit pleine d'échos profonds de ce mois de juin promenait au-dessus des prés le parfum des hautes herbes que les pluies du printemps avaient épaissies et que la rosée humidifiait. L'enfant rêvait les yeux ouverts au changement que sa vie allait connaître à partir du mois d'octobre, au terme de cet été déjà très chaud, lourd de menaces d'orage, de touffeurs irrespirables que les longues soirées ne dispersaient qu'à peine.

Il se remémorait le combat qu'il avait dû mener, soutenu par sa mère, afin de poursuivre des études au lycée dès la prochaine rentrée, alors que son père s'y opposait. Selon lui, le certificat d'études suffisait pour devenir paysan et prendre sa suite à la ferme. Seul, Antoine ne serait jamais parvenu à ses fins. Sa mère, Marie, avait gagné ce combat pour lui après une lutte de chaque instant, et dans son lit, cette nuit-là, couvert de sueur, il se demandait s'il n'avait pas présumé de ses forces et s'il allait être capable de vivre loin du hameau du Verdier où il était né, loin du cocon protégé dans lequel il avait passé ses premières années – des années heureuses malgré le travail des champs auquel le contraignait le père ; des années de liberté sur le chemin de l'école, des années de lectures volées : celles des livres de la bibliothèque que le maître prêtait volontiers, et celles, rares, de ceux que la mère empruntait à une voisine dont le fils tenait une petite maison de la presse au village voisin.

Le père Bastide ne considérait pas ces lectures d'un bon œil : ce n'était pour lui que du temps perdu. Aussi Antoine lisait-il en cachette, protégé par sa mère qui comprenait ce que l'enfant cherchait dans les pages du *Grand Meaulnes*, de *Premier de cordée*, ou de *L'Île au trésor.* Elle avait deviné chez son fils aîné des aptitudes différentes de celles requises pour les travaux des champs et elle rêvait pour lui d'une autre vie, d'autant plus qu'Antoine recevait régulièrement les félicitations du maître d'école. Or, pour le père, un fils aîné devait succéder à ses parents, surtout quand on possédait de la terre, fût-ce seulement quinze hectares.

Le combat avait été rude, indécis jusqu'au bout, et il avait fallu l'intervention du maître, puis la certitude d'obtenir des bourses, pour convaincre le père – ce père qui lui faisait peur et dont l'autorité ne s'était jamais discutée :

inflexible, dur au mal, Léon Bastide ordonnait, blâmait, félicitait rarement, donnait l'exemple en tous domaines, à commencer par le travail qui le voyait debout aux aurores, infatigable, sûr de sa force.

Antoine aimait le contact avec la terre et ses odeurs, ses beautés secrètes, ses haies vives aux mûres sucrées, ses champs fleuris de coquelicots, ses jaillissements de fleurs au printemps, ses pluies tièdes d'automne, mais il avait deviné que la vie pouvait être différente, ailleurs : plus grande, surtout, avec des horizons nouveaux, d'autres couleurs, d'autres êtres semblables à ce maître d'école dont la patience et le savoir l'avaient ébloui.

Le père avait fini par céder, reportant ses espoirs sur son fils cadet, François, âgé de huit ans, mais Antoine se demandait s'il ne l'avait pas profondément blessé. Car il aimait malgré tout ce père inflexible dont la voix le paralysait, souvent, mais qui ne l'avait jamais frappé. Il devinait parfois ses yeux noirs posés sur lui, et dès que leurs regards se croisaient, Antoine découvrait une humble fierté chez cet homme qu'une carapace de fer protégeait d'une sensibilité décelable, par instants, dans des gestes vite retenus, aussi précieux qu'ils étaient rares. Or cet homme-là, aussi dur envers lui-même qu'envers les autres, Antoine, cette nuit, ressentait la douloureuse impression de l'avoir trahi.

Il s'en voulait, se demandait s'il n'était pas encore temps de renoncer aux études, puis, aussitôt, à cette idée, il s'affolait, songeait aux épreuves traversées, au monde nouveau qui l'attendait. De ce nouveau monde il ne discernait pas clairement les contours, mais il l'espérait moins rude, semblable à celui qu'il rejoignait près de sa mère Marie, dont le regard, souvent, s'envolait vers des horizons inconnus. Elle ne se livrait guère, sinon lors de leurs moments de complicité, au cours desquels elle lui caressait les cheveux pensivement, mais cette rareté les rendait encore plus précieux. À quoi rêvait-elle ? Il s'interrogeait vainement mais ne se posait pas la question de savoir si elle était heureuse, puisqu'elle était là depuis toujours, travaillait beaucoup mais savait sourire, également, une fois les corvées achevées. Il se demandait si elle n'avait pas peur, elle aussi parfois, du père que ses colères emportaient vers des rivages noirs, pleins d'orages, et qui pouvaient durer longtemps. À ces moments-là, elle se fermait, souffrait, sans doute, mais ne laissait pas deviner la moindre faiblesse.

Les murs épais de la maison, son toit de tuiles rousses, ses poutres maîtresses en chêne, ses fenêtres à deux battants épais, avaient toujours constitué un refuge sûr pour l'enfant au retour de l'école. Rien ne le menaçait vraiment, dans cet antre un peu sombre mais tellement accueillant aux odeurs puissantes de cuisine, aux feux de bois jamais éteints, aux édredons de plume que les hivers de neige ne traversaient jamais. Même les colères du père y devenaient précieuses en révélant une force que rien ni personne ne pouvait affronter. Et c'est de cette force-là qu'il allait s'éloigner dès le début d'octobre ? Elle allait à coup sûr lui manquer, mais comment renoncer, aujourd'hui ? Si ce n'était trahir son père, il allait trahir sa mère.

Il chercha du secours dans le livre qu'il avait commencé à lire la veille, mais il ne put allumer car il aurait réveillé son frère qui dormait dans la même chambre que lui. Il prit le livre contre son torse, entre ses bras, et c'est dans cette position qu'il put s'endormir enfin, rêvant à Moby Dick, la baleine blanche qu'aucun péril n'avait vaincue sur les mers déchaînées du globe.

2

– RÉVEILLE-TOI, petit ! C'est l'heure.

Antoine se dressa aussitôt en se frottant les yeux. Il avait l'impression de dormir depuis dix minutes alors qu'il avait plongé dans le sommeil depuis des heures.

– Dépêche-toi de t'habiller ! Tu sais bien qu'on fauche aujourd'hui !

Le père passa dans la salle de bains rudimentaire, sans douche, avec un seul lavabo ; il fit une rapide toilette puis il entra dans la cuisine où trônait une longue table en bois de fruitier et il alluma le réchaud pour faire chauffer un restant de soupe de la veille et du café. Ensuite il coupa un morceau de pain et de fromage, et il se mit à manger avec l'air un peu hagard des grandes personnes au réveil. Le café fut vite chaud et il s'en versa un bol qu'il but à petites gorgées. Marie apparut alors, dans une ample robe de chambre bleu nuit dont elle rabattit les pans sur sa poitrine. La mère était une femme brune, avec des yeux couleur noisette, à la peau mate, d'assez forte corpulence, mais vive et pleine d'énergie.

– Ce n'était pas la peine de te lever si tôt, Marie, fit le père.

– Il faut que le petit mange avant de partir. Je ne veux pas qu'il travaille avec le ventre vide.

Le père soupira, se hâta de finir son déjeuner et son café, puis il sortit en disant :

– Qu'il me rejoigne à l'étable.

Il était pressé car il devait faucher avant la grosse chaleur : il savait qu'après onze heures, les bêtes de trait n'avancent plus. Or, avant de partir il fallait donner aux vaches, changer les litières, et ce serait la mère qui se chargerait de la traite, comme d'habitude en cette saison.

Il eut fini en moins d'un quart d'heure, mais ce fut la mère qui sortit, non son fils.

– Il arrive, dit-elle. Je vais t'aider à atteler.

Le père soupira mais ne refusa pas l'aide de sa femme qui tint en respect les vaches tandis qu'il attelait la faucheuse, soulevant difficilement le lourd timon de frêne. Il lui fallut presque dix minutes avant de parvenir à ses fins, et il commençait à s'impatienter quand Antoine apparut, passant une main dans ses cheveux mouillés.

– Quand même ! fit le père, mais sans véritable colère.

Ils partirent vers le pré, tandis que le ciel s'ourlait à l'horizon d'une frange orangée dont l'éclat augmentait avec l'apparition du soleil. Antoine s'efforçait de ne pas penser à la journée qui l'attendait, journée de labeur et de sueur dans la chaleur implacable de juin. Des tourterelles et des merles s'envolaient à l'approche de la charrette et l'enfant les suivait du regard avec un peu d'envie pour cette liberté dont il était privé. Il admettait qu'un enfant dût aider son père au travail de la ferme, mais il enviait son frère âgé de huit ans qui n'était pas encore obligé d'y participer de si bonne heure.

Les haies de bordure s'ouvrirent sur un pré en légère pente, dont la lisière était fleurie de coquelicots. Le père donna l'aiguillon à Antoine et lui ordonna de s'asseoir sur le siège de fer percé de trous, qu'une large tige métallique rendait souple et instable. L'enfant était déjà monté sur ce siège l'été précédent et il n'en gardait pas un bon souvenir : le père lui reprochait de ne pas assez aiguillonner les bêtes, et la lame de la faucheuse s'enfonçait dans les mottes de taupes ou de mulots, bloquant soudain l'attelage.

– Tu te souviens ! dit le père. Il ne faut surtout pas que les bêtes ralentissent, sans quoi tu sais ce qui se passerait, et ça ne nous ferait pas gagner du temps.

– Oui ! Je me souviens.

Les tracteurs étaient rares encore, en cette année 1958, et le père Bastide demeurait de toute façon attaché à ses anciennes méthodes de travail, d'autant plus que les revenus de la petite propriété ne permettaient pas ce genre d'achat. Et pas question de s'endetter ! Il ne serait pas dit que lui, Léon Bastide, aurait un jour demandé de l'argent à quelqu'un !

Il jeta un bref regard sur l'ensemble du pré, fit entrer les vaches dans l'herbe haute en les encourageant de la voix, puis il se tourna vers son fils en l'interrogeant de la tête pour savoir s'il était prêt, et enfin il lança les bêtes en frappant d'un coup sec sur le joug avec son aiguillon.

Antoine faillit être renversé, tellement le coup de jarret des bêtes avait enlevé la machine. Les longues herbes se mirent à se coucher sous la lame de la barre de coupe, faisant gicler toutes sortes d'insectes, et bientôt apparurent des mulots affolés qui fuyaient l'acier mortel. Antoine avait du mal à rester en équilibre : il se tenait d'une main au siège et de l'autre maniait l'aiguillon. L'attelage avançait de façon régulière, les bêtes n'étant pas encore fatiguées par leur épuisant travail de traction.

Tout se passa bien pendant un quart d'heure, puis les bêtes stoppèrent brusquement, la lame s'étant plantée dans des mottes de terre durcies par la canicule.

– Plus fort ! cria le père à l'intention d'Antoine, qui redoutait ce genre d'incident.

Rien n'y fit. Le père jura, mais il revint en arrière afin d'éloigner la lame des mottes traîtresses, puis il les démolit à coups de pied rageurs. Ensuite il se replaça devant les vaches, et l'attelage repartit, couchant l'herbe en larges brassées vertes dont le parfum devenait plus épais et avait tendance à piquer les yeux. Deux fois encore l'attelage fut stoppé avant de parvenir à faucher l'ensemble du pré qui, alors, parut tout à coup plus grand. Le père ôta la muselière des bêtes pour les récompenser et elles se mirent à brouter l'herbe grasse avec avidité.

Il était maintenant dix heures, et la chaleur augmentait de minute en minute. Antoine se dit que la délivrance était proche, mais le père brisa vite cet espoir, en annonçant :

– Rentrons ! Nous aurons sûrement le temps de revenir avec la faneuse avant midi.

Ce qui fut fait : aussitôt arrivés à la ferme, après avoir à peine pris le temps de se rafraîchir, ils repartirent avec, cette fois, la jument qui tirait la faneuse dont les fines fourches la faisaient ressembler à un insecte géant : une sorte de mante religieuse gigantesque dont les pattes se seraient agitées face à un ennemi invisible. Il s'agissait de soulever et de retourner l'herbe afin qu'elle sèche plus vite au soleil de la mi-journée. Toujours assis sur un siège au support souple percé de trous, Antoine redoutait moins les arrêts intempestifs : la faneuse était moins lourde que la faucheuse et les mottes avaient été détruites par le premier passage. Il rêvait à l'ombre de la maison familiale où la mère avait sans doute déjà mis le couvert, préparé le repas et les bouteilles fraîches d'eau et de vin.

Quand tout le foin fut retourné, le père demeura un moment face au pré, comme pour évaluer le travail du matin. Il souleva son chapeau, s'essuya le front, et dit d'une voix satisfaite :

– Elle est belle, épaisse et fleurie. On aura du bon foin pour tout l'hiver.

Ils repartirent vers la maison, cherchant l'ombre des haies, Antoine se refusant à penser qu'il faudrait revenir après la plus grosse chaleur, vers cinq heures, sous un soleil immobile là-haut dans un ciel sans le moindre nuage.

3

APRÈS le départ de Léon et d'Antoine, Marie Bastide avait vaqué à ses tâches ménagères quotidiennes en se désolant de la dureté avec laquelle son mari traitait ses enfants. Elle avait beau le raisonner, lui montrer à quel point ses garçons étaient serviables et dévoués, il ne pouvait se défaire d'une violence mal contenue dont lui-même souffrait lorsqu'il se rendait compte de ses emportements le plus souvent inutiles, de ses colères dont il émergeait essoufflé, le regard noir, à la fois désolé et meurtri de ne pouvoir se contrôler.

Il ne se comportait pas ainsi au début de leur relation, du moins ne l'avait-elle pas décelé lors de leur rencontre et de leurs premiers rendez-vous. Ils s'étaient connus lors de la fête foraine du village, juste après la guerre de 39-45 : c'était la fin de l'été, les gens dansaient partout sur les places, ils étaient heureux de la fin des privations et des dangers, de la vie nouvelle qui s'ouvrait devant eux, d'une jeunesse enfin libérée du joug allemand et de ses menaces.

Léon avait vingt-trois ans et Marie vingt-deux. Requis pour le STO en 1942, il était demeuré prisonnier en Bavière pendant six mois avant de s'évader et de rentrer en France en marchant la nuit, en évitant les villes et les grandes routes. Plus d'un mois de privations, de faim, de fatigue, de peurs, dont il était sorti épuisé. Dès son retour, pourtant, soucieux de combattre ceux qui l'avaient humilié, il s'était engagé dans un maquis de l'Armée secrète. Ensuite, après le débarquement de juin 1944, il avait intégré la brigade Alsace-Lorraine constituée par André Malraux et André Chamson dans le Sud-Ouest, et ils avaient rejoint les troupes de De Lattre de Tassigny pour poursuivre l'ennemi jusqu'au cœur de l'Allemagne. Une revanche pour Léon, contraint de se soumettre à l'occupant trois ans plus tôt. Mais ce qu'il avait découvert là-bas, après la conquête de l'Alsace dans la neige pendant l'hiver 44-45, l'avait ébranlé au point de le rendre très sceptique sur la nature humaine. Car il avait fait partie des premiers soldats français arrivés dans les camps de concentration et ce qu'il avait vu là-bas, il n'avait jamais pu l'oublier.

Ce qu'il n'avait jamais pu oublier non plus, c'était que son frère Armand – son aîné de deux ans – mobilisé dans l'armée à l'âge de dix-neuf ans avait péri sur la Loire, pendant l'offensive allemande de mai 1940, dans un bataillon abandonné à son sort par ses officiers. Ainsi, la guerre avait laissé seuls les parents Bastide : Henri et Marie-Louise, qui s'étaient éreintés sur la propriété, afin de la maintenir en vie pour Léon – le seul héritier désormais d'une terre durement conquise par leurs propres parents. Henri, à bout de force, s'était éteint en 1948, d'autant qu'il souffrait de lésions dans ses poumons dues aux gaz de la guerre de 14-18. Et Léon s'en voulait d'avoir choisi la vengeance contre les nazis plutôt que d'avoir porté le secours qu'ils méritaient à ses parents. Il ne se l'était jamais pardonné, d'où une violence à peine retenue qui n'était, en réalité, dirigée que contre lui-même.

Marie, elle, était la dernière d'une famille de quatre enfants de fermiers qui habitaient à six kilomètres de la propriété des Bastide. Elle avait travaillé dans les champs dès son plus jeune âge, et elle savait depuis toujours qu'elle devrait partir. Il n'y avait pas d'avenir pour elle sur une terre dont ses parents n'étaient pas propriétaires. Mais comment partir, trouver du travail quand on n'a que le certificat et que l'on n'a pas pu poursuivre les études dont on rêvait ? Elle avait trouvé le secours qu'elle espérait dans l'association de jeunesse agricole catholique – la JAC –, dont l'influence était importante dans le milieu paysan à l'époque. On y apprenait que les jeunes femmes devaient devenir des épouses modèles auprès d'un mari et lui donner les enfants qui permettraient à tous les paysans, fussent-ils propriétaires de surfaces réduites, de vivre dans la foi et le dévouement enseignés par la religion.

Marie avait difficilement admis que sa vie dût se limiter à cette fonction d'épouse modèle, du fait de sa nature rebelle et de la force qu'elle sentait bouillonner en elle depuis son enfance. Un époux ? Oui, puisqu'il le fallait. Des enfants ? Oui, mais à condition qu'ils ne subissent pas un destin écrit d'avance, et qu'ils réalisent les rêves qui lui avaient été interdits. Elle s'était promis de n'accepter que cela. Et elle s'était mise à fréquenter les bals de la fin de l'été, où elle avait rencontré Léon, ses yeux noirs, ses blessures secrètes dont il lui avait fait la confidence, dès leur premier rendez-vous. Elle avait admiré son courage pour avoir pris les armes contre ceux qui avaient envahi la France et l'avaient martyrisée. Un de ses frères était mort aussi, sur une route où les maquisards avaient attaqué une colonne allemande de la Das Reich qui remontait vers la Normandie, en juin 1944. Léon l'avait vengée, comme il avait vengé son propre frère.

Ils s'étaient mariés très vite, comme il était d'usage à l'époque. Elle avait rejoint Léon sur la petite propriété qu'il avait héritée de ses parents, Henri et Marie-Louise Bastide. Un grand pas en avant pour elle : les Bastide n'étaient pas fermiers mais propriétaires. En outre, elle n'avait pas souffert de la cohabitation imposée aux femmes qui entraient dans une maison dont elles n'étaient pas la maîtresse, car Henri était mort un an après son mariage et Marie-Louise était décédée, elle, en 1950, d'une mauvaise grippe, trois ans après la naissance d'Antoine, qui, donc, l'avait connue. Quand Marie l'évoquait devant lui, il avouait garder le vague souvenir d'une silhouette noire prostrée au coin de l'âtre, de genoux rudes sur lesquels il s'était assis, parfois, de quelques mots incompréhensibles murmurés à l'oreille, d'un silence où pesaient les tragédies de la vie.

Mais Marie, désormais, possédait un trésor : ses fils. Elle avait décidé que l'essentiel de sa vie serait de se battre pour eux, de les défendre comme une louve avec ses petits. Cette mission s'était révélée facile au début, quand ils ne dépendaient que d'elle, mais au fur et à mesure qu'ils avaient grandi, Léon avait tenté de les accaparer par le travail, non pas pour les maltraiter mais parce que, pour lui, les enfants avaient toujours aidé leurs parents dans les champs, et que c'était la moindre des choses puisqu'on leur apportait tout ce dont ils avaient besoin pour grandir en bonne santé.

– Toi aussi, tu as travaillé à six ans, avait-il lancé à Marie la première fois où il avait exigé la présence d'Antoine sur la faucheuse. Qu'y a-t-il de mal à cela ? Que veux-tu en faire, de nos enfants ?

– Je veux qu'ils puissent faire ce qu'ils ont envie. Pas qu'on leur impose quoi que ce soit.

Et, comme il demeurait stupéfait, vaguement hostile, elle avait ajouté :

– Je veux qu'ils puissent choisir leur vie. Pas comme moi, qui n'ai fait que la subir.

Léon en était resté abasourdi, puis il avait demandé d'une voix froide :

– Qu'est-ce que tu subis avec moi ?

– Avec toi : rien, puisque je t'ai choisi.

– Alors ?

– Eux n'ont encore rien choisi. Tu le comprends, ça ?

Il n'avait pas répondu, et il était parti en grommelant des paroles qu'elle n'avait pas entendues. Mais ce combat-là, elle savait qu'elle le gagnerait, et elle l'avait gagné, effectivement. Antoine allait partir au lycée dans quatre mois et c'était un peu comme si c'était elle qui partait. Et ce départ constituait à la fois une déchirure et une immense fierté. Son fils allait devenir plus grand qu'elle, elle le devinait, mais il était fait de sa chair et de son esprit, il lui ressemblait, elle vivrait à travers lui l'existence à laquelle elle n'avait pu accéder. Ce serait sa revanche, sa réussite, son bonheur des jours à venir.

4

C'EST À PEINE si Antoine avait mangé un peu de salade de tomates et une demi-tranche de rôti froid. Avec cette chaleur, il n'avait pas faim. En revanche, il avait bu, lui semblait-il, quatre ou cinq verres de vin coupé d'eau. À présent il appréciait l'ombre de sa chambre où il cherchait le sommeil. Il n'aimait pas cette sieste des chaudes journées d'été, d'autant plus qu'elle monopolisait ses quelques heures de loisirs, et qu'il faudrait repartir bientôt vers le pré avec le cheval et la râteleuse.

– Tu dors ? demanda François, obligé, comme lui, de demeurer à l'ombre des murs.

– Non.

– Tu veux pas jouer avec moi ?

– À quoi ?

– Je sais pas.

– Laisse-moi ! Je suis fatigué.

Il y avait trois ans d'écart entre les deux garçons et leurs centres d'intérêt n'étaient pas les mêmes, sauf à l'extérieur, durant leurs moments de liberté, quand ils couraient les chemins et les bois, à la recherche d'oiseaux et de bêtes secrètes. François n'aimait pas lire, et il demandait souvent à Antoine de lui raconter une histoire – ce qu'il tenta, cet après-midi-là, vainement :

– Tu voudrais pas me…

– Non ! Je te dis que je suis fatigué.

Un grand silence régnait dans la maison et au-dehors, les prés et les champs étant écrasés par la canicule. Même les volailles, d'ordinaire dans la cour, avaient gagné l'ombre des granges. Antoine imagina ce qui l'attendait tout à l'heure dans le pré, sur la râteleuse, et il soupira. Après les foins, il faudrait aider aux moissons, aux battages, et en septembre aux vendanges. Après : la délivrance. Du moins, il l'espérait.

Ayant été réveillé bien avant l'aube par son père, il finit par s'endormir d'un lourd sommeil dont il émergea subitement, en entendant claquer une porte dans la maison. Il retint sa respiration, redoutant d'avoir déjà à repartir, mais rien ne se passa. Il entendit des voix dans la cuisine, se demanda quelle heure il pouvait être, fut satisfait d'entendre François respirer doucement : il dormait.

Lire. Il pouvait lire tranquillement, dans la pénombre, en tournant le dos à la fenêtre d'où filtrait un rayon de lumière. Il suivit le Grand Meaulnes dans ses aventures, cherchant comme lui le château mystérieux de la fête des enfants, n'eut aucun mal à s'identifier à lui, tant la vie des villages du début du siècle ressemblait à celle d'aujourd'hui. Il fut emporté dans la magie des rencontres, le mystère des lieux, l'atmosphère de rêve émanant de ces pages sublimes dont il sut qu'il ne pourrait jamais les oublier. Il sursauta quand la porte s'ouvrit, pourtant avec précaution. Ce n'était pas son père, mais sa mère qui venait le réveiller, et qui lui dit en lui caressant le front :

– Il faut te lever, mon petit. Nous allons repartir. C'est l'heure.

– Tu viens avec nous ?

– Oui. Et François aussi.

Il en fut soulagé : quand sa mère était présente, le père se montrait moins brutal dans ses ordres ou dans ses remarques.

Dix minutes plus tard, ils partirent vers le pré, sur le chemin où la chaleur, malgré l'ombre des haies, pesait autant qu'à la mi-journée. Le soleil avait à peine infléchi sa courbe dans un ciel où pas la moindre hirondelle ne s'aventurait. Il devait être un peu plus de cinq heures, pourtant, mais rien dans l'air épais, saturé de parfums lourds, ne laissait entrevoir une baisse de la température. La mère portait sur l'épaule un râteau, et avançait d'un pas lent derrière la râteleuse : une machine aux roues très hautes et aux dents recourbées semblables à des fanons de baleine, que la Noire tirait consciencieusement, faisant cliqueter son mors et ses colliers.

Une fois dans le pré, Antoine monta sur le siège, avant

même que le père ne le lui demande. Avec la présence de la mère, il n'avait pas peur. Et la machine s'ébranla, soulevant le foin, l'éclaircissant et le lâchant en andains réguliers, dès qu'Antoine appuyait de tout son poids sur la pédale pour faire se lever le râteau. Les rangs s'alignèrent ainsi rapidement, laissant apparaître, entre eux, un chaume couleur d'or, tandis que la mère rassemblait l'herbe qui avait échappé aux fanons monstrueux.

Il était plus de sept heures quand ils rentrèrent, fatigués, sous le vol des hirondelles maintenant en ronde dans le ciel qui se teintait légèrement d'un voile rouge à l'horizon. Une fois à la ferme, il fallut encore s'occuper des bêtes, traire, changer les litières, pendant que la mère préparait le repas du soir qui fut silencieux, au début, tant la fatigue pesait sur les reins et les épaules de tous. Seule la voix du speaker issue de l'antique poste de radio à lampes, en bois, le troubla en annonçant que le général de Gaulle, qui avait été investi le 1er juin par l'Assemblée, allait procéder à une dévaluation.

– Qu'est-ce que ça peut bien vouloir dire ? demanda le père.

– Ne t'inquiète pas, fit la mère. On ne peut pas dévaluer la terre.

– Quand même, soupira Léon, il faudra bien savoir.

Ils n'en dirent pas plus. Léon Bastide croyait en la personne du général de Gaulle qui symbolisait pour lui la Résistance et la victoire sur le régime nazi qu'il avait lui-même combattu. Marie pensait comme lui : le Général avait vengé son frère tué par la Das Reich sur une route en juin 1944. Mais ils étaient trop épuisés pour en discuter davantage ce soir-là, et le repas se termina dans le bourdonnement de la radio dont Marie, en se levant, venait de baisser le son.

Antoine et François sortirent dans le soir odorant où la nuit s'avançait à petits pas le long du chemin. La chaleur commençait à peine à tomber, mais le parfum de tous les prés couchés dans la vallée flottait dans un air plus léger, soudain, grâce à la brise d'ouest qui venait de se lever.

– N'allez pas trop loin ! cria la mère par la fenêtre.

Les deux enfants se mirent à courir vers le ruisseau qui coulait à deux cents mètres, où ils avaient posé des bouteilles pour capturer des vairons. Elles étaient vides. Déçus, ils inspectèrent la haie qui longeait le cours d'eau et trouvèrent dans un nid les oisillons d'un couple de merles qu'ils avaient repéré les jours précédents. Les parents s'enfuirent en protestant. Aussi, redoutant de les voir abandonner leur progéniture, les deux garçons s'éloignèrent et se postèrent à proximité pour vérifier que les oiseaux revenaient bien vers le nid.

Rassurés, ils se dirigèrent vers un petit gué, ôtèrent leurs chaussures, leur chemise et entrèrent dans l'eau fraîche. Ils savaient que c'était interdit par la mère qui redoutait la poliomyélite, mais la tentation était trop forte. De fait, cette eau sur la peau, après la canicule, leur parut délicieuse et ils s'y attardèrent plus que de raison. Si la mère s'en apercevait, tant pis ! C'était trop bon, cette eau vive que la chaleur des jours ne réchauffait jamais, et qui glissait sur le corps comme une caresse.

Ils se séchèrent de leur mieux avant de rentrer, mais la mère ne fut pas dupe. Malgré leurs cheveux mouillés, elle ne leur adressa pas les reproches redoutés. Elle les accompagna jusqu'à leur chambre avec un sourire indulgent, les embrassa, et elle ressortit après leur avoir souhaité une bonne nuit. La température de leur corps atténuée par l'eau, ils s'endormirent presque aussitôt, sans même songer à ce qui les attendait dès l'aube, le lendemain.

5

TOUT l'été les travaux des champs s'étaient succédé : Antoine avait aidé à bâtir les meules de foin, à charger la charrette, à engranger dans le fenil étouffant, puis était venue l'heure des moissons, de la batteuse assourdissante et de sa poussière en suspension, des gerbes à transporter au grenier, de la paille à rentrer dans l'étable. Puis on avait été occupé par les vendanges de la petite vigne dont le père tirait son vin de l'année, et les plus lourds travaux s'étaient enfin achevés.

La fin septembre s'annonçait dans un éclaboussement de couleurs sur les chênes, les hêtres et les érables autour de la ferme. Dans une semaine viendrait l'heure de partir au lycée. Mais cette semaine apparaissait soudain à Antoine comme un dernier rempart avant le grand saut vers l'inconnu. Il se reprochait d'avoir été présomptueux, doutant de ses forces, à présent, et sans doute eût-il renoncé si la mère n'avait montré auprès de lui une fierté qui lui embrasait le cœur. Si seulement les heures s'arrêtaient de couler, rien ne changerait dans sa petite vie ! Mais non ! Il ne pouvait plus reculer. Il devait faire face, pour elle, pour lui-même, pour le père aussi, qui s'était résolu, non sans souffrir, à voir son fils aîné quitter la propriété, alors qu'il avait besoin de lui.

Antoine avait lutté pour retenir les heures, il avait parcouru son domaine avec François chaque fois que le père était occupé ailleurs, mais les jours qui le séparaient du départ avaient passé trop vite. Il ressentait l'impression d'avoir oublié quelque chose : n'avoir pas assez dit au revoir à ce chêne où il avait construit un refuge assis sur quatre branches maîtresses ; à ce chemin fleuri de coquelicots qui courait à travers champs, à la volaille, aux vaches, à la Noire, à la grange où il allait souvent se reposer au plus haut du fenil, au lavoir où il suivait sa mère, au pré où le père venait de couper le regain, à la fontaine secrète, en bas du vallon, où il allait boire les jours de grand soleil. En réalité il les avait tous visités, ces lieux bénis de son enfance, mais pas assez à son goût. Il aurait dû s'en imprégner davantage afin d'être certain de les emporter avec lui, de ne rien perdre de ces trésors auxquels il devait renoncer.

Il avait évité de s'attarder dans la maison où la mère, conformément aux instructions écrites données par le lycée, rassemblait son trousseau : elle cousait sur chacun de ses vêtements le numéro 14 qui lui avait été attribué, emplissait une vieille valise en carton de sous-vêtements, de gants de toilette, de serviettes, d'une blouse grise ; elle enfouissait dans un cartable de cuir usagé des cahiers, des crayons, une gomme, un stylographe, une règle, un compas, un encrier, toutes sortes d'objets dont l'état neuf faisait douter Antoine de les mériter. Il fuyait sa mère, elle le savait, mais elle était décidée à ne rien montrer de sa propre souffrance à voir s'en aller son fils aîné. Il le fallait. Elle en était sûre. Elle savait que le monde changeait, s'ouvrait, et que ses enfants devaient grandir avec lui pour en prendre la vraie mesure, le maîtriser mieux qu'elle ne l'avait fait, elle, lancée dans la vie avec pour tout viatique son honnêteté, son courage et sa foi dans l'avenir.

Le dernier soir, le repas fut silencieux dans la grande salle commune de la ferme des Bastide. La mère s'agitait nerveusement, devinant les pensées de son mari et de ses enfants. Elle avait soigneusement vérifié la valise d'Antoine pourtant constituée avec soin depuis plus de huit jours, elle lui avait délivré d'ultimes recommandations tout à fait inutiles, elle lui avait répété à quel point elle avait confiance en lui, mais elle souffrait malgré tout de ce départ qui allait la priver de la présence de son fils.

– Alors, c'est pour demain ? demanda le père, à la fin, en rassemblant des miettes de pain de sa main droite.

– Tu le sais bien ! fit la mère sans pouvoir dissimuler une pointe d'irritation.

Et elle ajouta, tout en commençant à desservir la table :

– Le mieux est qu'il aille se coucher et qu'il dorme bien.

Antoine leur souhaita une bonne nuit, rejoignit sa chambre où se trouvait déjà François. Là, une fois dans son lit, il chercha vainement le sommeil, car il s'efforça d'imaginer ce qui l'attendait dans la grande ville le lendemain. Il la connaissait à peine, cette ville : il s'y était rendu deux fois avec la mère par le train, le jeudi, comme si elle lui accordait une récompense. En réalité elle était allée acheter des pièces de tissu et des chaussures qu'elle ne trouvait pas au village, mais Antoine avait compris que c'était une fête, pour elle, qui apparaissait fascinée par les nombreuses boutiques, en particulier celles où trônaient les robes portées par des mannequins d'une beauté parfaite. Lui n'avait vu que les voitures, la foule dans les rues commerçantes, les gens pressés, les maisons à plusieurs étages, mais il n'avait jamais aperçu le lycée qui l'attendait. Sa mère lui avait appris qu'il ne se trouvait pas dans le centre-ville, mais plus loin, à l'extrémité d'une longue avenue qui rejoignait la nationale 89 en direction de Bordeaux. Il chercha vainement à l'imaginer dans un demi-sommeil et finit par y sombrer, épuisé, vers deux heures du matin.

Le lendemain, il se réveilla avec une boule au ventre, mais s'efforça de paraître joyeux devant sa mère. Alors qu'il désirait parcourir ses refuges favoris avant le grand départ, elle le retint pour lui expliquer une dernière fois ce qui se trouvait dans sa valise. Elle lui montra les vêtements numérotés, les affaires de toilette, la brosse à dents, le peigne, les gants, les serviettes, puis les cahiers et les crayons dans le cartable de cuir ; elle lui prodigua mille recommandations dont il ne se souvenait même pas lors du repas de midi, après avoir enfin pu s'évader pendant une heure dans les prés et les champs. Il avait l'estomac noué, tentait bravement de le cacher, et il n'était pas le seul. Le père gardait le visage fermé, hostile, tandis que la mère montrait une gaieté dont Antoine savait qu'elle était feinte.

« Est-ce qu'elle regrette, comme moi ? » se demanda-t-il. Il chercha son regard mais ne le trouva pas. Pour ne pas l'accabler, il devait se montrer fort, bien décidé à partir sans remords. Mais il douta de lui et il se hâta de finir son fromage puis sortit dans la cour où le père avait avancé la traction vieille de quinze ans chargée de les conduire vers la ville. Ensuite Léon alla chercher la valise et le cartable de cuir, les rangea dans le coffre au moment où Antoine ressortait de l'étable où il était allé caresser la Noire. Ils se trouvèrent face à face, attendant la mère qui finissait de nettoyer la cuisine, aussi mal à l'aise l'un que l'autre.

– Alors, c'est comme ça, fit le père.

Il passa une main hésitante dans la chevelure d'Antoine, demanda :

– C'est bien ce que tu voulais ?

Antoine hocha la tête, mais il ne put prononcer un mot car sa gorge se noua.

– Eh bien ! Puisqu'il le faut ! murmura le père.

Ce fut tout. Qu'eût-il pu ajouter, lui qui avait dû se

résoudre à accepter un départ qu'il n'approuvait pas ? Il garda un instant Antoine contre lui, puis il s'écarta au moment où la mère sortait de la cuisine, souriante, poussant François devant elle d'une main impatiente.

Enfin, après avoir vérifié une dernière fois qu'ils n'oubliaient rien, ils partirent et mirent presque une heure pour couvrir les trente kilomètres qui séparaient le hameau du Verdier où se trouvait la ferme des Bastide du lycée de la ville. Antoine se crispait de plus en plus au fur et à mesure que la voiture en approchait, et il serrait les poings pour affermir sa détermination, la tête tournée vers la campagne qui défilait à travers la vitre, afin de ne rien montrer de l'émotion qui le gagnait. Les premières maisons apparurent, le long d'une avenue interminable qui conduisait vers le centre-ville, et le père, peu habitué à manœuvrer dans ces conditions, jura à plusieurs reprises contre ces chauffards qui, selon lui, ne respectaient rien ni personne.

La voiture tourna à gauche, longea une caserne où flottait le drapeau tricolore, croisa la nationale 20 qui menait à Toulouse, monta une côte qui conduisait à la gare, redescendit, s'arrêta à un feu d'où Antoine découvrit soudainement les cinq étages du lycée. Son cœur sauta dans sa poitrine, et il retint un gémissement devant ce grand immeuble qui n'était pourtant qu'une aile de l'établissement construit à angle droit. Le père ne parvint pas à garer la voiture devant la deuxième aile où se trouvait l'entrée du lycée, car il y avait trop de monde, en ce jour de rentrée. Il laissa la mère descendre avec Antoine et François pour aller se garer plus loin.

– Je vous retrouverai, dit-il, mais sa voix n'était pas très assurée.

La mère portant la valise, Antoine le cartable de cuir où se trouvaient les affaires de classe, ils remontèrent l'avenue en direction de l'entrée où se pressaient des enfants et des adultes parmi lesquels Antoine chercha vainement un visage connu. Les lourdes portes noires étaient ouvertes en grand. Antoine prit une profonde inspiration et suivit la mère qui pénétra dans un immense hall au carrelage beige où flottait une très forte odeur d'encaustique. Elle se retourna vers ses deux fils, perdue, soudain, et posant la valise avec un pauvre sourire qui fit mesurer à Antoine combien, comme lui, elle découvrait avec autant de fierté que d'appréhension ce monde étranger et vaguement hostile.

6

Après deux ou trois minutes d'immobilité attentive, Marie Bastide comprit ce qu'il convenait de faire.

– Attendez-moi ici ! dit-elle en se dirigeant vers un bureau devant lequel patientaient des parents en quête de renseignements.

Antoine regarda de tous côtés, essayant une nouvelle fois de reconnaître quelqu'un, tandis que François lui prenait la main et la serrait, pour tenter de se rassurer. Ils patientèrent ainsi pendant près d'un quart d'heure, et durent s'éloigner du centre du hall, pour ne pas gêner les va-et-vient des parents et des enfants chargés de sacs et de valises, mais en gardant les yeux rivés vers la mère qui, de temps en temps, leur souriait. Elle revint enfin, une feuille de papier à la main, en disant :

– Il faut monter au dortoir du cinquième étage pour choisir un lit et une armoire. Ensuite, il faudra aller dans la salle d'étude numéro 4 pour déposer les affaires de classe dans un casier.

Mais il ne lui fut pas facile de monter au cinquième avec la valise, tandis qu'Antoine, derrière elle, portait le cartable en s'arrêtant sur tous les paliers pour reprendre son souffle. Enfin ils débouchèrent dans une grande salle où se trouvaient de longs lavabos munis de robinets en zinc blanc, puis dans une pièce où logeaient de petites armoires rectangulaires, laquelle donnait accès à un immense dortoir de plus de soixante lits où des mères de famille s'affairaient avec leurs fils. Marie Bastide hésita devant le nombre de lits disponibles, et elle se tourna vers Antoine pour demander :

– Lequel veux-tu ?

Il haussa légèrement les épaules pour signifier qu'il ne savait pas, et elle lui sourit une nouvelle fois. Puis elle se dirigea vers un des lits qui était accoté à la loge centrale, songeant sans doute qu'Antoine retrouverait là son lit familier qui s'appuyait contre le mur dans sa chambre. Il l'aida à étendre les draps et la couverture, et ils recouvrirent l'ensemble d'un couvre-lit d'un brun passé. La mère parut satisfaite et sourit une nouvelle fois en murmurant :

– Tu dormiras bien, là.

Mais sa voix se brisa sur la fin, comme si elle prenait soudain conscience du fait que son fils, pour la première fois, ne dormirait pas dans la même maison qu'elle. Antoine détourna son regard, feignant d'examiner la loge protégée par des rideaux jaunes, dont il se demanda à qui elle pouvait bien servir. Ensuite ils retournèrent vers les armoires de l'entrée, où la mère rangea le petit linge, et ils demeurèrent un moment immobiles au bord de l'allée, comme dans l'attente d'une silhouette secourable. Puis ils redescendirent et retrouvèrent le hall d'entrée où le père attendait.

– Alors ? fit-il, désemparé par ces lieux étrangers où se mouvaient des gens qu'il ne connaissait pas.

– Garde François avec toi ! dit-elle. Nous devons encore aller dans une salle d'étude déposer le cartable.

François protesta, mais elle le poussa vers le père qui posa sa main sur son épaule et le retint près de lui.

À l'opposé du couloir qui conduisait aux dortoirs, partait un autre couloir derrière une porte vitrée. La mère et Antoine l'empruntèrent et trouvèrent sans difficulté la salle d'étude numéro 4 où ils choisirent un casier proche d'un banc dans la rangée de droite. Ils remarquèrent alors que certains étaient munis d'un cadenas, et Antoine le fit observer à la mère qui en parut contrariée.

– Ce n'était pas indiqué dans les papiers d'inscription, murmura-t-elle.

Et, aussitôt, pour ne pas inquiéter son fils :

– On en achètera un, et tu le prendras dans quinze jours.

– Oui, dit-il. C'est pas grave.

En réalité, il en était très contrarié : et si on lui volait ses cahiers et sa trousse ? Mais il ne voulut pas ajouter au désarroi de la mère qui paraissait aussi inquiète que lui, d'autant qu'elle s'aperçut que certains casiers contenaient des livres. Elle s'approcha alors d'une femme d'à peu près son âge et lui demanda où elle avait obtenu ces livres. Celle-ci lui répondit qu'elle les avait achetés d'occasion à un élève de sa connaissance qui passait en cinquième.

– Mais vous pourrez les acheter neufs, ajouta-t-elle. Les libraires de la ville fournissent des bons de commande aux élèves.

– On les paye comment ?

– Ils vous envoient la facture, tout simplement.

La mère parut à la fois soulagée et préoccupée : elle avait cru que les livres étaient fournis aux enfants de sixième. Cependant elle se reprit très vite en songeant aux bourses qu'ils avaient obtenues, et elle dit à Antoine :

– Tu as entendu ! Tu feras comme ça.

– Mais je ne sais pas quels livres il me faut, observa Antoine.

– Les professeurs te donneront la liste. Ne t'inquiète pas ! intervint la femme qui avait renseigné la mère.

– Merci, madame, dit celle-ci.

La femme eut un sourire indulgent en précisant :

– J'ai l'habitude : j'ai un grand fils en troisième.

– Merci, répéta la mère.

Il fallut revenir vers le hall où attendait le père avec ces deux soucis en tête : le cadenas et les livres, mais la mère n'en parla pas.

– Alors ? fit de nouveau le père, comme si ce seul mot résumait son impatience.

– On a fini. On va pouvoir repartir, répondit la mère.

Mais elle ne bougea pas et parut se demander si l'heure de la séparation était déjà venue. Elle aperçut par une grande baie vitrée des enfants qui jouaient dans une cour goudronnée où poussaient des marronniers dont quelques feuilles jonchaient le sol. Elle hésita, puis elle se dirigea de nouveau vers la table d'accueil où l'on pouvait obtenir des renseignements. Elle interrogea brièvement l'un des surveillants qui hocha la tête et montra la direction de la cour, puis elle revint vers son mari et ses deux fils.

– Venez ! dit-elle.

Antoine comprit que le moment tant redouté était arrivé. Il ne fallait surtout pas montrer la moindre faiblesse. Il marcha d'un pas décidé, serrant les dents, suivant sa mère, et précédant son père et François. À l'extrémité du couloir une large porte s'ouvrait sur quatre marches d'escalier qui descendaient sur la cour. La mère s'arrêta là, se retourna, et dit :

– Voilà, mon petit, on va te laisser.

– Oui, fit Antoine.

Mais elle n'esquissa pas le moindre pas et demanda :

– Veux-tu qu'on reste encore un peu ?

– Non ! fit Antoine. Ce n'est pas la peine.

Elle l'embrassa mais se détacha très vite de lui et le

poussa vers le père qui le retint un moment contre lui en murmurant :

– Alors, à dans quinze jours, mon garçon !

Antoine ne trouva pas la force de répondre. Il embrassa François, et, sans un mot de plus, refoulant ses larmes, il descendit les marches qui le conduisaient vers le monde inconnu dont il avait tant rêvé.

7

IL MARCHA vers un marronnier où il demeura appuyé un moment, en s'efforçant de ne pas se retourner. Quand il s'y décida, la mère, le père et François avaient disparu. Devant lui, une cinquantaine d'adolescents discutaient par petits groupes ou couraient derrière une balle verte, et Antoine remarqua que la plupart étaient plus âgés que lui. Il ne sut quoi faire, ne connaissant personne, et il demeura là, un long moment, perdu, désemparé, n'osant s'approcher des garçons les plus jeunes, dont certains, pourtant, c'était évident, étaient d'origine paysanne, comme lui.

Il quitta l'abri du marronnier, se dirigea vers la grille noire qui séparait la cour de l'avenue par laquelle il était arrivé, espérant apercevoir la voiture de ses parents, mais il ne put la reconnaître parmi celles qui se succédaient, pourtant au ralenti. Il revint alors vers son arbre en se demandant s'il était condamné à cette solitude qu'il n'avait jamais connue et qui le laissait furieux, soudain, contre lui-même, de n'avoir pas su se contenter de l'existence heureuse qu'il menait, là-bas, dans la grande maison, depuis qu'il était enfant. Et de nouveau il refoula des larmes en serrant les poings dans ses poches.

C'est alors qu'il découvrit un garçon brun, les cheveux légèrement frisés, les yeux noirs, vêtu d'un short gris et d'une chemise à carreaux dont le col dépassait d'un chandail de laine épaisse. Il venait de s'arrêter devant lui et lui souriait.

– Tu es d'où ? demanda ce garçon.

Et, comme Antoine, surpris, hésitait à répondre :

– Moi, je suis de Ménoire et je m'appelle Yves. J'allais à l'école à La Chapelle.

– Je m'appelle Antoine ! J'habite au Verdier, près de Sérillac.

– Tu es inscrit en quelle classe ?

– Sixième A2.

– Comme moi.

– Quel dortoir ?

– Le cinquième, tout là-haut.

– Moi aussi. On sera ensemble, alors ! fit Antoine, qui, soudain, était prêt à tout pour s'arrimer à cette bouée miraculeuse.

– Et ton nom, c'est comment ?

– Bastide.

– Moi, je m'appelle Boisserie. Je ne connais personne ici.

– Moi non plus.

Ils demeuraient face à face, intimidés mais heureux d'avoir trouvé quelqu'un à qui parler, et pressés de nouer une amitié capable de les réconforter en ces instants difficiles. Ils se confièrent l'un à l'autre sans la moindre hésitation, ayant rapidement compris qu'ils avaient jusqu'à ce jour vécu la même existence, connu les mêmes événements familiers, fait face aux mêmes travaux des champs.

– Tu vas apprendre aussi le latin ? demanda Yves au terme de cette reconnaissance. Moi, c'est ce qui m'inquiète le plus.

– On ne m'a pas laissé le choix, répondit Antoine. Mon instituteur a dit que mes résultats le permettaient.

– Moi, c'est le censeur qui l'a conseillé à mes parents. J'ai pas pu refuser.

Ils furent alors interrompus par un grand qui les interpella en lançant :

– Alors la bleusaille, on se cache derrière les arbres pour sortir les mouchoirs !

Ils ne répondirent pas, décontenancés par cette pique dont ils ressentaient la violence gratuite. Le grand garçon au gabarit impressionnant, aux yeux suant la méchanceté, et qui roulait des épaules, s'approcha d'Antoine et le bouscula violemment, sans raison, l'envoyant rouler à terre. Aussitôt, Yves se rua sur lui la tête la première, et le fit basculer en arrière dans un élan où il avait rassemblé toute son énergie. Le grand se releva prestement et se précipita sur lui mais Antoine, qui s'était relevé lui aussi, vola au secours d'Yves, et tous deux luttèrent côte à côte contre cet ennemi inconnu, avec la rage de ceux qui refusent d'instinct l'humiliation des dominants. Le combat attira des témoins qui les encouragèrent de la voix, mais aussi un surveillant accouru aux cris et qui, aussitôt, prit leur défense en lançant :

– Vous n'avez pas honte ? Un grand de troisième, s'en prendre à deux sixièmes qui viennent juste d'arriver.

Antoine saignait du nez, mais ses yeux étaient secs. Seule une colère froide l'habitait.

– Vous serez privé de sortie dimanche prochain ! décréta le surveillant à l'adresse de l'assaillant.

Ce surveillant était un homme jeune d'une vingtaine d'années, aux cheveux tirant sur le roux, et aux fines lunettes de métal.

Puis, se tournant vers Antoine et désignant de la main les toilettes au fond de la cour :

– Vous avez un robinet, là-bas. Vous pouvez aller vous laver.

Il s'éloigna comme si de rien n'était, laissant Yves et Antoine tremblant d'une indignation encore mêlée de colère. Antoine avait parfois connu l'adversité à l'école primaire, mais jamais une telle violence gratuite où perçait une bêtise affligeante. Il eut tôt fait de nettoyer le sang sur son nez et ses joues, s'essuya avec son mouchoir. Yves l'aida de son mieux et chercha à le réconforter en disant :

– C'était un grand con !

– Oui, fit Antoine, très grand et très con !

Ils se réfugièrent à une extrémité de la galerie qui longeait la cour, en s'efforçant de ne pas se trouver sur le passage des plus grands qui faisaient des va-et-vient en gesticulant et en poussant des cris, comme pour affirmer une suprématie que personne, au demeurant, ne leur contestait. Antoine et Yves continuèrent à se raconter leur passé, afin de fortifier une amitié qui ne faisait déjà pas de doute, et cela jusqu'à six heures, au moment où un homme rond et chauve, légèrement voûté, aux yeux globuleux, escorté par deux surveillants plus jeunes, apparut en haut de quatre marches et agita une sonnette, afin de rassembler les pensionnaires.

Antoine et Yves s'alignèrent devant la colonne où était inscrite la mention « Salle d'étude 4 », en compagnie d'élèves de leur âge.

– C'est le surveillant général ! murmura l'un d'eux, qui était redoublant et paraissait tout connaître de cet univers nouveau.

C'était un garçon très gros, aux yeux d'un bleu très clair, au sourire sans cesse figé sur des lèvres épaisses, qui répondit au nom de Ghislain Peyroux.

– Un sale bonhomme ! ajouta-t-il en s'adressant à Yves qui se trouvait près de lui.

Sur l'ordre d'un des deux surveillants, ils se mirent en marche vers l'étude où ils allaient apprendre leurs leçons et faire leurs devoirs pendant toute une année. Là, sans même se concerter, Yves et Antoine s'assirent sur le même banc, dans la rangée de droite, près des casiers où se trouvaient les livres. Peyroux s'assit devant eux, mais le surveillant le fit lever et venir s'installer devant son bureau en disant :

– Ne comptez pas sur ma mansuétude. Je vous connais trop !

Ensuite, il expliqua comment devaient se dérouler les trois heures d'étude du soir – de cinq heures à sept heures, puis de huit heures moins le quart à neuf heures moins le quart – et il indiqua que les présents ne pouvaient se lever pour demander des renseignements ou aller chercher des livres dans les casiers qu'après en avoir obtenu la permission. Il précisa enfin que les élèves indisciplinés pouvaient être collés le jeudi après-midi ou, sanction plus grave encore, être privés de sortie le dimanche. Antoine en frémit : s'il était privé de sortie dans quinze jours, il réalisa qu'il ne verrait pas ses parents pendant un mois. Enfin le surveillant donna à chaque classe le nom du professeur chargé du premier cours le lendemain matin : pour la sixième A2, c'était le professeur d'histoire et de géographie, et il s'appelait M. Desrousseau.

Bien qu'un murmure finît par s'élever dans la salle d'étude, Antoine et Yves n'osaient parler entre eux. Antoine remarqua qu'Yves possédait déjà ses livres, et il se demanda comment il avait fait. Ce fut la première question qu'il lui posa quand ils furent libérés, à sept heures, pour entrer au réfectoire.

– La cousine de ma mère travaille dans une librairie en ville.

Antoine se sentit tout à coup démuni de tout, sans appui, et cette sensation l'obséda toute la soirée, bien qu'il réussît à s'asseoir près de son nouvel ami au réfectoire où une place leur fut attribuée à l'année à une table de huit. Là, ce qui l'étonna le plus, ce fut que tous les élèves, de la sixième jusqu'en terminale, étaient réunis – plus de deux cents, estima-t-il – et que l'on pouvait parler, si bien qu'un brouhaha ininterrompu peuplait l'immense pièce d'au moins soixante mètres de long.

Au dortoir, le soir, il constata qu'Yves était installé à l'autre extrémité, et il en fut désolé. À sa droite se trouvait la loge qui, découvrit-il, était destinée au surveillant de nuit ; à sa gauche un garçon dénommé Daniel mit rapidement fin à leur conversation et se tourna vers son voisin, de l'autre côté, que manifestement il connaissait. Quand la lumière s'éteignit, à vingt et une heures trente, Antoine enfouit son visage sous la couverture, et à la pensée de sa famille abandonnée, de sa chambre où dormait François, de la grande maison où sa mère devait s'inquiéter pour lui, il attendit le sommeil en laissant couler les larmes qu'il avait retenues tout le jour.

8

DANS la voiture, au retour, un grand silence avait régné. Le père conduisait nerveusement, les mâchoires serrées, tandis que la mère, à sa droite, regardait de l'autre côté, à travers la vitre, les prés et les champs, repoussant de toutes ses forces le chagrin qu'elle sentait tapi en elle. Quelque chose, pourtant, au plus profond de son cœur, lui soufflait de ne pas s'y arrêter : Antoine, son fils, s'était séparé d'elle lors de sa naissance, et il venait de se séparer de nouveau lors d'une deuxième naissance. Bizarrement, cette idée ne lui était pas douloureuse, au contraire : c'était comme si elle lui donnait une deuxième fois la vie.

Mais si pour elle c'était une victoire, pour le père il s'agissait d'une défaite : les deux bras de son fils aîné allaient lui manquer. Heureusement, François, lui, restait à la ferme, et le père pouvait croiser son regard dans le rétroviseur, ce qui apaisait son ressentiment envers une situation provoquée par deux membres de sa famille qui lui étaient chers.

Il n'en dit mot, se contentant de conduire sans vraiment penser à la route, au point de presque manquer un virage, ce qui ne suscita pas le moindre commentaire de la part de sa femme et de son fils.

Le trajet leur parut long jusqu'au Verdier où le travail leur fit un peu oublier les événements de la journée. Il fallait traire, soigner les bêtes, les volailles, penser au repas du soir qui tombait vite en cette saison. Quand tous les trois furent réunis autour de la table où manquait un couvert, la mère s'efforça une fois encore de se montrer joyeuse, et dit, en servant la soupe de pain :

– Qu'est-ce que c'est que quinze jours dans une vie ? Il reviendra vite. D'ailleurs je vais mettre son couvert. Ce sera comme s'il allait arriver.

Ainsi fut fait, et pendant les trois jours qui suivirent également : elle mit le couvert d'Antoine puis cessa subitement le quatrième jour, jugeant que c'était ridicule de s'attarder ainsi sur un événement passé. Au fond d'elle-même, elle se sentait fière d'avoir surmonté l'épreuve en trouvant la force de sourire devant les siens. Et, pour montrer à son mari qu'il pouvait compter sur elle en l'absence d'Antoine et de François requis lui aussi par l'école, elle l'aida à labourer sans manifester ni fatigue ni agacement devant son impatience coutumière.

Ce fut seulement le dimanche suivant qu'elle se retrouva seule, comme souvent, ce jour-là ; le père allant à la chasse avec son épagneul, et François rejoignant des camarades au terrain de sport pour un match de football. Elle en avait l'habitude, mais ce jour-là, l'absence d'Antoine lui parut encore plus lourde que d'ordinaire. Que pouvait-il bien faire, le dimanche après-midi ? Et pourquoi ne sortait-il que tous les quinze jours ? C'était l'instituteur qui le leur avait conseillé : ainsi Antoine pourrait se consacrer davantage aux études, et il ne perdrait pas de temps à faire l'aller-retour entre le lycée et le Verdier le samedi après-midi et le dimanche soir. Autant d'heures de gagnées pour travailler les matières les plus faibles, autant de chances supplémentaires pour réussir dans ces études qui allaient décider de sa vie d'adulte.

Le dimanche, pour Marie, était consacré à la couture. Elle cousait, ravaudait, et elle s'accordait une heure ou deux pour feuilleter ces magazines qui montraient des toilettes à la mode dont elle rêvait. Elle avait d'ailleurs entrepris, à partir d'un modèle, de confectionner une robe dont elle avait acheté le tissu l'été dernier. Mais ce dimanche-là, elle ne pouvait mettre assez de concentration dans cet ouvrage et elle y renonça.

Elle sortit, prit le chemin qui menait à la route par où arriverait Antoine la semaine suivante. Il était bordé d'érables, de frênes, d'ormes et de chênes dont les feuilles s'embrasaient. L'air tiède promenait des odeurs d'herbes, de champignons et de gibier. Combien de fois avait-elle attendu ses deux fils au retour de l'école, le soir, en provenance du village ? Des centaines de fois, sans doute, et cette idée-là brusquement, alors qu'elle atteignait la route, la foudroya : était-elle destinée à attendre toute sa vie ? Elle se mit à marcher sur la départementale de plus en plus vite, comme pour rejoindre Antoine pourtant trop loin, puis elle s'arrêta, subitement, le cœur battant. Alors elle revint à pas lents vers le chemin, songeant qu'elle ne devait pas se laisser aller ainsi. Elle n'était pas seule : Léon et François avaient besoin d'elle. Ils allaient rentrer bientôt et comptaient sur sa présence, elle le savait. Furieuse de ce moment de découragement, elle reprit son ouvrage et se mit à chantonner comme pour éloigner les derniers nuages qui rôdaient encore dans sa tête.

Le père rentra vers six heures, content de lui : il ramenait un lièvre qu'il avait repéré la veille et dont Marie ferait un délicieux civet cuisiné avec des pommes de terre et des crêpes de blé noir. Il rapportait aussi une demi-douzaine de cèpes qu'ils dégusteraient dès ce soir, en omelette. Il semblait avoir tout oublié de la semaine passée, mais en réalité, il avait tiré des cartouches inutiles sur des palombes trop lointaines pour conjurer l'humeur noire qui l'habitait depuis huit jours. La capture du lièvre l'avait rasséréné : son adresse au fusil ne l'avait pas abandonné et lui prouvait qu'il pouvait encore ramener du gibier malgré la fatigue du travail qui pesait dans ses jambes et malgré le poids du fusil à porter : un Darne de calibre 12 de plus de trois kilos.

François rentra peu après, heureux lui aussi de sa victoire contre l'équipe adverse, si bien que la maisonnée, en cette fin de dimanche, fut joyeuse, ou presque, et que la mère oublia le moment de faiblesse qui l'avait assaillie. Et à partir du lendemain, elle se mit à compter les jours qui la séparaient du retour de son fils aîné, mais sans jamais y faire allusion en présence du père ou de François. Finalement la semaine passa plus vite qu'elle ne l'avait cru, car elle s'absorba dans le travail et multiplia les tâches repoussées jusque-là – lessive et ménage complets –, si bien qu'elle finit par se convaincre que l'épreuve de la séparation serait moins douloureuse qu'elle ne l'avait redouté.

9

AU COURS de ces deux premières semaines, Antoine découvrit ce que serait sa vie, désormais, dans ce lycée auquel il avait tant rêvé. La sonnerie retentissait le matin à sept heures. Il devait alors faire sa toilette et se préparer pour descendre au réfectoire prendre le petit déjeuner à sept heures et demie. À huit heures sonnait le premier des quatre cours qui duraient jusqu'à midi, puis venaient le réfectoire, une heure de récréation, une demi-heure d'étude, reprise des cours jusqu'à seize heures, une nouvelle heure de récréation, puis, de nouveau, étude jusqu'au soir.

Il avait fait la connaissance de tous ses professeurs, pour la plupart des hommes âgés, dont l'autorité ne se contestait pas, à part celui qui enseignait le dessin : un homme chauve, désemparé par l'agitation de ses élèves qui avaient deviné chez lui la faiblesse des adultes ébranlés par la vie. Une cicatrice barrait son front que semblaient dévorer des yeux très clairs, d'un bleu délavé. Antoine, lui, le respectait, comme les autres enseignants, même s'il avait tout de suite nourri des préférences pour le professeur de français, qui enseignait aussi le latin. Une découverte de cette langue morte qui nécessitait l'apprentissage de déclinaisons, c'est-à-dire des terminaisons de mots différentes selon leur fonction dans la phrase. Mais ce n'était pas désagréable : c'était comme une ritournelle que ces *rosa, rosa, rosam, rosae, rosae, rosa* à réciter par cœur.

Antoine appréciait aussi le professeur d'histoire et de géographie : un homme calme et mesuré, à la diction parfaite ; un peu moins celui de sciences naturelles, chauve et agité, et beaucoup moins celui de mathématiques, une matière qui, de toute façon, le rebutait. Il n'y comprenait rien et ne faisait aucun effort pour pénétrer ses mystères. L'anglais était enseigné par une vieille demoiselle maniaque et pleine de tics, qui insistait beaucoup sur la prononciation, mais savait intéresser ses élèves en octroyant des 18/20 pour une bonne réponse donnée avant l'ensemble de la classe.

Ils avaient tous leurs surnoms, comme les surveillants, des surnoms révélés par Ghislain Peyroux qui les connaissait tous, puisqu'il redoublait. Sa tête de turc était le surveillant général, baptisé « Saïto » du nom du cruel général japonais du film *Le Pont de la rivière Kwaï*. Le surveillant de l'étude, lui, avait pour surnom « le Rousti » à cause de sa chevelure tirant sur le roux. C'était celui qui avait secouru Antoine, le premier jour, dans la cour, et il n'était pas très autoritaire car il était absorbé par les mathématiques qu'il étudiait avec passion, afin de devenir professeur.

Au milieu de ces arcanes qui avaient leurs règles et leurs traditions, Antoine avait noué des amitiés avec deux autres élèves, mais sans oublier Yves, son précieux secours du premier jour. Ils se prénommaient Max et Laurent, venaient de la campagne, comme lui, étaient pensionnaires donc, et, comme lui, ne se liaient pas avec les externes de la ville. C'est d'ailleurs ce qui avait surpris Antoine, dès le premier matin de la rentrée : les externes ne portaient pas de blouse et, manifestement, appartenaient à un monde inconnu de lui, dont les vêtements trahissaient l'aisance et, peut-être même, une sorte de sentiment de supériorité qui ne meurtrissait pas vraiment Antoine, mais qui l'étonnait, ne l'ayant jamais rencontré.

Il avait passé ces deux semaines en essayant d'en apprendre les règles afin de ne pas être privé de sortie le deuxième dimanche après la rentrée. Il s'y était d'autant plus efforcé que le premier avait été sinistre, seulement agrémenté d'une promenade dans la banlieue de la ville sous un ciel gris, entre des heures d'étude interminables où un ennui mortel l'avait accablé. Sa seule consolation avait été de renouer avec les prés et les champs au moins pendant quelques minutes, puis le sentiment de leur perte avait pris le dessus sur le plaisir un moment éprouvé. Le travail et l'amitié l'avaient aidé à oublier sa vie d'avant, mais il n'avait cessé de penser au moment où il allait retrouver le monde qui était réellement le sien.

Aussi marchait-il vite, ce samedi-là, sa valise à la main, vers la gare routière, en compagnie d'Yves, où un car devait les ramener chez eux. Il s'était inquiété des démarches à effectuer, mais Yves l'avait rassuré : il avait déjà pris le bus avec sa mère venue en visite auprès de sa sœur. Il suffisait de payer le chauffeur à l'entrée du véhicule. Ce que fit Antoine, avant de s'asseoir près d'une fenêtre, afin de réapprivoiser l'univers des prés, des champs et des bois qu'il avait abandonné, et dont la présence fidèle, cet après-midi-là, faisait battre son cœur plus vite.

Ils parlèrent peu, Yves et lui, pendant le trajet, car ils étaient émus pour la même raison, et tous deux pressés d'arriver, comme à l'approche d'un foyer rassurant, aux flammes consolatrices. Au carrefour du chemin du Verdier, ils se dirent au revoir, car Yves continuait encore sur six kilomètres. Antoine se retrouva seul sur le sentier, sa valise à la main, oppressé, soudain, par un afflux de parfums familiers, le spectacle des haies vives, des érables couleur d'or, des chênes de bronze, des champs roussis, du toit de tuiles de la maison familiale qui émergeait, à deux cents mètres, du rideau des arbres dont il connaissait chaque tronc, chaque branche.

Sa mère avait entendu l'autocar, ayant dû le guetter. Antoine l'aperçut qui venait vers lui à pas pressés, et il courut vers elle, se précipita dans ses bras après avoir lâché sa valise, y demeura un long moment blotti, puis il se dégagea, tandis qu'elle s'étonnait :

– Mais tu as grandi !

– Pas en quinze jours, tout de même ! fit-il en riant.

– Mais si !

Il ne la démentit pas car il savait qu'il avait grandi non pas physiquement, mais mentalement. En seulement deux semaines il était devenu un autre, il le savait, mais il s'était promis de le dissimuler soigneusement à celle qui l'avait tant aidé. Ils regagnèrent côte à côte la maison où le père, lui aussi, manifestement, l'attendait.

– Alors, fit-il, te voilà devenu savant ?

Il y avait dans sa voix autant d'inquiétude que de fierté. François se serra un moment contre lui, puis ils s'assirent autour de la grande table pour écouter le récit des quinze jours passés dans un monde qui leur était inconnu. Antoine parla des professeurs, des surveillants, mais passa sous silence la sévérité du surveillant général, car il ne voulait pas inquiéter les siens. Il détailla l'emploi du temps de la journée, décrivit ses trois nouveaux amis – Yves en particulier –, tout en évitant d'évoquer la bagarre du premier jour. Il tenait avant tout à montrer les aspects les plus favorables de sa nouvelle vie, car il savait à quel point son père et sa mère étaient heureux de lui avoir permis de la connaître, et quels sacrifices ils avaient pour cela consentis.

Il livra les trois notes qu'il avait obtenues pendant ces quinze jours : 14 en anglais, 16 en français, et 10 en mathématiques, ce qui lui valut des félicitations auxquelles il ne s'attendait pas, car ce 10 l'avait classé parmi les derniers de la classe. Il n'insista pas et, au contraire, prononça les quelques mots d'anglais qu'il avait appris : « *the house* : la maison ; *the door* : la porte ; *the bread* : le pain ». Il lui sembla alors, devant le silence admiratif des siens, que sa place dans la famille avait pris une autre dimension. Même le père l'observait avec une sorte de respect qui faisait briller ses yeux.

– Est-ce que tu manges bien, au moins ? demanda la mère.

– Mais oui, répondit-il, négligeant la faible quantité et le peu de saveur des plats qui étaient servis au réfectoire.

– Et la nuit, tu n'as pas froid ?

– Mais non. Tout va bien.

Ensuite, soucieux des dépenses occasionnées et désireux de montrer qu'elles étaient bien utilisées, il exhiba les trois livres neufs qu'il avait apportés avec lui.

– Ils sont très beaux, dit la mère.

Mais son regard se voila un peu et Antoine comprit qu'ils avaient dû recevoir la facture. Pourtant ni elle ni le père ne l'évoquèrent. Au contraire, ils continuèrent à poser des questions auxquelles Antoine répondit volontiers, notamment au sujet du latin, cette langue mystérieuse dont l'utilité ne paraissait évidente à personne. Il récita *rosa, rosa, rosam* avec satisfaction, en expliquant que les mots latins changeaient de terminaison selon leur fonction dans la phrase.

– Tout ça paraît bien compliqué, murmura la mère.

Le père, lui, n'émit aucune remarque. Il semblait subjugué par l'évocation de tant de sujets dont il n'avait jamais entendu parler. Il hochait la tête, silencieux, mais plein d'admiration, soudain, devant ce fils dont il mesurait à quel point il lui échappait, et sur lequel, sans doute, son autorité ne trouverait plus à s'exercer.

– Je suis sûre que tu as envie d'aller voir les bêtes, dit la mère.

– Oh, oui ! fit Antoine.

Il entraîna François avec lui, visita l'étable, la grange, puis il courut dans les prés, les champs, la vigne, les bois où il trouva des cèpes, avant de rentrer, afin de faire ses devoirs, toujours fidèlement suivi par François. Il s'installa alors sur une extrémité de la table de la cuisine, et, une fois la nuit tombée, il se concentra sur une rédaction donnée par le professeur de français, sous le regard de la mère et du père murés dans un silence respectueux qui le délivra de la pensée fugace mais douloureuse d'avoir à les quitter de nouveau dès le lendemain soir.

10

IL S'HABITUA à ces départs et à ces retrouvailles, puisque c'était une nécessité admise par tous les siens. Il s'accoutuma également aux duretés de la vie de pensionnaire sans cesse sous la menace d'une sanction, aux prises avec une discipline de fer héritée des lycées napoléoniens, où seule une sonnerie électrique avait remplacé le tambour d'empire. Il s'efforça de passer inaperçu, sauf aux yeux du professeur de français, un homme plutôt grand, mince malgré un âge avancé, aux yeux couleur noisette, qui parlait d'une voix douce et avec passion des auteurs classiques, dont les alexandrins fascinaient Antoine. Corneille, Racine, Molière rivalisaient de rimes où le courage et la grandeur d'âme dominaient, mais ce qu'Antoine aimait par-dessus tout, c'était de pouvoir lire des livres de poche pendant les heures d'étude, une fois ses devoirs effectués et ses leçons apprises. Yves lui prêtait ceux que sa tante lui fournissait, et ainsi Antoine s'évadait de cette salle où les heures lui paraissaient longues, interminables, sans couleurs, sans odeurs, et surtout incapables de lui faire oublier les prés, les champs et les bois abandonnés.

Comme il souffrait intérieurement de cette déchirure, son esprit souvent refusait d'accomplir les efforts nécessaires pour accéder aux premières places de la classe. Il était un élève moyen, si bien qu'au terme du premier trimestre il n'obtint pas le « tableau d'honneur », mais ce que l'on appelait les « encouragements », avec une moyenne de 11,5 sur 20, à cause de son rejet des mathématiques, mais aussi de quelques leçons mal apprises, négligées par trop de rêveries, de lectures oisives. Il lut *Les Clés du royaume* de Cronin, *Les Grandes Espérances* de Dickens, *Le Père Goriot* de Balzac, *Le Rouge et le Noir* de Stendhal ; d'autres encore qui l'emportèrent vers des rives où il puisait l'oxygène nécessaire à ses rêves d'enfant privé des parfums les plus précieux de sa vie. Pourtant, malgré la rudesse de cette nouvelle vie, jamais il ne renonça. Si le découragement le gagnait, il pensait à sa mère et au combat qu'elle avait mené à ses côtés ; au père qui avait cédé, la mort dans l'âme. Maintenant, son devoir était de se montrer fort pour eux et, surtout, il s'agissait de ne pas trahir leur confiance.

Cette première année se termina par l'obtention du « tableau d'honneur », enfin, après des progrès en mathématiques, grâce à Yves qui, lui, s'y entendait pour résoudre les problèmes les plus ardus et lui expliquait, le soir, patiemment, les secrets d'une matière à laquelle Antoine était rebelle. Seuls les langues étrangères et le français parvenaient à capter l'attention nécessaire à leur étude, et il finit par y exceller, s'efforçant d'oublier la discipline de fer exercée par des surveillants rendus féroces par leur vigilance d'une rigidité absolue, usant de perpétuelles menaces vis-à-vis d'adolescents bien incapables de la moindre révolte ou du moindre complot. Il en subit la dureté un matin, quand, ayant oublié un livre de poche au dortoir, il remonta le chercher et tomba sur le surveillant de nuit, un homme blond, frisé, d'une trentaine d'années, aux yeux très bleus dont il ne devait jamais oublier le nom : il s'appelait Dumond. Cet homme-là, qui faisait parfois office de répétiteur, furieux de voir un élève en ces lieux après l'heure autorisée, lui décocha un coup de pied au niveau de la hanche qui fit boiter Antoine pendant huit jours. Heureusement, c'était la semaine où il ne devait pas rejoindre le Verdier.

À Yves qui s'inquiéta de le voir ainsi claudiquer, Antoine expliqua qu'il s'était heurté à son armoire en courant pour ne pas se mettre en retard. Il ne se confia à personne, mais il sentit pour la première fois naître en lui un début de haine. Il avait rencontré la violence et la bêtise, quelque chose qu'il définissait mal mais qui le meurtrissait. Il jura intérieurement de se venger un jour, mais il s'en voulut : c'était accorder trop d'importance à un fait qu'il devait plutôt repousser loin de lui – non pas l'oublier, mais l'éloigner, le temps de devenir capable de l'affronter vraiment, et avec lui tous ceux qui usaient impunément d'un pouvoir que le hasard avait placé entre leurs mains.

Il y parvint, mais n'oublia jamais. Ce souvenir demeura longtemps enfoui comme une blessure, que seules les grandes vacances purent atténuer. Alors il remonta sur la faucheuse sous le soleil de l'été et, contrairement aux années précédentes, il y trouva du plaisir – sans doute parce que le père montrait vis-à-vis de lui un respect inattendu, semblable à celui qu'il manifestait à l'égard des personnes dont la position sociale l'impressionnait. Et puis il y avait désormais la présence de François, jugé assez grand pour travailler comme Antoine l'avait fait à son âge.

C'étaient de précieuses retrouvailles, ces foins, ces moissons, ces battages dans la cour de la ferme qui virent, le soir, comme de coutume, un grand festin sur des tables posées sur des tréteaux, où les hommes épuisés buvaient beaucoup sous la chaleur que la nuit atténuait à peine. Il y eut des chants, des histoires racontées pour faire rire, des verres cassés, et Antoine mesura à quel point il aimait ce monde qu'il avait abandonné. Il en conçut non pas un sentiment de culpabilité, mais une sorte de regret qui, il le savait bien, tenait davantage de la nostalgie que de la raison.

En quelques jours septembre s'acheva dans des flamboiements de couleurs, des aboiements de chien sur la piste des lièvres, des soirs précoces qui s'épuisaient en écharpes de soie rouge sur l'horizon. Antoine devait repartir, quitter le refuge un moment retrouvé, affronter la dureté, parfois la malveillance, mais se réchauffer aussi au feu de l'amitié, des livres, des découvertes et du savoir.

11

SA VIE de reclus recommença, un peu moins sombre, un peu plus agréable : il était désormais capable de mieux se défendre contre l'adversité. Il était devenu un élève moyen dans toutes les matières, mais brillant en français. Il avait appris toutes les manières d'échapper aux sanctions, souvent aveugles, du surveillant général, et à faire les efforts nécessaires en mathématiques pour que sa moyenne générale n'en souffre pas. Ce qu'il redoutait le plus, c'était un éventuel redoublement qui l'eût privé des bourses absolument indispensables à ses parents pour le maintenir au lycée. Et de cela il eût conçu une honte, un mépris de lui-même auxquels il se refusait viscéralement. Trahir son père et sa mère, se trahir lui-même par la même occasion était une idée insupportable. Si d'aventure il avait une mauvaise note, il lui arrivait de se réveiller en sursaut, la nuit, le cœur battant, et d'imaginer toutes sortes de subterfuges susceptibles de détourner les foudres d'un destin fatal.

Yves veillait toujours près de lui, fidèle et précieuse présence qui le rassurait, l'aidait quand c'était nécessaire. Il avait d'autres copains, bien sûr, mais Yves demeurait celui du premier jour, sur lequel Antoine savait pouvoir compter en toutes circonstances. Les autres pensionnaires de sa classe n'étaient que des compagnons de route, le plus souvent bienveillants, mais dont le secours n'était pas assuré. Les surveillants s'y entendaient pour fissurer la solidarité qui naissait parfois, lors des chahuts provoqués par des sanctions imméritées. Et elles étaient nombreuses, toujours décrétées par le surveillant général habile à guetter le moindre écart, la moindre inattention, la plus insignifiante atteinte à un ordre immuable et obtus.

À la fin de la classe de cinquième, il dut choisir une deuxième langue vivante pour la rentrée suivante. Bon nombre de ses camarades avaient choisi l'allemand, dont on disait que c'était une langue d'avenir. Elle était également recommandée à ceux qui apprenaient le latin, car elle obéissait elle aussi à des déclinaisons. Il cocha donc la case correspondante sans en parler à ses parents, ce que découvrirent Léon et Marie Bastide dans le livret scolaire reçu au début de juillet, cette année-là.

Si la mère n'en dit rien, Léon Bastide entra dans une colère noire : apprendre la langue de ceux que son père et lui-même avaient combattus, et dont ils avaient souffert jusque dans leur chair ! Le père avait raconté une fois les gaz de 14-18 dont était mort son propre père, la débâcle de

1940, les mitraillages par les avions nazis, sa réquisition en Allemagne dont il s'était évadé en risquant sa vie chaque nuit, la Résistance enfin contre un ennemi coupable des pires atrocités. Il savait de quoi il parlait : il l'avait bien vu en 1945, quand des fantômes humains étaient sortis des camps en loques devant lui ! Et c'était la langue de ces nazis que son fils voulait apprendre ? Mais dans quel but ?

– Tu es devenu fou ? Tu veux devenir comme eux ? hurla le père Bastide.

Antoine en fut stupéfait : la guerre était terminée depuis quinze ans, en cette année 1960, et son père en était encore meurtri, blessé, comme si elle était encore présente, comme s'il ne valait pas mieux oublier ce qui s'était passé, à l'image du rapprochement mis en œuvre avec l'Allemagne par le général de Gaulle. Antoine tenta de s'expliquer, de parlementer, mais il dut y renoncer : le père avait trop souffert de la guerre pour l'oublier, et ses colères froides le faisaient s'étrangler avant de se murer dans un silence hostile et douloureux. Le sort en était jeté : Antoine prendrait l'espagnol en deuxième langue.

La tempête s'apaisa pendant les gros travaux de l'été, auxquels Antoine participa comme chaque année, mais, comme s'il s'agissait de se faire pardonner, en acceptant les tâches les plus rudes. Il monta sur la charrette le dernier jour des moissons pour disposer les gerbes de manière à ce qu'elles ne versent pas sur les cahots du chemin : une rangée de chaque côté, les épis soigneusement tournés vers l'intérieur, et une rangée au milieu. Il aida à édifier le grand gerbier sur l'aire aménagée dans la cour, puis, le jour des battages, il accepta le rôle le plus pénible, c'est-à-dire celui de l'homme qui, sous un soleil de feu et dans un vacarme assourdissant, doit se tenir devant le lieur de la batteuse, au moment où la paille ressort en fagots de la gueule, dans une poussière cinglante, afin d'être le premier maillon de la chaîne chargée d'évacuer la paille vers la grange. Enfin, le soir, il aida à serrer les sacs de blé dans le grenier et redescendit couvert de sueur, la gorge en feu, mais heureux d'avoir été capable de tenir la place normalement réservée à un homme d'âge mûr. Et le père Bastide retrouva rapidement vis-à-vis de son fils sa considération respectueuse un moment ébranlée.

Quand il repartit, fin septembre, Antoine ne fut pas déçu par l'apprentissage de la langue espagnole, car elle présentait beaucoup de points communs avec le patois qu'il avait entendu parler entre les moissonneurs et les vendangeurs. Même ses parents, parfois, l'employaient pour parler entre eux, et Antoine, de ce fait, le comprenait, mais n'en usait jamais. L'espagnol lui parut donc tout de suite une langue familière dans laquelle il excella.

Ainsi passèrent deux années studieuses, sans autre orage, du moins au sein de la famille Bastide. Pourtant, lors de chaque retour d'Antoine, la mère s'inquiétait de la guerre d'Algérie qui, selon elle, risquait de mettre en péril un jour ses deux fils. Au mois de janvier 1961, un référendum sur l'autodétermination avait recueilli plus de 70 % de « oui », provoquant la fureur de l'OAS. En avril, quatre généraux favorables à l'Algérie française avaient fomenté un putsch à Alger, menaçant le pouvoir de Paris. Le général de Gaulle y avait mis bon ordre, mais la radio ne cessait de revenir sur les événements qui, de fait, étaient une véritable guerre d'indépendance.

Le père, lui, ne s'en souciait pas outre mesure : il avait confiance dans le Général.

– Il sait où il va, disait-il à la mère.

De Gaulle échappa de justesse à un attentat en septembre, ce qui ne le ralentit pas dans sa détermination : au printemps suivant, les accords d'Évian scellèrent la fin de la guerre au grand soulagement de Marie.

– Tu vois, lui dit Léon. J'avais raison. L'armée ne pouvait pas se rebeller contre lui. C'est malheureux pour tous ces pieds-noirs qui ont tout perdu, mais comment faire autrement ?

La mère cessa d'évoquer ces événements dont Antoine, lui, n'avait pas vraiment été inquiet. Tout cela lui paraissait loin, pas du tout menaçant : il n'avait pas quinze ans au moment de ces accords qui mettaient fin à une guerre commencée, en fait, avec la « Toussaint rouge », en Algérie, en novembre 1954.

Au lycée, la vie avait repris son cours, toujours aussi pesante, lourde de menaces, seulement éclairée par les cours de français, la découverte de nouveaux auteurs, les progrès réalisés en mathématiques, l'amitié de nouveaux camarades dont la solidarité lui était précieuse. Un jour, le professeur de français lut devant la classe la rédaction d'Antoine qui en fut autant flatté que gêné. Il s'agissait d'un commentaire sur les *Rêveries du promeneur solitaire* de Jean-Jacques Rousseau. Le professeur loua la richesse des images, l'analyse des sensations, la pertinence des réflexions d'un devoir auquel il avait attribué la note de 16 sur 20, ce qui, avoua-t-il, n'était jamais arrivé. Antoine dut pendant une semaine essuyer les plaisanteries de ses camarades, mais elles étaient amicales, et teintées, comprit-il, d'une certaine admiration. À partir de ce jour, pourtant, il fit en sorte de ne pas exhiber ses facilités dans une matière qui le passionnait.

Les livres lui permettaient de retrouver ce qu'il avait perdu, mais aussi de figer en lui le plus précieux, et de s'évader de l'existence quand elle se montrait hostile, inapte à procurer ce qu'il attendait d'elle. Il lut beaucoup cette année-là : des romans de Giono, Maupassant, Colette, Bernanos, Bosco, Chamson, tous ceux qui étaient capables de lui restituer sa vie d'avant, rurale mais heureuse, riche d'un soleil dont chaque rayon s'incruste assez en soi pour n'être jamais oublié. Ces compagnons précieux le suivirent jusqu'à la classe de troisième qui devait être sanctionnée par le premier examen qu'il eut à passer : le BEPC (brevet d'études du premier cycle) – un mur qui se dressa devant lui et lui parut insurmontable, mais dont il triompha sans la moindre difficulté.

Il retourna vainqueur à la ferme, sans se douter alors qu'un autre obstacle allait se dresser devant lui, après des félicitations sincères de son père et surtout de sa mère : c'était la première fois qu'un enfant de la famille Bastide était ainsi diplômé dans l'enseignement secondaire. Ils fêtèrent ce succès le soir de son retour, en ouvrant une bouteille de mousseux au terme du repas, un privilège réservé d'ordinaire aux grands événements de famille.

Ce fut le lendemain, seulement, que Léon Bastide suggéra que, peut-être, Antoine en savait assez maintenant, et qu'il pouvait revenir à la ferme pour l'aider, au moins le temps que François soit en âge de le remplacer. Antoine comprit qu'ils en avaient parlé avec la mère, et que le combat, de nouveau, avait été rude. Heureusement, depuis 1959 l'école était obligatoire juqu'à seize ans et Antoine n'avait que quinze ans. Il profita de la discussion qui suivit pour annoncer qu'il avait le projet de devenir professeur, à l'image de ceux dont le savoir et l'intelligence le fascinaient.

– Professeur ? s'étonna le père, flatté malgré lui d'un tel statut, apparemment accessible à son fils.

– Oui. Professeur de français.

Le père lissa ses moustaches qui avaient blanchi, demanda :

– Et ça prendrait combien de temps ?

– Au moins cinq ans après le bac.

– Cinq ans ?

Un lourd silence succéda à cet échange que la mère rompit en disant :

– Si Antoine nous aide chaque été pour les gros travaux, on pourra tenir jusque-là.

– Bien sûr que je continuerai à vous aider, assura Antoine. C'est ce que je fais chaque année.

– C'est vrai, fit la mère.

Le père se taisait, maintenant, et la mère se tourna alors vers François pour demander :

– Veux-tu vraiment travailler avec nous plus tard ? En es-tu certain ?

– Oui ! répondit François. Je ne veux pas vivre ailleurs qu'au Verdier. Je me plais ici. Je veux être agriculteur, comme vous.

– Alors c'est entendu. On tiendra jusque-là.

Le père soupira, se leva et sortit.

– Qu'est-ce qu'il a ? demanda Antoine à la mère quand il eut disparu.

Elle haussa les épaules, lui sourit et répondit :

– Il a vieilli. Il se fatigue plus vite.

– Il n'a que trente-neuf ans, observa Antoine.

– Oui, c'est vrai, mais il ne s'est jamais ménagé, et parfois il est obligé de s'arrêter pour se reposer pendant quelques minutes.

Antoine se sentit un peu coupable de ne penser qu'à son propre avenir. Aussi, cet été-là, il travailla encore plus dur que d'habitude, se levant aux aurores et ne terminant qu'à la nuit. Il s'efforça d'abattre autant de travail que son père, qui lui en fut reconnaissant. Certes, il ne lui en fit pas l'aveu, mais quand ils rentraient le soir, épuisés, sur le chemin, Antoine devinait le regard de son père sur lui ; et, au moment où il le croisait, un remerciement muet éclairait les yeux noirs d'un homme dont les forces déjà déclinaient, et qui le savait.

12

ANTOINE repartit en octobre, bien décidé à faire les efforts nécessaires pour ne pas perdre une année. Il y parvint d'autant mieux que ses conditions de vie s'améliorèrent : à partir de la classe de seconde, les élèves étaient autorisés à sortir seuls le jeudi après-midi, et ce fut pour lui un premier pas vers la liberté de la ville, ses charmes et ses découvertes. Il fréquenta le foyer rural et sa bibliothèque, les librairies, et merveille des merveilles : un cinéma, dont les séances débutaient à quatorze heures et se terminaient avant l'heure imposée de rentrée à dix-sept heures. Il n'avait pas assez d'argent pour payer les séances, mais Yves obtenait de sa tante, une relation du propriétaire du cinéma Le Rex, des invitations hebdomadaires qui leur firent découvrir à tous les deux un monde encore inexploré, mais fabuleux, qui aussitôt les enchanta.

Cette année-là, ils virent *Un nommé La Rocca* de Jean Becker, *Le Jour et l'Heure* de René Clément, *Thérèse*

Desqueyroux, *Un taxi pour Tobrouk*, *Mélodie en sous-sol*; d'autres encore, mais surtout *Le Guépard* de Visconti, un film qui passionna Antoine par sa dimension historique, le talent de tous ses acteurs mais aussi un univers rural qui lui parut familier. Dès lors, il vécut pour ces jeudis enchantés qui lui ouvraient les portes d'un monde dont il n'avait pas soupçonné l'existence. Alors sa vie changea au point de lui faire mesurer combien il avait eu raison de quitter les siens.

Cette classe de seconde l'avait aussi fait entrer parmi les « grands », et il bénéficait désormais de quelques avantages, notamment lors de l'étude du soir où, souvent, on les laissait sans surveillant. Cette absence occasionnait des chahuts durement réprimés, mais la direction du lycée manquait de maîtres d'internat, et elle ne remit pas en cause ces heures d'étude libres d'une surveillance dont les adolescents ne voulaient plus. En outre, Antoine se rendit compte que les professeurs du second cycle considéraient leurs élèves différemment, avec plus d'attention, et toléraient maintenant l'expression d'opinions personnelles qu'ils s'efforçaient d'ailleurs de susciter. Antoine en concevait l'impression d'exister davantage, d'avoir posé un pied dans le territoire des adultes, de maîtriser un peu mieux son existence.

Enfin, comme Yves, après un long combat avec ses parents, avait obtenu l'autorisation de sortir toutes les semaines, Antoine demanda à sa mère et à son père la même autorisation, arguant du fait qu'il pourrait ainsi les aider encore plus, et la mère convainquit sans peine le père. Une demande écrite aux autorités du lycée suffisait. Elle s'empressa de la rédiger, trop heureuse de revoir Antoine plus souvent, à l'image du père qui considéra ces plus fréquents retours comme une aide précieuse.

Chez lui, Antoine se rapprocha de François qui l'admirait et, peut-être, parfois, enviait la détermination qu'il avait mise à partir, alors que lui-même n'en avait jamais eu la force – ni d'ailleurs l'envie. Antoine représentait un monde dont son frère ne voulait pas, mais dont il devinait les charmes secrets. Et Antoine s'inquiétait de la cohabitation entre le père et son fils cadet en se demandant si François allait supporter longtemps l'autorité d'un homme toujours aussi coléreux, incapable d'accepter une autre autorité que la sienne. La mère, chaque fois, le rassurait : elle veillait sur François et le protégeait des colères du père en prenant de plus en plus de place dans les lourds travaux de la ferme.

Elle attendait impatiemment les sorties d'Antoine, l'écoutait avec une attention admirative, buvait ses paroles sans le quitter des yeux. Il lui racontait tout ce qu'il avait vécu pendant la semaine, ne lui cachait que ce qui pouvait lui apparaître négatif ou susciter des réserves. Il parlait de ses professeurs, en vantait les mérites et en pointait les défauts ; il lui expliquait comment il avait obtenu ses meilleures notes, il lui racontait aussi les exploits des élèves les plus téméraires, qui défiaient l'autorité sans craindre la menace des punitions dont ils semblaient ne pas se soucier.

– Tu ne fais pas comme eux, au moins ? demandait la mère, alors brusquement inquiète.

– Bien sûr que non ! Je tiens à vous voir toutes les semaines !

Elle s'apaisait, l'observait intensément, souriait, et ce sourire confiant, plein d'admiration muette, il l'emportait le lundi matin comme un précieux viatique.

Oui, décidément, sa vie avait changé en quelques mois, et le fait de se trouver en pension lui pesait moins, désormais, au point de ne pas voir passer les jours et les semaines jusqu'au deuxième obstacle qui se dressa devant lui : le premier bac, car il en existait deux, en 1964, l'année de ses dix-sept ans. L'oral de français lui fit présent de Victor Hugo et de son poème *Demain, dès l'aube*, et il n'eut aucune difficulté à évoquer Léopoldine, la fille du grand poète, disparue lors d'une noyade dans la Seine. Il fit le lien entre ce poème et un autre, appris à l'école primaire, où le grand homme célébrait sa vie heureuse à Villequier avec ses enfants : « C'est là que nous vivions, pénètre, mon cœur, dans ce passé charmant. »

Il comprit qu'il allait obtenir une excellente note, et il s'en trouva réconforté à l'écrit, où seules les mathématiques dressèrent un obstacle devant lui, mais leur faible coefficient ne le mit pas en péril. Il fallait 200 points pour être reçu, et il en obtint 224. Aussi quand il reprit le travail des champs, en juin, pour les foins, il s'y jeta avec l'énergie décuplée des vainqueurs et le plaisir de retrouver, comme chaque été, des parfums, des couleurs, des sons, des sensations que, malgré ses succès, il ne parvenait pas à oublier. Mais il ne souhaitait pas cet oubli, au contraire : ce retour des grandes vacances scolaires, chaque fois, lui donnait l'impression d'accéder à un refuge sûr, à l'écart des dangers de la nouvelle existence qu'il abordait. Il ne pouvait échapper à l'idée qu'ici, au Verdier, se trouvait encore un peu de sa vie, même si son cœur, ailleurs, battait plus fort.

Il avait choisi pour l'année suivante – la dernière en pensionnat, espérait-il – le bac philosophie, n'ayant aucun goût pour les mathématiques ou les sciences naturelles. C'était la porte ouverte sur des études de lettres, après une année de propédeutique destinée à valider les connaissances acquises au lycée. Ensuite, si tout allait bien, une licence de lettres modernes en trois ans, une année de maîtrise avec rédaction d'un mémoire, puis une année pour préparer le CAPES, qui ouvrait les portes de l'enseignement : six ans, donc ! Une éternité ! Pourrait-il tenir jusque-là, à supposer qu'aucun échec aux examens de fin d'année ne l'arrête ? Il le fallait. Cela ne dépendait que de lui, de ses efforts et de son travail.

En attendant, il aidait Léon, Marie et François qu'il observait, cet été-là, avec, parfois, la sensation de les abandonner. Il s'en ouvrit à son frère, qui le rassura :

– Ne t'inquiète pas. Je n'ai jamais souhaité d'autre vie que celle-là. Je ne pourrais pas vivre ailleurs qu'au Verdier. Je te l'ai déjà dit.

Et François ajouta, tandis qu'Antoine s'attardait sur le visage souriant, bruni par le soleil, aux boucles brunes épaisses et aux yeux couleur noisette :

– Je ne travaillerai pas comme le père. Je n'hésiterai pas à emprunter pour acheter un tracteur et le matériel nécessaire. Aujourd'hui, les agriculteurs ne peuvent plus vivre comme avant. Il faut se moderniser.

– Tu ne le pourras pas tant qu'il sera le maître, observa Antoine.

– Avec la mère, on arrivera à le convaincre.

Antoine en doutait : il savait que le père n'avait jamais emprunté la moindre somme à qui que ce fût, et surtout pas à une banque. Il ne consentait à des achats que lorsqu'il avait en sa possession la somme nécessaire en espèces, et jamais avant que la récolte espérée ne soit rentrée. Cet homme ne supportait pas l'idée de devoir quelque chose à quelqu'un, au grand désespoir de la mère qui aurait bien aimé travailler avec moins de peine dans les champs. Peut-être, se disait alors Antoine, le père finirait-il par accepter lorsque l'essentiel de ses forces l'abandonnerait. Mais cette idée aussi était douloureuse car elle supposait un déclin qui ferait souffrir le père.

Le dimanche, il retrouvait Yves avec l'une des deux bicyclettes de la ferme, et celui-ci l'entraînait sur les routes à la rencontre des filles du voisinage. Connaissant la timidité d'Antoine, Yves s'y entendait pour organiser des rendez-vous dans des chemins peu fréquentés et s'évertuait à faire en sorte qu'il y ait toujours deux filles, sa copine et une amie, de manière à faciliter les premiers contacts. C'était une découverte pour Antoine, car au lycée il n'avait entretenu des relations amicales qu'avec des garçons, et il n'avait pas de sœur. La copine d'Yves se prénommait Jeanne, et son amie Claudine. Après un quart d'heure de conversation commune, les deux couples se séparaient et Antoine découvrait les mystères de la féminité dans des étreintes qui demeuraient sages, mais qui promettaient beaucoup. Il en ressortait ébloui, un peu inquiet d'avoir à devenir uniquement habité par ces rencontres, au détriment de ce qu'il savait essentiel, indispensable : son succès au second bac. Il faillit succomber au charme de la belle, mais elle n'entendait pas limiter ses relations amoureuses à un seul garçon, et Yves démontra à Antoine que c'était bien ainsi en lui assurant qu'« une de perdue, c'était dix de retrouvées ».

L'année qui suivit fut donc studieuse et appliquée, et ce fut à peine s'il douta du succès qui allait lui ouvrir les portes de la liberté dans la grande ville. Il obtint même la mention « bien » grâce à la note de 16 en philosophie, matière à laquelle était affecté le coefficient 8. C'était beaucoup plus qu'il en espérait. Ils fêtèrent l'événement le soir, dans la salle à manger du Verdier, en invitant tous les voisins. Ce soir-là, même le père participa aux réjouissances. Quant à la mère, il n'y eut pas que du bonheur dans ses yeux, mais une immense fierté. À travers son fils, elle allait accéder à un monde qui lui avait été interdit de par sa naissance, et sa vie allait en être transformée. Car elle ne doutait pas qu'Antoine la lui ferait partager chaque fois qu'il reviendrait au Verdier ; et cette vie-là, ce ne serait pas celle d'une pension étroite et sans lumière, mais celle de la grande ville et de ses splendeurs jusqu'à ce jour inaccessibles.

Deuxième partie

LES LUMIÈRES DE LA VILLE

13

ANTOINE dut aider aux foins avant de se rendre à Toulouse pour se faire inscrire en propédeutique et trouver une chambre. Yves le suivit pour s'inscrire non pas en faculté de lettres mais en faculté de droit. Or ces deux facultés se trouvaient rue Albert-Lautman, en centre-ville, entre l'église Saint-Sernin et la place Anatole-France, pas très loin de la célèbre place du Capitole. Après toute une journée de recherches, Antoine dénicha une chambre de bonne au dernier étage d'un très vieil immeuble de seulement deux étages au milieu de la rue Réclusane, dans le quartier Saint-Cyprien. Elle se présentait sans aucun confort : pas de salle de bains, toilettes en bas dans la cour, un seul lavabo, un vieux poêle à pétrole, mais avec un loyer de seulement cent cinquante francs. Elle était meublée d'un lit, d'une table, de deux chaises, d'un petit meuble vaisselier où deux couverts devaient dater du siècle dernier, et d'un petit réchaud à gaz.

Yves trouva un peu mieux dans la rue Saint-Nicolas

voisine, et ils furent satisfaits de constater que par le pont Saint-Pierre ils pouvaient gagner la rue Lautman en un peu moins de trois quarts d'heure de marche, ou encore plus rapidement s'ils décidaient d'utiliser les transports en commun. Quant au restaurant universitaire, il se trouvait rue des Lois, à deux pas de la rue Lautman, et les tarifs pratiqués étaient à leur portée, surtout s'ils ne le fréquentaient qu'à midi, se réservant le soir de dîner d'un sandwich ou d'un plat de pâtes.

Mais la rentrée scolaire était loin encore, et il n'était pas question pour Antoine de ne pas aider, comme chaque année, aux moissons, aux battages, au regain et aux vendanges. Pourtant, le souvenir des quelques heures passées à Toulouse le hantait : il savait que là-bas l'horizon s'ouvrait, une autre vie l'attendait, faite de découvertes et de liberté. Fini les contraintes du lycée, la discipline obtuse des surveillants, les privations de sortie, les hauts murs et les grilles noires, les dortoirs sans la moindre intimité ! Enfin il serait seul à décider de ce que seraient ses journées, sans entendre cette sonnerie lancinante qui rythmait les heures au lycée, et surtout sans ressentir cette perpétuelle menace des privations de sortie qui pesait sur lui depuis trop d'années.

Le dernier soir avant la rentrée d'octobre, le père et la mère, assis à table, lui demandèrent ce qu'il lui faudrait comme argent en attendant les bourses qu'ils ne percevraient qu'en novembre. En voyant le père sortir quelques billets d'une boîte en fer-blanc, Antoine donna un chiffre bien inférieur à la somme qu'il avait estimée avec Yves, et il fut surpris de comprendre que pour le père elle était très élevée. Il en fut meurtri, et se jura de trouver à Toulouse le moyen de gagner un peu d'argent lui-même, afin de ne plus jamais assister à une pareille scène dont il se sentait humilié.

– Donne-lui un peu plus, insista la mère. Tu sais bien que nous toucherons les bourses bientôt.

Le père accepta, non sans hocher la tête dans un mouvement dont Antoine ne sut s'il traduisait une acceptation sincère ou de la réprobation. Il prit les billets posés sur la table et remercia rapidement, avant de se réfugier dans la chambre où sa mère le rejoignit pour lui dire :

– Ne lui en veux pas. Il ne sait pas ce que la vie coûte en ville.

– Plus jamais, murmura Antoine.

– Ce n'est rien. Il n'y pense déjà plus.

– Plus jamais, répéta Antoine.

Elle l'embrassa et quitta la chambre où François demanda ce qui s'était passé.

– Rien ! répondit Antoine, mais il s'inquiéta, une fois de plus, de savoir son frère obligé de cohabiter avec son père pendant des années.

Le lendemain, après une très mauvaise nuit, il reprit le train pour Toulouse, avec le sentiment coupable mais délicieux d'une délivrance. Et de fait, ce qu'il découvrit au cours des premiers jours de sa vie d'étudiant lui fit mesurer à quel point il avait eu raison : les rues du centre-ville et la place du Capitole étaient envahies par toute une jeunesse heureuse et insouciante qui s'attablait aux terrasses des cafés et discutait sans cesse de la marche du monde, des cours qui reprenaient, des professeurs qui animaient les facultés voisines, des heures à privilégier dans les bibliothèques, mais aussi du gouvernement à renverser au plus vite – un général à la tête de la France, était-ce possible ? –, des livres à acquérir chez Castéla ou à Ombres blanches, et les filles prenaient part à ces discussions animées dans lesquelles Yves entraîna Antoine dès les premiers jours.

Il faillit succomber à cette vie facile, d'autant qu'il se sentait ivre d'une liberté encore jamais éprouvée, et dont le charme l'envoûtait. Heureusement, le manque de moyens financiers le contraignit rapidement à plus de mesure, et les études, dont le programme était censé vérifier les acquis du secondaire, lui firent comprendre que le niveau, ici, était bien plus élevé qu'au lycée. Le fait de ne pas obtenir les meilleures notes en français, par exemple, le désarçonna et le fit redoubler d'efforts. Yves, au contraire, se perdit dans ces palabres interminables des terrasses et la fréquentation des filles qu'il lui présentait, le dimanche, aux heures où Antoine s'accordait un peu de répit, mais sans nouer des relations durables. L'une d'elles, pourtant, prénommée Dominique, plaisait beaucoup à Antoine. Elle le suivit à plusieurs reprises rue Réclusane, mais elle ne s'attarda pas dans sa chambre, sans doute effrayée par ce qui ressemblait plutôt à un taudis qu'à une simple chambre d'étudiant.

Dans le hall de la faculté étaient exposées des annonces de petits « boulots », et notamment celles des parents qui souhaitaient faire donner des cours particuliers à leurs enfants en difficulté. Antoine en décrocha un dès qu'il en eut connaissance, car la famille en question habitait place Saint-Cyprien, tout près de la rue Réclusane. Il s'agissait d'aider un élève en classe de première, prénommé Jean-François, qui ne rêvait que de sciences et de mathématiques. Il était allergique aux dissertations de français et ne recevait jamais de notes supérieures à 5, ce qui désespérait ses parents. Antoine obtint ce travail consistant en trois heures de cours par semaine, lesquelles étaient très bien rémunérées.

Il calcula qu'avec cet argent il pouvait payer la moitié de son loyer mensuel, et il ne se fit pas faute de l'apprendre à ses parents à son retour au Verdier fin novembre, où son père eut du mal à croire que l'on pouvait gagner autant en quelques heures. Il n'en fut que plus impressionné quand Antoine refusa la totalité des bourses que la mère proposait. Il en accepta seulement la moitié, ce qui toucha profondément ses parents, mais ce qu'il ne leur confia pas, c'était qu'il se privait parfois du restaurant universitaire, pour faire chauffer sur son réchaud à gaz une boîte de raviolis. Il n'en souffrait pas, au contraire : sa vie au lycée l'avait habitué aux privations et il avait ainsi la conviction de savoir se contenter de peu, tout en préservant l'autonomie financière de ses parents.

Ainsi passa cette année de découvertes qui, pour la première fois de son existence, le rendait vraiment heureux. Avec l'argent qu'il avait gagné, il avait pu acheter un transistor sur lequel il écoutait les vedettes de la chanson de l'époque et chaque soir l'émission *Salut les copains*. Au cours de sa vie de pensionnaire, il n'avait pu participer, fût-ce seulement à travers les ondes, à cette révolution de la chanson française qui enflammait la jeunesse « yé-yé » subjuguée par le rythme et la nouveauté du « twist ». Tout lui paraissait merveilleux : les chansons nouvelles, la ville aux maisons roses, la faculté de lettres où discouraient des professeurs autrement plus érudits que ceux du lycée, ses camarades étudiants dont l'insouciance, cependant, l'étonnait toujours ; les filles peu farouches, les grandes librairies où reposaient des milliers de livres, le bonheur chaleureux des habitants qui s'interpellaient à distance ou se saluaient avec de grandes tapes dans le dos, les rives de la Garonne qu'il traversait matin et soir, le quartier Saint-Cyprien où se tenait un marché bruyant et coloré, plein d'étals de légumes et de fruits. Ce qui émanait de ces rues de toutes les couleurs, c'était un bonheur exubérant, un peu envahissant, parfois, mais dont il se préservait dans sa chambre propice à la solitude.

Il avait appris à se protéger, afin de ne surtout pas perdre une année, mais il s'offrait la récompense d'une séance de cinéma une fois par semaine. Il assista aussi à un opéra – *Le Trouvère* de Verdi – et à une représentation de *Caligula* d'Albert Camus, et en ressortit ébloui, conscient d'avoir vécu jusqu'à ce jour dans l'ignorance de l'art véritable. Mais que ce monde était différent, et tellement étranger à celui de la ferme du Verdier ! Il le mesurait chaque fois qu'il revenait vers les siens, en ressentait une impression de souffrance, non pas pour lui, mais pour ses parents et pour François qui ne connaîtraient jamais ce qu'il découvrait tout en ayant la chance de pouvoir étudier. Il tentait bien de le leur faire partager, mais comment auraient-ils pu imaginer, sans jamais l'avoir connue, la splendeur d'un opéra ou d'une œuvre théâtrale ? C'était impossible, Antoine le savait, et il s'en voulait de ces privilèges qui venaient à lui si facilement, alors que les siens trimaient sur une terre souvent ingrate, courbés sur elle chaque heure de chaque jour.

Il travailla tellement bien qu'il fut reçu à la propédeutique avec des notes bien supérieures à celles qui étaient exigées. Puis il s'inscrivit en première année de licence de lettres modernes avant de rentrer au Verdier pour aider aux gros travaux de l'été, comme il s'y était engagé.

14

En cette année 1966, François avait seize ans, et il quittait l'école malgré le souhait qu'il avait timidement manifesté d'entrer au lycée agricole après le BEPC. Au cours complémentaire, il avait reçu les bases d'un enseignement dispensé par des professeurs itinérants payés par la chambre d'agriculture. Cet enseignement apparaissait bien suffisant au père Bastide qui prétendait, lui, n'avoir rien à apprendre de personne, et de toute façon il n'était pas question de remettre en cause une décision qui avait fait l'unanimité dans la famille quelques années auparavant. En compensation des études accordées à Antoine, François n'aurait à verser qu'une petite soulte à son frère lorsqu'il prendrait la succession de ses parents. C'était dit ! Il n'y avait pas à revenir en arrière.

Antoine, pourtant, s'en inquiéta auprès de François, mais celui-ci assura qu'il s'était engagé et qu'il saurait tenir sa parole.

– Deux années au lycée agricole, ce n'était quand même pas beaucoup demander, fit observer Antoine.

– Je ferai sans, répondit François. Après tout, le père a peut-être raison : nous en savons bien assez pour cultiver une si petite propriété.

Antoine évoqua aussi le sujet avec sa mère, mais il comprit qu'elle ne trahirait pas l'engagement donné au père : François devait venir les aider dès l'âge de seize ans, c'est ce qu'il avait souhaité et il ne pouvait reprendre sa parole. Antoine n'insista pas, mais dès cet été-là, il comprit que la cohabitation allait être plus difficile encore qu'il ne l'avait imaginé, et cela ne tarda pas : dès un soir de juillet, après les foins que les orages avaient mis à mal, François fit remarquer :

– Avec un tracteur on aurait tout sauvé. En deux jours, on aurait tout rentré.

D'abord le père ne répondit pas. Il continua de manger en silence, puis comme Antoine tentait de soutenir son frère, le père se leva brusquement et cria :

– Quand tu seras seul ici, tu feras ce que tu voudras ! Mais je ne suis pas encore mort, que je sache !

– Ne te fâche pas, Léon, intervint la mère. Tu sais bien qu'avec un tracteur tu te fatiguerais moins. D'ailleurs tout le monde, ou presque, en a un aujourd'hui.

– Qu'est-ce que vous êtes en train de me dire ? s'insurgea le père. Que nous sommes des arriérés ? Que je ne suis plus assez solide pour travailler comme je l'ai toujours fait ?

– Mais non, répondit la mère. Il s'agirait seulement de prendre moins de peine au travail. Nous n'avons plus vingt ans, ni toi ni moi.

– À vous entendre, je ne serais plus bon qu'à mettre à l'asile.

– Calme-toi. Tu sais bien que tout ce que nous souhaitons, c'est que tu te fatigues moins.

– En empruntant à la banque ! Eh bien, tant que je serai là, il n'en sera pas question ! Et vous le savez !

Le père jeta sa serviette sur la table et sortit sans finir son repas. Marie, Antoine et François demeurèrent un long moment silencieux, accablés, puis la mère murmura :

– Il faut lui laisser un peu de temps pour se faire à cette idée. Il finira bien par comprendre.

– Oui, mais quand ? demanda Antoine. Il n'est plus seul ici, il y a François maintenant.

– Soyez un peu patients, insista la mère, je finirai par le convaincre.

L'incident en resta là, mais le père demeura hostile, toujours de mauvaise humeur, même vis-à-vis des voisins venus aider aux moissons, un mois plus tard. Le soir du dépiquage, après une journée caniculaire, éreintante auprès de la batteuse, l'orage devint menaçant et il fallut se hâter de rentrer les sacs au grenier, alors que les hommes n'en pouvaient plus. Le père s'énerva, courut de l'un à l'autre en leur reprochant de ne pas agir assez vite ; et, lorsque l'orage éclata, il entreprit de monter lui-même un sac en grimpant à l'échelle. Antoine le vit soudain s'arrêter aux deux tiers des barreaux, hésiter, chanceler, puis lâcher le sac et, d'un coup, tomber sur la droite en poussant un cri. François, qui avait tenté de le dissuader de grimper à l'échelle, assista aussi à la scène, et il se précipita en même temps qu'Antoine pour retenir le père, mais trop tard. Le grand corps de cet homme invincible gisait maintenant sur le dos, les yeux fermés, les traits creusés, un râle entre les lèvres mi-closes. Les hommes étaient accourus et faisaient cercle autour du blessé immobile sous la pluie crépitante, après un coup de tonnerre qui parut ébranler la grange et la maison.

– Ne le touchez pas, conseilla l'un des moissonneurs. Il s'est peut-être cassé une jambe ou un bras.

Mais on ne pouvait pas le laisser là sous la pluie battante. Antoine courut chercher une bâche dans la grange et à plusieurs ils parvinrent à faire glisser dessus le corps du père puis à tirer l'ensemble à l'abri. La mère arriva à cet instant et se précipita, demandant à Antoine :

– Qu'est-ce qui s'est passé ?

– Il est tombé de l'échelle.

– Il est mort ?

– Non ! se hâta de répondre Antoine, bouleversé par la voix affolée de la mère. Il souffre mais il respire.

– Il faut appeler le médecin, dit-elle.

– J'y vais, répondit Joseph, le voisin qui avait le téléphone.

– Faites vite !

Antoine se pencha vers son père pour vérifier qu'il respirait toujours, et il put rassurer sa mère dont le visage était dévasté, mais sans larmes. Il pensa qu'elle ne mesurait pas tout à fait la gravité de la situation et il en fut soulagé un moment. Ils parlèrent au père, qui ne répondit pas durant tout le temps que Joseph mit à réapparaître, indiquant que le médecin allait venir le plus vite possible, mais qu'il fallait aussi appeler les pompiers pour pouvoir transporter le père, si c'était nécessaire, à l'hôpital. Les minutes qui passèrent leur parurent interminables, et leur impuissance à soulager le père insupportable. Ni la mère ni François ne pouvaient parler. Seul Antoine, quand le silence se faisait trop lourd, trouvait quelques mots dont ils ressentaient tous l'inutile compassion.

Le médecin et les pompiers arrivèrent en même temps une demi-heure plus tard – une demi-heure qui parut durer une éternité à la mère, à Antoine et à François. Le père avait les yeux clos et ne répondait toujours pas aux questions. Les pompiers le transportèrent avec d'infinies précautions dans leur camion, et le médecin, un vieil homme harassé par toute une vie de dévouement au profit de la population, refusa, devant la mère qui se désolait, de se prononcer :

– Il a sûrement un membre fracturé, mais ce n'est pas

tout. Montez avec lui si vous voulez. Il faut que je passe au cabinet, puis je vous rejoindrai à l'hôpital.

Antoine voulut monter aussi dans le camion des pompiers, mais ceux-ci s'y opposèrent : une seule personne à la fois, il n'y avait pas assez de place.

Alors François et Antoine, désespérés, regardèrent s'éloigner le camion, puis ils s'excusèrent auprès des paysans venus aider au dépiquage de ne pouvoir assurer le repas du soir. Ils se retrouvèrent seuls dans la cuisine, face à face, anéantis par ce qui s'était passé, alors que l'orage, au-dehors, s'acharnait sur la maison et la campagne environnante. La table était envahie par les plats du festin destiné à célébrer le dernier jour des battages, mais ils ne purent pas y toucher. Pendant toute la soirée ils tentèrent de se rassurer, mais ils n'y parvinrent pas. Ils finirent par sortir dans la nuit chaude que l'orage, enfin parti, n'avait pas réussi à rafraîchir. Impossible d'aller dormir.

Pour s'occuper l'esprit, ils nettoyèrent l'aire de battage, le bas de la grange, le grenier, puis ils rentrèrent de nouveau et purent enfin trouver les mots que l'accident du père avait un moment retenus en eux-mêmes. Et s'il restait paralysé ? Comment allait se débrouiller François qui n'avait que deux bras et n'était pas encore majeur pour prendre officiellement la suite du père ? Dans ces moments d'angoisse, Antoine alla même jusqu'à envisager d'arrêter ses études, mais François se récria : avec la mère, il ferait face, surtout s'il pouvait acquérir le matériel nécessaire.

– Et les engrais d'aujourd'hui, ajouta-t-il avec une détermination qui surprit Antoine.

Ils se turent subitement en comprenant qu'ils envisageaient le pire : la mort ou la paralysie du père. Se sentant coupables, ils gagnèrent leur chambre sans poursuivre davantage cette conversation qui les avait mis mal à l'aise.

Ils n'eurent pas longtemps à chercher le sommeil, car le médecin revint vers minuit, en leur indiquant que la mère avait voulu rester à l'hôpital pour ne pas abandonner le père à sa souffrance et à sa solitude. Puis, sans même entrer dans la maison comme le lui proposait François – car il lui tardait d'aller se coucher –, il leur apprit sans chercher à leur cacher quoi que ce fût que la situation était grave : le malaise du père était sans doute dû à une attaque cérébrale, et c'était elle qui avait provoqué la chute. En conséquence, les radios avaient décelé une double fracture du bras et du fémur droits. S'il se remettait de son léger AVC, le père allait devoir rester immobilisé pendant des mois.

Assommés par cette nouvelle, Antoine et François regagnèrent leur chambre où ils ne purent trouver le sommeil. Et dès cette nuit commença une attente angoissante que ne dissipèrent nullement leurs visites à l'hôpital deux fois par semaine, en compagnie de la mère revenue très marquée au matin de la première nuit passée près de son époux. Heureusement, ils avaient un peu de répit après les moissons, et avant d'entreprendre les derniers travaux importants de l'été : le regain et les vendanges. Au cours de leurs visites, en découvrant le père ils découvraient aussi un homme qu'ils ne connaissaient pas : il répondait maintenant aux questions, mais sa voix n'était plus la même. Toujours immobilisé sur son lit de souffrance, il se lamentait en s'accusant de n'être plus bon à rien, sinon à leur causer du tracas, et en se demandant s'il pourrait rapidement reprendre le travail. Le chirurgien ne leur avait pas caché qu'il demeurerait probablement diminué par ses fractures du bras et de la jambe. Il pourrait sans doute travailler, mais pas comme avant. Il fallait accepter ce coup du sort et en tirer les conséquences.

L'été s'épuisa en orages réguliers jusqu'en septembre où, enfin, la chaleur s'installa vraiment dès le début du mois. Cette chaleur bienvenue coïncida avec le retour du père au Verdier, mais ce n'était plus le même homme qui regagnait son foyer : il devait encore rester alité au moins trois semaines puis réapprendre à marcher, et peut-être à travailler. Pourtant la mère avait repris courage, ainsi que François, alors qu'Antoine, lui, se demandait toujours s'il ne devait pas abandonner ses études pour leur venir en aide. Il évoqua cette éventualité devant sa mère, mais comme François, elle s'y opposa fermement. Et alors qu'il s'interrogeait à voix haute devant son père, un soir, tandis qu'ils attendaient le repas assis devant le seuil de la maison, celui-ci murmura dans un souffle :

– Je ne veux pas être la cause de ton renoncement. Je ne le supporterais pas. Repars à Toulouse.

Le « je ne le supporterais pas » fit son chemin dans la tête d'Antoine, car il lui sembla lourd de menaces. Il résolut de repartir, mais non sans avoir aidé son frère pour le regain et les vendanges, comme d'habitude. Pourtant, le dernier soir, avant de reprendre le train, il tint à renouveler sa proposition, alors qu'ils étaient tous les quatre réunis dans la cuisine, peu avant d'aller se coucher.

– Ne t'inquiète pas, dit la mère. Nous sommes d'accord avec le père et François : nous allons acheter un tracteur, et tout le matériel qu'il faut pour travailler à l'avenir avec moins de peine. Tu peux partir tranquille. La seule chose que l'on peut te demander, c'est de réussir tes examens pour pouvoir travailler le plus vite possible. Nous, ici, nous ferons face comme nous l'avons toujours fait.

Ils se séparèrent, ce soir-là, en s'embrassant comme ils ne l'avaient plus fait depuis longtemps.

15

ANTOINE repartit donc le lendemain, mais le sentiment de culpabilité qu'il éprouvait le poursuivit pendant plusieurs jours malgré le charme retrouvé de la grande ville, ses terrasses de café place du Capitole, ses quais le long de la Garonne, la joie quotidienne des habitants du quartier Saint-Cyprien que ne semblait hanter aucun souci, aucune crainte de l'avenir. Et en cet automne aussi ensoleillé qu'avait été orageux l'été au Verdier, il retrouva Yves et son insouciance, la faculté de lettres où il assista aux premiers cours, un peu déçu par les œuvres et les auteurs étudiés : notamment Voltaire et son *Essai sur les mœurs*, Diderot et son *Jacques le Fataliste*, qui lui parurent bien éloignés des écrivains qu'il avait l'habitude de fréquenter. La section qu'il avait choisie s'appelait pourtant bien « Lettres modernes ». Il s'en inquiéta auprès de l'un de ses professeurs qui le rassura : la deuxième année et l'année de licence lui permettraient d'étudier des auteurs plus contemporains.

Sa vie reprit un cours normal, c'est-à-dire très solitaire dans sa chambre où il travaillait assidûment, en pensant à sa famille qu'il rejoignit fin novembre, un peu inquiet de retrouver son père toujours privé de ses facultés essentielles. Or Léon Bastide allait un peu mieux : il pouvait maintenant se déplacer, lentement certes, mais au moins il accompagnait François et Marie dans les champs en effectuant des petits travaux qui leur étaient utiles. Il avait beaucoup maigri, parlait difficilement, mais on le comprenait assez bien et le médecin avait affirmé qu'il allait encore progresser en ce domaine. Contrairement à ce que redoutait Antoine, son handicap ne l'avait pas rendu plus coléreux ou agressif. C'était même étonnant de constater à quel point il s'était adouci, comme si son cerveau avait été affaibli lui aussi, ou peut-être touché en des zones jadis sujettes aux sautes d'humeur.

La mère, elle, avait retrouvé son énergie d'avant l'accident, car elle avait confiance en François, et elle avait compris qu'il était capable d'assumer ses responsabilités nouvelles malgré son jeune âge. François était en effet un garçon robuste, d'humeur égale, qui savait ce qu'il voulait. La preuve : un tracteur tout neuf, de couleur rouge et de marque Massey-Harris, se trouvait dans la cour le jour où Antoine arriva. Et pendant la semaine qu'Antoine passa au Verdier, François lui présenta le conseiller de la chambre d'agriculture en visite et il put assister à leur conversation. L'homme en question – la quarantaine, en costume et cravate – parla politique agricole commune, agrandissement des parcelles, engrais chimiques, emprunts faciles au Crédit agricole, rendements à l'hectare, productivisme, tandis que François approuvait, convaincu que cette nouvelle agriculture permettrait aux paysans de vivre mieux, c'est-à-dire avec de meilleurs revenus et en prenant moins de peine qu'auparavant.

– Regarde le père ! dit François à Antoine le soir de cette visite. Il est épuisé à quarante ans et il n'a jamais pu mettre un sou de côté. Je ne veux pas mener la même vie que lui.

– Mais que dit-il de tout ça ? demanda Antoine, un peu inquiet de ce bouleversement si rapide.

– Avec la mère, nous lui expliquons ce que nous envisageons pour l'avenir. Il n'y a pas de problèmes : il signe sans discuter les papiers que nous lui présentons.

– Ne va pas trop vite quand même, conseilla Antoine. Laisse-lui le temps de s'habituer.

– Bientôt, je serai majeur, observa François, et je ferai vraiment ce que je voudrai.

– En attendant, s'il te plaît, ménage-le. Il le mérite, et de le voir si diminué, ça me fait mal.

– Moi aussi. Si je pouvais, je lui rendrais la santé qu'il a perdue, tu le sais bien. Malheureusement je ne peux pas, notre mère non plus, et comme moi elle le regrette.

François ajouta, avec de l'émotion dans la voix :

– Elle s'en occupe bien, tu sais, et pourtant ce n'est pas toujours facile pour elle.

– Oui, je sais. Et je sais aussi que vous ferez toujours pour le mieux, quoi qu'il arrive.

Avant de repartir, Antoine tint à rester seul un moment avec sa mère. Il la retrouva dans l'étable, un matin, alors qu'elle effectuait la traite des vaches, tandis que le père déjeunait dans la cuisine, et que François était parti labourer. Elle avait vieilli, ses traits s'étaient un peu creusés autour des lèvres et des paupières, mais son sourire, lui, demeurait le même. Antoine lui demanda comment elle allait et elle lui répondit que tout était rentré dans l'ordre : le père se remettait et François travaillait comme dix, elle pouvait s'appuyer sur lui, et c'était un soulagement pour elle après ce qui s'était passé.

– N'allez pas trop vite, quand même, s'entendit-il déclarer, tout en le regrettant aussitôt.

– François est bien conseillé, répondit-elle. On peut lui faire confiance. Même ton père se fie à lui maintenant. Tout s'arrange avec le temps. Tu vois ? Il suffisait d'être patient.

– Et toi ? Pas trop fatiguée avec tout ce travail qui te reste sur les bras à présent ?

– Mais non ! Bien sûr que non ! s'indigna la mère en riant.

Et elle reprit, comme Antoine la dévisageait avec un regard plein de tendresse :

– Ce qui compte, c'est de savoir mes deux fils en bonne santé. À partir de là, rien ne m'est pénible dans le travail.

Dans cette expression et cette attitude pleines d'énergie, Antoine la retrouva telle qu'il l'avait toujours connue. Malgré les épreuves, elle demeurait la même : courageuse, tournée vers l'avenir, confiante dans ses deux fils, celui qui restait près d'elle comme celui qui était parti.

– Ne t'inquiète pas, lui dit-elle. Tâche simplement de réussir le plus vite possible.

16

IL REGAGNA Toulouse rassuré, s'investit encore plus dans le travail, amicalement moqué par Yves qui, passionné par la politique – il s'était inscrit à l'UNEF –, négligeait beaucoup ses études. D'ailleurs il n'avait pas pu passer en deuxième année de droit, et il redoublait, ce qui ne paraissait pas l'inquiéter.

– Ce qui est important, aujourd'hui, confia-t-il à Antoine, c'est de changer le monde – le vieux monde. Les études attendront. Nous aurons tout le temps quand nous aurons gagné.

« Gagné quoi ? » se demandait Antoine, mais il n'osait contredire son ami de presque dix ans, et le dimanche, parfois, il l'accompagnait à des réunions d'où il ressortait ébranlé, en se demandant s'il habitait la même planète. Ce qui l'étonnait le plus, c'est que les deux nouveaux camarades qu'il s'était faits en première année de lettres modernes, Alain et Jean-Paul, étaient également passionnés par la politique. Même les filles de sa section tenaient des propos enflammés, y compris aux terrasses des cafés où les étudiants pouvaient rester un après-midi entier à inventer le monde de demain, celui qui les libérerait d'une société dépassée, incapable de comprendre les rêves et les aspirations nouvelles de la jeunesse.

Parmi elles, Christine, une jeune fille originaire de Carcassonne, brune aux yeux verts, plaisait beaucoup à Antoine, car elle savait aussi parler de littérature et obtenait sans trop d'efforts des notes meilleures que lui, ce qui le poussa à se rapprocher d'elle. Elle ne lui refusa pas quelques heures d'étude communes, dans sa chambre des allées Jean-Jaurès, ce qui les conduisit rapidement vers d'autres rivages et, pour Antoine, vers des découvertes aussi agréables que périlleuses.

Il se mit alors à fréquenter davantage les allées Jean-Jaurès que la rue Réclusane, et il faillit s'y perdre. Heureusement, chaque nouveau voyage au Verdier le ramenait à la raison. Là-bas, il ne s'agissait pas de refaire le monde, mais de le travailler. La terre n'attendait pas et l'on n'avait pas le temps d'envisager autre chose que de la labourer pour pouvoir récolter. Ce gouffre entre les deux univers qu'il fréquentait lui faisait mesurer à quel point ils étaient différents, et chaque fois il avait l'impression de trahir l'un en quittant l'autre, et inversement. Qui était-il vraiment ? À quel monde appartenait-il ? Il ne le savait plus, et il souffrait de ces trahisons périodiques qui lui donnaient un sentiment de culpabilité dont il ne pouvait se libérer.

Il en souffrit pendant deux ans, malgré ses succès, jusqu'au printemps de l'année 1968, un mois de mai où l'ouragan qui couvait au sein de la jeunesse française se mit à souffler sur les campus des villes. À Toulouse, les gauchistes se heurtaient fréquemment aux étudiants du mouvement d'extrême droite « Occident », et Antoine fut entraîné malgré lui dans des combats de rue qu'il ne put éviter. Tous ses amis, y compris Christine, guerroyaient parmi les trotskistes, les maoïstes, les communistes, les situationnistes, autant de groupuscules qui se battaient contre les « fascistes » d'Occident ou palabraient des journées entières au sein des facultés et terrasses des cafés. En mai, en quelques jours, la ville devint folle : des voitures brûlaient, des rues étaient dépavées, des barricades dressées, des vitrines brisées, et Antoine fut saisi par cette fièvre qui embrasait les rues.

Par solidarité plus que par conviction, il fit le coup de poing contre les forces de l'ordre, accompagnant Yves, Alain, Jean-Paul, mais aussi son amie Christine qui, comme eux, n'hésitait pas à lancer des pavés, à crier des « CRS SS », à dresser des barricades et à se battre, les yeux rendus douloureux par les gaz lacrimogènes. Antoine n'aurait pas supporté de ne pas se montrer solidaire de ses amis, et pourtant il avait la sensation que ce combat n'était pas le sien. Toujours le même déchirement, la même fracture en lui, qu'il tentait de repousser en bataillant aux côtés de ses camarades, et en prenant autant de risques qu'eux. Le mois de mai ne fut qu'un combat quotidien qui lui fit perdre toute raison, d'autant qu'il ne put regagner le Verdier à cause de la grève générale, et notamment celle de la SNCF. Il fut blessé un soir à la tête par un coup de matraque, mais refusa d'être conduit à l'hôpital, la plaie n'étant que superficielle. Cependant, à partir de ce jour-là il prit moins de risques, songeant à son retour prochain dans sa famille.

Il y songeait d'autant plus qu'il n'y aurait probablement pas d'examens de fin d'année, et que cette année scolaire serait sans doute perdue. À cette idée, quelque chose se contractait douloureusement en lui : comment pourrait-il l'annoncer à sa mère et à François, même s'il ne leur avouait pas qu'il avait manifesté chaque jour auprès de ses amis ? Les palabres des assemblées générales se succédaient, mais nul n'évoquait les examens. Seulement la manière de renverser le gouvernement et d'imaginer un monde nouveau, une nouvelle manière de vivre. Rien ne serait plus comme avant : « Il est interdit d'interdire », et « Sous les pavés la plage ».

Antoine ne prenait jamais la parole, au contraire d'Yves et d'Alain qui péroraient sur les estrades et crièrent victoire, le 29 mai, lorsque le général de Gaulle disparut. Fausse joie pour les étudiants : il réapparut le lendemain en affirmant qu'il ne se retirerait pas et en annonçant la dissolution de l'Assemblée nationale. Le soir même, cinq cent mille personnes défilèrent sur les Champs-Élysées, représentant la majorité d'une population qui était lasse des troubles et aspirait à la paix sociale. C'était fini, comme le confirmèrent les élections de juin.

Antoine n'eut que le temps de rentrer précipitamment au Verdier pour aider sa mère et François à faire les foins. Il se jeta dans cette tâche avec la rage que faisait naître en lui la conviction d'une année perdue, une perte dont il s'excusa auprès des siens en promettant de mettre les bouchées doubles à la rentrée prochaine. Le choc des retrouvailles avait été terrible : Marie et François n'avaient rien compris à ce qui s'était passé dans les villes et se montraient furieux envers ces étudiants qui n'avaient jamais tenu un outil – des fainéants qui avaient mis le feu au pays sans se soucier des conséquences. Après les gaz lacrimogènes, Antoine retrouvait le parfum poivré des foins, la senteur enivrante des nuits criblées d'étoiles, le silence des matins humides de rosée, la chaleur patiente des bêtes dans l'étable, toute une somme de sensations qu'il croyait avoir oubliées, mais qui ressurgissaient, soudain, lui faisant mesurer à quel point elles lui étaient précieuses.

La honte le faisait garder le silence devant la mère épuisée par les corvées et devant le père qui n'avait pas retrouvé l'essentiel de ses forces et en souffrait. François, lui, ne perdait pas une seconde, et se levait de table dès qu'il avait mangé, montait sur son tracteur et s'éloignait, refusant la discussion que souhaitait Antoine, en espérant pouvoir s'expliquer sur son année perdue. Il parvint cependant à le retenir un soir, alors que fatigué, François ne souhaitait qu'une chose : aller se coucher.

– Je n'ai pas pu revenir plus tôt, commença Antoine, les trains ne circulaient pas.

– Je sais. J'avais compris, murmura François.

– Je suis désolé.

– Désolé de quoi ?

– De cette année perdue.

– Ne t'inquiète pas. Aujourd'hui je mène les affaires comme c'est nécessaire. Nous venons de racheter une parcelle, celle qui est attenante au grand pré. Les parents n'ont fait aucune difficulté. Tout va pour le mieux.

Et, comme Antoine semblait surpris, François ajouta :

– Je me suis même occupé de monter un dossier pour me faire exempter du service militaire. Je peux être considéré comme soutien de famille à cause du handicap de notre père. La chambre d'agriculture a informé le député de ma demande, et il est probable qu'elle sera acceptée.

Antoine n'en revenait pas : son frère était devenu un homme sûr de lui et capable de prendre des initiatives auxquelles lui, Antoine, n'aurait pas songé. De par ses études il était sursitaire et il s'efforçait de ne pas penser à cette année de service militaire qui l'attendait un jour. Il sortit de cet entretien complètement rassuré sur le sort de ses parents et de son frère, et dès lors il travailla à leurs côtés en découvrant les nouvelles méthodes employées par François : plus de moissons ni de battages désormais, mais l'intervention d'une moissonneuse-batteuse conduite par un entrepreneur directement dans le champ. À peine un jour de travail au lieu de trois, et sans la moindre fatigue. Ainsi, le sentiment de culpabilité d'Antoine finit par disparaître, et il put apprécier ces journées passées auprès des siens, qu'une vie nouvelle paraissait rendre heureux, même le père qui avait vu, incrédule mais séduit, au bord du champ de blé, l'énorme machine couper les épis, séparer la paille du grain qu'elle gardait précieusement avant de le rendre, propre et luisant, le soir venu, à son fils désormais maître des lieux.

17

Contrairement à ce qu'Antoine avait craint, ce ne fut pas une année perdue pour lui. À la rentrée, une assemblée générale décréta que ceux qui avaient participé au mouvement de mai passeraient sans examen en classe supérieure – et pour Antoine, en troisième année de licence. Yves et Alain n'étaient évidemment pas étrangers aux acclamations qui approuvaient ou non l'appel des étudiants dont le patronyme était annoncé par une sorte de procureur factice, élu par les comités étudiants. Soulagé, Antoine écrivit au Verdier pour annoncer la bonne nouvelle, tout en se félicitant d'avoir participé, même sans conviction, aux événements de mai.

Il se remit avec d'autant plus d'énergie au travail que les auteurs étudiés en licence l'intéressaient davantage : Maupassant, Mallarmé, Baudelaire l'occupèrent rue Réclusane et non plus dans l'appartement des allées Jean-Jaurès. La belle avait retenu les leçons du mois de mai et revendiquait une liberté dont elle profitait sans le moindre remords. D'autres lui succédèrent, mais Antoine avait compris qu'il n'était plus à l'ordre du jour, pour les jeunes filles de 1968, de s'attacher si vite à un seul homme, quelles que fussent ses qualités. Il n'en souffrit pas, car enfin ses études le passionnaient, et il lui semblait qu'il pourrait bientôt toucher au but.

L'année se termina par un hiver qui le vit regagner le Verdier pour huit jours, et par un événement, alors qu'il s'y trouvait, auquel ni lui, ni sa mère, ni François ne s'attendaient : son père mourut dans la nuit du 28 au 29 décembre. Une deuxième attaque cérébrale – un deuxième AVC – avait eu raison de cet homme qu'Antoine avait cru invincible, et qui, pourtant, venait de disparaître en une nuit. Cette disparition si brusque fut terrible pour la mère qui, pas plus que ses deux fils, malgré l'accident de l'échelle deux ans auparavant, n'y était préparée. Elle fit preuve du même courage qu'elle avait manifesté en toutes circonstances, mais elle en perdit la parole tout le temps qu'Antoine demeura au Verdier.

Lui, sans jamais l'avouer, en conçut une sorte de soulagement : voir son père diminué, incapable de travailler comme avant, le désespérait. Il ne réussit pas à s'en vouloir, car François lui fit la même confidence. Et pourtant, le soir des obsèques à l'église et dans le petit cimetière du village où étaient enterrés tous les Bastide, quand ils se retrouvèrent tous les trois, Antoine, François et la mère avec, en bout de table, le vide créé par la disparition du père, le silence régna dans la cuisine. Antoine réprima un sanglot à l'idée que jamais plus la voix de l'homme rude, inflexible, ne retentirait dans cette pièce familiale, et la mère effaça d'un geste brusque deux larmes qui coulaient sur ses joues. Ce fut la seule manifestation d'un chagrin qu'Antoine savait profond et douloureux. Pourtant le lendemain matin, il l'entendit se lever, comme d'habitude, à cinq heures et demie, pour la traite, rejointe très vite par François dans la cuisine. Le travail n'attendait pas. Il fallait continuer, au Verdier, comme à Toulouse.

Cependant Antoine attendit le 3 janvier avant de repartir, le temps de se persuader que sa mère ne s'effondrerait pas. Elle le rassura en retrouvant un sourire teinté de tristesse, mais un sourire quand même, qu'il emporta avec lui dans le train, pour effacer l'image du père devant les bêtes, quand Antoine encore enfant, assis sur la râteleuse, redoutait les foudres de l'homme mûr à l'instant où l'attelage s'arrêtait, bloqué par les mottes de terre. Il revit également le jour où le père l'avait conduit au lycée après, peut-être, la première défaite de sa vie, celle de l'acceptation forcée obtenue par la mère, et il s'en voulut, dans ce compartiment du Capitole qui le ramenait vers son destin. Ne l'avait-il pas rendu malheureux, cet homme qui avait cru en lui, son fils aîné qui avait préféré s'en aller, le quitter – le trahir en quelque sorte ? Et sa colère, le jour où il avait appris qu'Antoine avait choisi l'allemand comme deuxième langue ! Il n'avait donc fait que le blesser, ce père adoré autant qu'il était craint ? Il s'aperçut qu'il ne distinguait plus les lignes du livre qu'il avait ouvert, et il le referma nerveusement, comme pour effacer ce sentiment de culpabilité qui, soudain, l'accablait.

Il lui fallut une semaine avant de retrouver ses habitudes et la faculté de travailler, l'esprit plus libre. C'était aussi pour son père qu'il étudiait, pour lui qu'il devait réussir, devenir professeur. Comme Léon Bastide aurait été fier de ce succès ! Il ne le verrait pas, hélas ! Mais était-ce bien sûr ? Qui pouvait savoir ? L'éducation religieuse qu'Antoine avait reçue, si elle ne lui avait pas procuré de réelles certitudes, lui avait au moins laissé le doute en ce domaine, et c'était déjà ça.

Il se remit donc à l'ouvrage, tout en revenant plus souvent au Verdier pour soutenir la mère et François, et la fin de l'année universitaire 1969 le vit licencié en lettres modernes, un succès qui l'emplit de confiance pour la suite. Il avait décidé de passer en maîtrise et, à cet effet, il devait choisir le thème d'un mémoire à soutenir en juin prochain, mais il avait toutes les vacances pour y réfléchir. Cette année supplémentaire lui permettrait également de faire une préparation au CAPES : le concours national qui ouvrait les portes de l'enseignement, mais qui était réputé très difficile à réussir sans, précisément, une préparation adaptée. Et il était bien résolu à mettre toutes les chances de son côté.

18

LORS du dernier séjour d'Antoine, François lui avait annoncé qu'il fréquentait depuis un an une jeune fille de Sérillac, rencontrée à la JAC, et qu'ils se marieraient dès que possible : ils n'attendaient que la dispense du service militaire pour fixer la date. Elle se prénommait Viviane, était fille d'agriculteur, et elle apporterait en dot une parcelle cultivable pas très loin du Verdier. C'était une partie de la soulte qui lui avait été accordée lors du partage avec son frère qui gardait la propriété familiale. Antoine avait aussitôt félicité son frère, non sans s'inquiéter de la réaction de sa mère à l'idée de devoir partager les responsabilités du ménage avec la nouvelle venue. Mais François l'avait rassuré à ce sujet. Contrairement à ce qu'il craignait, la mère n'était pas hostile à l'arrivée d'une jeune femme chez elle.

– Ce sera une vie nouvelle, assurait-elle. Un peu plus de jeunesse, d'espoir pour l'avenir. Comment pourrais-je en être contrariée ? D'autant que j'ai toujours su qu'il en serait ainsi, et cela dès que tu as décidé de rester au Verdier.

En quelque sorte, elle s'était montrée telle que ses deux fils l'avaient toujours connue : optimiste, heureuse même de l'apparition d'une nouvelle jeunesse dans sa maison. Il n'y aurait pas de problème de cohabitation, contrairement à beaucoup de familles paysannes où la promiscuité entre deux couples, l'un âgé, l'autre plus jeune, créait des conflits parfois insurmontables.

Antoine avait été d'autant plus rassuré qu'il avait fait la connaissance de Viviane peu avant son retour à Toulouse. C'était une jeune femme brune, mince, aux yeux verts, qui lui était apparue d'une vivacité et d'une énergie extraordinaires. Elle s'était montrée également très respectueuse auprès de Marie, manifestant des égards auxquels la mère avait été sensible. Et surtout elle avait pris plus que sa part aux travaux de l'été, foins et moissons, alors qu'elle n'était pas encore mariée à François.

Ce matin-là, quand ce dernier rentra pour déjeuner, sa mère l'attendait dans la cour. À peine eut-il mis un pied au bas du tracteur qu'elle lui tendit une lettre du centre de recrutement de Toulouse. François la décacheta aussitôt, tandis qu'elle l'observait, guettant sa réaction, très vite rassurée par le large sourire apparu sur le visage de son fils : il était dispensé du service militaire comme soutien de famille. La voie était libre, ouverte sur un avenir qu'il construisait pierre à pierre, avec une détermination sans faille. Ce midi-là, ce fut un repas joyeux au cours duquel ils décidèrent qu'ils pouvaient maintenant fixer la date du mariage avec la famille de Viviane. Marie n'avait pas vu son fils si heureux depuis longtemps – depuis la mort du père, en fait –, et cette dispense de service militaire la soulageait, car elle avait craint de devoir faire face, seule, aux charges de la propriété. Mais non, tout allait bien : au lieu de se retrouver seule dans sa maison, ils seraient trois, désormais, pour une nouvelle existence que rien ne viendrait contrarier – elle en était certaine.

François déjeuna rapidement, car il avait hâte d'aller annoncer la bonne nouvelle à sa fiancée, et Marie ne songea pas une seconde à le retenir. Il monta dans la Peugeot 204 break qu'il venait d'acheter, et il partit vers Sérillac où habitait Viviane avec son frère et ses parents. C'était une journée du début de l'automne où la campagne commençait à changer de couleurs. Par la vitre ouverte affluaient des odeurs de terre chaude, de granges pleines, de feuilles en fanaison.

Il s'arrêta au bord du grand champ où, désormais, il allait faire pousser du maïs fourrage, ce qui lui permettrait d'élever trois vaches de plus, et il s'assit quelques minutes sur un tronc coupé pour récapituler en lui tous les projets qui l'habitaient : acheter deux parcelles contiguës au grand pré, raser les haies, ensemencer l'ensemble, acheter un épandeur afin de répandre mieux et plus vite les pesticides et les herbicides que venait de lui livrer la coopérative agricole, ne pas hésiter à emprunter pour cela, même s'il était déjà endetté. Bien avant lui, tous les paysans de la région avaient pris le train de la modernisation, c'est-à-dire de l'agrandissement des parcelles grâce au remembrement, du productivisme, de la mécanisation, et malheur à ceux qui resteraient au bord de la route ! Ils étaient condamnés à disparaître avant dix ans : c'est ce que prétendaient les représentants de la chambre d'agriculture qui se succédaient au Verdier. François était persuadé qu'il devait aller de l'avant, prendre des risques, puisqu'il allait se marier, qu'il aurait un jour des enfants et qu'il devait travailler pour eux, afin de leur transmettre plus tard un bien qui leur permettrait de vivre aisément.

Il repartit, jetant des regards à droite et à gauche de la petite route qui serpentait entre des peupliers et des érables qui, déjà, changeaient de couleurs. Il souriait en conduisant, l'esprit serein, car il avait toujours rêvé de mener cette vie, et il continuait d'échafauder des plans : augmenter les revenus de la vente du lait grâce à plus de bétail, cultiver de l'orge, du maïs et du blé, peut-être du tournesol ou du colza, étendre sa parcelle de luzerne, se battre contre les pucerons, les larves, les chenilles et ces coléoptères qui, sans les produits chimiques d'aujourd'hui, auraient pu, comme jadis, mettre en péril les récoltes. Il se souvenait de la prudence de son père qui redoutait toutes les menaces qui pesaient sur les terres du Verdier. C'est pour cette raison qu'il avait toujours eu peur d'emprunter, de prendre des risques, mais ce passé était révolu : les paysans étaient devenus capables de maîtriser les fléaux qui avaient frappé les semis depuis des siècles.

Et lui, François, incarnait cette nouvelle génération qui devait non seulement nourrir la France, mais bientôt le monde entier. Certes, avant, on avait chanté au cours des soirs de fête des moissons et des battages, on avait bu le vin frais après des journées suffocantes dans la poussière des grains et de la paille, on avait vendangé et fait les foins à plusieurs familles dans une solidarité jamais prise en défaut, mais que de temps perdu ! Les tracteurs, les faucheuses et les moissonneuses-batteuses avaient succédé à ces heures joyeuses, mais qui ne se souciaient ni de l'agrandissement des parcelles ni du rendement à l'hectare. Le monde des campagnes avait changé, et François, lui, avait su prendre le train du progrès. Il se sentait un homme neuf, jeune, plein de force et de courage, et il avait confiance en lui.

Il arriva chez ses futurs beaux-parents avec le sourire aux lèvres, et sa lettre à la main. Ils achevaient leur repas. Le père de Viviane, un homme très grand, aux sourcils épais, aux mâchoires saillantes, sans une once de graisse, tint à ouvir une bouteille de champagne pour fêter dignement la nouvelle. Le frère aîné de Viviane, qui ressemblait à son père, mais plus petit de taille, se trouvait là également, tandis que sa mère, une femme plutôt forte avec de grands yeux noisette, servait la tarte aux prunes du dessert auquel, bien sûr, fut convié François. Après les réjouissances d'usage, on en vint à choisir une date pour le mariage et tous furent d'accord pour la fixer au 8 décembre, un mois d'hiver où les travaux des champs laissent enfin en paix ceux qui travaillent la terre.

Dès lors, il fallut hâter les préparatifs, publier les bans, mais ces trois mois parurent longs à François, d'autant qu'un été de la Saint-Martin s'ingénia à repousser l'arrivée de l'hiver tout le mois de novembre. Enfin un peu de gel feutra les talus et les prés, puis quelques flocons de neige papillonnèrent. Décembre arriva, sec et froid, fouetté par le vent du nord, et avec lui l'événement tant attendu par deux familles.

Ce fut un mariage très simple, avec une cinquantaine d'invités, dans le village de la mariée, comme c'était la coutume. Après la mairie et l'église, un apéritif géant rassembla tous les habitants du village, puis un festin traditionnel, au menu pantagruélique, eut lieu dans la salle des fêtes de la mairie, auquel succéda un petit orchestre qui fit danser jusqu'au matin. François rentra à l'aube au Verdier avec celle qui était désormais son épouse. S'y trouvait déjà Antoine qui avait ramené la mère, fatiguée, dès qu'elle en avait manifesté le souhait. Elle pensait à son mari disparu, qui n'était plus là pour participer à cette fête qui rendait François si heureux, mais elle n'en avait pas soufflé mot. Elle n'aurait pas voulu assombrir ces réjouissances, car jamais, peut-être, son plus jeune fils n'avait manifesté un tel bonheur. Dès le lendemain, Viviane s'assit à la table familiale des Bastide et se mit à aider la mère, comme si tout allait de soi. La vie reprit son cours avec cette présence nouvelle, dont le sourire et la gaîté naturelle rendirent à la maisonnée la force et la confiance que la disparition du père Bastide avait quelque temps ébranlées.

19

Dès le lendemain de ce mariage, Antoine repartit tranquillisé pour mener à bien ses études et, enfin, gagner sa vie au lieu de dépendre de l'octroi des bourses annuelles dont il percevait maintenant le montant directement à la recette des finances de Toulouse. Il était décidé à réussir cette année de maîtrise, tout en préparant le CAPES, ce qui était une gageure, il le savait, mais c'était aussi un défi qu'il se lançait. Il avait eu le temps, l'été dernier, de réfléchir au sujet de son mémoire, qu'il avait remis à son professeur pour approbation. Il s'agissait de démontrer que « Gérard de Nerval pouvait être considéré comme un précurseur du symbolisme ». En effet, grâce à un art presque immatériel, une voie ouverte vers un autre univers, son expérience du surréel dans sa vie, Nerval était un des premiers hommes de lettres à avoir cherché à percer les mystères du monde non de manière descriptive, mais en usant de suggestions et de symboles.

Dès qu'il commença à rassembler ses sources avant

d'entreprendre la rédaction de son mémoire, Antoine mesura à quel point ses préoccupations d'aujourd'hui étaient éloignées de celles qu'il avait connues jusqu'alors, y compris au cours des précédentes vacances. Il savait qu'il ne pourrait jamais évoquer son sujet de mémoire avec sa mère ou avec François. Il avait changé de monde. Il était entré dans celui des idées, des théories, du rêve, avait quitté celui des réalités, du travail manuel, des champs à labourer, des récoltes à rentrer. Certes, il l'avait toujours souhaité, il s'était battu pour cela, mais avait-il eu raison ? Quand il pensait à son père, puis à son sujet de mémoire, quelque chose en lui se brisait et il ne savait plus qui il était. Seule l'image de sa mère le réconciliait avec lui-même : Marie avait toujours entretenu une part de rêve, était capable d'imagination, d'espérance, et c'était donc à elle qu'il devait l'essentiel de sa vie d'aujourd'hui. Mais quel gouffre, malgré tout, parfois, sous ses pieds !

Les heures de cours, en maîtrise, n'étaient pas aussi nombreuses qu'en licence. Celles de la préparation au CAPES requéraient davantage sa présence et nécessitaient beaucoup de travail, mais il ne se sentait pas le droit d'échouer. Cela faisait cinq ans qu'il étudiait à Toulouse, cinq ans passés loin des siens, qui ne s'étaient jamais plaints de son absence, au contraire : ils n'avaient cessé de l'encourager, de le rassurer, et il n'était pas question de les décevoir.

La fin de cette année universitaire fut pourtant rude et périlleuse. Après avoir soutenu son mémoire de maîtrise avec succès, Antoine dut subir les difficiles épreuves du CAPES. Il fut admis à l'écrit grâce à un devoir visiblement très réussi sur Flaubert et *Madame Bovary* dont il avait effectué une étude subtile et novatrice, lui avait-il semblé – à juste titre. Restait à affronter un jury d'une extrême sévérité à l'oral, où il s'efforça de démontrer que *La Chartreuse de Parme* de Stendhal ne se déroulait pas en Italie, mais en « Stendhalie », c'est-à-dire un pays imaginé et embelli par le grand écrivain. Tout se passa bien jusqu'au moment où l'un des examinateurs lui demanda, à propos de la bataille de Waterloo à laquelle participe à sa manière Fabrice del Dongo, si, à part la naïveté du jeune héros et la bizarrerie de la bataille, il n'avait pas remarqué quelque chose d'important, propre au génie de Stendhal.

Comme Antoine réfléchissait sans trouver de réponse, l'examinateur lui tendit une perche qu'il ne sut saisir :

– Fabrice est jeté à bas de son cheval que des soldats réquisitionnent pour un général dont la propre monture vient d'être tuée par un boulet. Mais ce général, il ne vous dit rien ?

Antoine demeura muet.

– Rien, vraiment ? insista l'examinateur, un vieil homme à lunettes et au regard sans indulgence. Comment se nomme-t-il, ce général ?

– Le général Robert ?

– Oui : le général Robert.

Et, comme Antoine s'interrogeait en sentant les battements de son cœur s'accélérer :

– Eh bien, voyez-vous, jeune homme, vous auriez dû remarquer que Stendhal nous laisse entendre que ce général est le lieutenant qui, vingt ans plus tôt, est entré en Italie et, surtout, celui qui a cantonné au palais de la mère de Fabrice, la comtesse del Dongo. Et ce lieutenant, jeune homme, c'est le père de Fabrice. Ce n'est jamais dit, c'est seulement suggéré par cette phrase : « Quel bonheur il eût trouvé à voir Fabrice del Dongo. » Un futur professeur aurait dû s'y arrêter, et être capable de le révéler à ses élèves, n'est-ce pas ?

– Je l'avais compris, répondit Antoine, mais je ne pensais pas que cela fût si important.

– Pas si important ? Vous plaisantez, jeune homme ! Stendhal a cinquante ans, il est épuisé, il lui reste plus de cinq cents pages à écrire, et que fait-il ?

– Il ne l'exprime pas clairement.

– Il laisse partir le père sans un mot pour le fils, alors qu'il aurait pu développer une scène à l'émotion facile. Vous voyez, jeune homme ! Le génie, c'est cela : l'abstraction, le non-dit, la suggestion, le refus de la facilité.

Antoine sortit de l'épreuve, persuadé que son échec au CAPES serait le premier depuis le début de ses études. Il regagna le Verdier en se demandant comment il allait pouvoir annoncer pareille nouvelle aux siens, il y renonça dans un premier temps en les aidant à faire les foins, retrouvant du même coup des sensations familières qui l'apaisèrent. Il était sur le point de les préparer à son échec quand une lettre arriva, qui l'informait de son succès mais avec un classement qui ne lui laissait aucune possibilité de choix dans les postes de professeur de français à pourvoir. Il en fut cependant soulagé : il allait bientôt gagner sa vie.

Restait à résilier son sursis et à faire face à l'obligation de perdre une année de plus avant d'enseigner, mais il n'en était pas inquiet, car son ami Yves lui avait depuis toujours assuré qu'il avait une solution fiable à cent pour cent pour lui épargner cette épreuve. Un de ses oncles était médecin militaire, et c'est lui qui présidait la commission d'incorporation de Toulouse. Malgré les certitudes affichées par Yves, ce fut pourtant avec angoisse qu'Antoine se présenta un matin à la caserne Caffarelli où il devait être incorporé. Et cependant tout se passa sans difficulté, le médecin, un homme corpulent, peigné en brosse, avec des bras énormes, lui expliquant malicieusement que sans service militaire il ne pourrait jamais devenir président de la République.

– Je n'en ai jamais eu l'intention, répondit Antoine.

– Vous en êtes bien sûr ?

– Tout à fait sûr.

– Alors disons que votre albumine vous empêche d'être incorporé. Vous êtes réformé.

Le médecin ménageait quand même ses arrières : il utilisait un prétexte médical pour prendre ce genre de décision qui pourrait un jour apparaître suspecte. Antoine rentra aussitôt au Verdier pour apprendre aux siens la bonne nouvelle, à laquelle succéda, trois semaines plus tard, une lettre du ministère de l'Éducation nationale qui le nommait à un poste de professeur de français dans un collège de Sainte-Geneviève-des-Bois, une ville de la grande banlieue parisienne. L'instant de surprise passé, Antoine feignit de se réjouir devant François et sa mère : enfin il était professeur ! Il allait pouvoir travailler, gagner sa vie, et il les remercia une fois de plus de leur confiance.

– Depuis le temps que nous attendions ça ! répéta-t-il à plusieurs reprises lors du repas de midi.

Ils fêtèrent l'événement tous les quatre : François, Marie, Viviane et lui, très heureux de compter désormais un professeur dans la famille, mais curieux de savoir où se trouvait cette ville de Sainte-Geneviève-des-Bois où Antoine devait bientôt exercer son nouveau métier. Au cours de l'après-midi, il courut acheter une carte Michelin au village, et il se pencha aussitôt sur celle-ci pour l'examiner. Cette ville se trouvait à une trentaine de kilomètres au sud de Paris, sur la nationale 20, et sur la ligne de chemin de fer Toulouse-Paris.

20

IL ATTENDIT la fin des moissons pour prendre, un matin, le train du Capitole qui ne s'arrêtait pas à Sainte-Geneviève-des-Bois mais plus loin, au terminus de la gare d'Austerlitz. Là, Antoine dut monter dans un train de banlieue qui partit en sens inverse en direction d'Étampes, traversa les gares d'Ivry, Vitry, Choisy-le-Roi, Villeneuve-Saint-Georges, Ablon-sur-Seine, Savigny, et le déposa à destination en fin d'après-midi. En cette année 1970 la ville était en pleine expansion : beaucoup de travaux partout, mais de la verdure aussi, et de nombreux pavillons. Elle ne ressemblait guère à celles de la proche banlieue de Paris avec leurs immeubles aux murs gris et leurs tours gigantesques – plutôt à une ville éclose d'une campagne dont on devinait encore, par endroits, la présence, avec des îlots boisés, des espaces verts, ce qui rassura Antoine : il ne s'y sentirait pas étranger.

Dès son arrivée, il se rendit à l'adresse du collège qu'il trouva facilement, car il figurait sur tous les panneaux de signalisation. C'était un établissement récent, très beau, tout blanc, avec des vitres bleutées à l'entrée qui lui donnèrent l'impression de découvrir un vaisseau de croisière. Là, il demanda à la secrétaire de garde, en s'excusant de ne pas avoir rendez-vous, à voir le chef d'établissement. Celui-ci était encore en vacances, mais elle lui assura qu'elle lui ferait part de sa visite dès son retour. Elle lui indiqua l'adresse de la mairie où il pourrait obtenir des renseignements au sujet des possibilités d'hébergement, puis elle lui précisa qu'il pourrait rencontrer M. R., le chef d'établissement, l'avant-veille de la rentrée, et elle nota ce rendez-vous sur un agenda qui parut à Antoine très surchargé.

Ensuite il se rendit au syndicat d'initiative qui avait ses bureaux au sein même de la mairie, tout en essayant de se repérer dans une ville très étendue, aux avenues interminables. Là, il obtint des adresses de location possible, et, après une visite peu convaincante, il trouva trois pièces à louer à l'étage d'un pavillon tenu par une demoiselle très âgée – Mlle Devillers – à un quart d'heure de marche du collège. Satisfait de ce qu'il avait découvert et réalisé au cours de l'après-midi, il repartit par le train de nuit qui le laissa en gare de B. à six heures du matin, encore étonné de changer d'univers en si peu de temps.

De retour au Verdier, il eut beaucoup de mal à travailler aux côtés de François et de sa mère, car ses pensées, désormais, l'emportaient vers la ville et le collège où il allait passer une partie de sa vie. Serait-il de taille à affronter des classes d'adolescents ? Trouverait-il le bon ton pour se faire respecter tout en enseignant les subtilités de la langue française ? Deviendrait-il le genre de professeur dont lui-même avait rêvé ? S'adapterait-il dans la grande banlieue parisienne après avoir passé sa jeunesse dans une ville du Midi ? Autant de questions qui le hantaient, et dont s'apercevaient Marie et François.

– Tu peux partir, si tu veux, lui dit un soir son frère. Le regain, c'est facile avec le tracteur et la faucheuse.

Antoine refusa : il tenait à aider François jusqu'à son départ et il regrettait de ne pouvoir participer aux vendanges de septembre. Il savait en effet que les machines n'entraient pas dans les vignes et que la main de l'homme demeurait nécessaire pour cueillir le raisin. Et surtout il avait conscience du fait qu'au-delà de la fin du mois, sa vie ne serait plus jamais la même. Il allait franchir la frontière d'un autre monde, celui dont il avait toujours rêvé, mais qui lui apparaissait, soudain, redoutable. Il ne pourrait plus revenir en arrière. Il allait devenir étranger au Verdier et aux siens.

Pas de vendanges, donc, il fallait oublier les guêpes saoules de sucre, les parfums lourds, les rires des vendangeurs, les grappes chaudes dont les grains, de temps en temps, écrasés dans la bouche, l'auraient renvoyé vers son enfance perdue – peut-être définitivement perdue, pensait-il en sentant son cœur se serrer.

La veille du départ, il parcourut une dernière fois les

terres qui l'avaient vu naître en s'attardant dans les prés et les champs. Le 29 août 1970, il dit au revoir aux siens et prit le train pour sa nouvelle vie en s'efforçant de cacher son émotion, comme il était parvenu à le faire, le jour de l'entrée au lycée, quand son père et sa mère l'avaient quitté dans la cour, refoulant ses larmes d'enfant.

Troisième partie

UNE VIE NOUVELLE

21

IL EMPORTA une valise et un sac avec lui, et ce fut bien suffisant pour y loger ses vêtements et les livres auxquels il tenait. Le soir même, il s'installa dans son appartement : une chambre, une salle de bains, une cuisine et un petit salon en bon état, car Mlle Devillers les entretenait parfaitement. Le lendemain matin, dès neuf heures, il se rendit au rendez-vous avec son chef d'établissement. C'était un homme d'une cinquantaine d'années, chauve, aux épaisses lunettes à monture d'écaille, mais dont les yeux, d'un bleu éclatant, démentaient la sévérité du visage. Il demanda à Antoine de lui raconter son parcours à Toulouse, le sujet de son mémoire et la manière dont s'étaient déroulées les épreuves du CAPES, et il s'étonna de sa nomination si loin du lieu de ses études et de ses diplômes. Antoine expliqua alors que ni son classement au concours, ni une péréquation encore inexistante, ni le prétexte d'un rapprochement avec un conjoint ne lui avait permis la réalisation de ses souhaits.

– Vous n'êtes donc pas marié ?

– Non. Pas encore.

M. R. eut un sourire énigmatique et reprit :

– Il est bon, pour un professeur, d'avoir une vie familiale solide et respectable.

Il ajouta, tandis qu'Antoine approuvait de la tête, ne désirant nullement contrarier son supérieur :

– Mais vous verrez, nous avons ici des jeunes femmes qui ne manquent ni de charme ni de talent.

Et comme Antoine s'étonnait d'une telle précision :

– C'est assez récent dans l'enseignement, mais je suis persuadé que c'est une bonne chose : elles ont une approche différente de nous, les hommes, et quand elles savent se faire respecter, elles obtiennent des résultats spectaculaires.

Cette digression parut déplacée à Antoine, qui, cependant, ne le montra pas. À Toulouse, il avait eu le temps de constater combien les jeunes femmes d'aujourd'hui montraient de qualités dans tous les domaines, qu'ils fussent professionnels ou sentimentaux. Puis le directeur en vint aux faits : un professeur de français de collège devait assurer dix-huit heures de cours par semaine, depuis les classes de sixième jusqu'aux classes de troisième. Sa mission essentielle consistait à apprendre aux enfants à lire couramment, à écrire sans fautes d'orthographe et à s'exprimer clairement. Ici comme ailleurs les niveaux pouvaient apparaître disparates et c'était bien la difficulté principale à laquelle

Antoine se heurterait. En effet, les écoles primaires de la banlieue formaient des élèves de milieux sociaux très différents, et il s'agissait, pour un professeur, de tendre à ce qu'il n'y ait pas dans sa classe de laissés-pour-compte, même ceux qui, dès seize ans, partiraient en apprentissage.

Ensuite il en vint aux moyens dont Antoine disposait à cet effet : expression écrite, grammaire, lecture expliquée, dictée.

– Vous verrez, c'est passionnant.

– Je n'en doute pas, répondit Antoine, plutôt décontenancé par ce qu'il venait d'entendre.

– Vous avez toute ma confiance, conclut le directeur, et nous nous reverrons demain pour la réunion de prérentrée avec tous vos collègues.

Antoine quitta le collège perplexe. Il se demandait en quoi son mémoire et son succès au CAPES lui seraient utiles dans son enseignement qui consistait surtout à faire acquérir aux élèves les bases de la langue française. Il réalisa qu'un collège n'était pas un lycée et que l'étude des grands écrivains lui serait momentanément interdite. Il décida de ne pas s'en formaliser : il allait toucher son premier salaire à la fin du mois d'octobre, et c'était l'essentiel.

Le lendemain matin, après une nuit agitée au cours de laquelle il tenta d'imaginer – mais vainement – en quoi consisterait réellement la réunion de prérentrée, il se rendit au collège avec une boule au ventre. Le chef d'établissement le présenta à ses collègues qui, pour la plupart, se connaissaient, et il se sentit un peu étranger à ce nouveau monde. Il remarqua qu'il en était de même pour une jeune femme qui se tenait à l'écart, et il manœuvra pour se rapprocher d'elle. Elle était blonde, les yeux verts pleins de vivacité, le visage rond, sans aucune aspérité, les cheveux mi-longs répandus sur des épaules à moitié découvertes, de taille moyenne, des lèvres à peine ourlées d'un rouge orangé ; et malgré le fait de se trouver comme lui un peu à l'écart, elle souriait.

– Antoine Bastide, dit-il en offrant sa main qu'elle serra sans se départir de son sourire.

– Mathilde Teyssandier… Enchantée.

– Vous êtes prof de français ?

– Non ! De mathématiques.

Et, comme Antoine paraissait s'en étonner :

– Vous n'aimez pas les mathématiques ?

– Je n'y ai jamais rien compris.

Elle éclata de rire, ce qui attira les regards des collègues qui commençaient à s'asseoir par affinités, et tout naturellement Antoine se retrouva à côté de la professeure de mathématiques. Ils écoutèrent le directeur souhaiter à tous la bienvenue, présenter les nouveaux, rappeler les objectifs de l'Éducation nationale au sein des collèges, puis il fit distribuer les emplois du temps par sa secrétaire. Antoine consulta le sien en remarquant qu'il avait en charge cinq classes : deux de sixième, une de cinquième, une de quatrième et une de troisième. Il avait une matinée et un après-midi de libres, mais il devait travailler jusqu'à dix-sept heures trente le vendredi soir. Il ne s'en formalisa pas, pas plus que la professeure de mathématiques, alors que les professeurs les plus anciens cherchaient à négocier une totale liberté le mercredi. Il découvrit ainsi les petits arrangements d'usage pour ceux qui possédaient la plus grande ancienneté, et que ne réfutait pas le chef d'établissement, lorsque des aménagements lui paraissaient possibles.

À midi, il déjeuna à côté de Mathilde, qui n'hésitait pas à poser des questions à leurs collègues et avait tendance à s'amuser de leurs réponses. Elle n'était manifestement pas très adaptée à ce milieu nouveau pour elle, mais ne s'en formalisait pas du tout. Il se dégageait de son attitude l'expression naturelle d'une totale absence de préjugés, et d'une liberté de comportement qui s'exprimait sans provocation mais sans réserve. C'était une sorte de vent frais qui soufflait, et qui laissa Antoine, sans en être conscient, totalement séduit.

L'après-midi, ils visitèrent les classes qui leur étaient affectées, ils firent face à toutes les obligations administratives et financières, découvrirent les livres qu'ils devaient utiliser, puis ils sortirent en même temps du collège à quatre heures et ils se retrouvèrent sur le trottoir, face à face, ne sachant comment se séparer.

– Vous habitez loin ? demanda Antoine.

– J'habite Paris.

– Paris ?

– Oui.

– Et vous cherchez un appartement ici ?

– Certainement pas !

– Ah bon ! Et pourquoi ?… Mais peut-être suis-je indiscret.

– Pas du tout ! Je suis parisienne. J'y ai toujours vécu.

– Et vous ferez le trajet tous les jours ?

– Bien sûr ! J'ai un appartement rue Poliveau, tout près de la gare d'Austerlitz. Ensuite, c'est trente-cinq minutes, pas plus.

Et, comme Antoine paraissait stupéfait par ces révélations :

– Mes parents sont dans l'immobilier. Ce sont eux qui me le prêtent.

Elle semblait tout comprendre, tout deviner.

– Je suis fille unique, ajouta-t-elle.

Et, en éclatant de rire :

– Ils n'ont que moi ! Ils me gâtent !

Elle était d'une sincérité, d'un naturel qui balayaient tout sur leur passage.

– Bon, fit-elle comme il demeurait muet. À demain !

Elle lui tendit sa main qu'il serra et, par une sorte de réflexe pour ne pas la quitter si vite, tenta de retenir un instant. Son sourire devint encore plus éclatant, mais elle la retira.

– À demain ! répéta-t-elle.

Et déjà elle avait fait demi-tour et s'éloignait sur le trottoir d'une démarche vive et assurée. Il demeura un long moment immobile, encore sous le coup de ce vent frais et subtil qui l'avait ébranlé plus qu'il n'aurait su le dire. Puis il rentra lentement chez lui, où sa propriétaire lui proposa une tasse de thé. Il accepta pour ne pas la contrarier, mais il avait besoin d'être seul pour analyser tout ce qui s'était passé, et préparer les leçons du lendemain. Ce qu'il fit en privilégiant la lecture expliquée et l'expression orale qui en découlait : ce devait être le meilleur moyen d'évaluer le niveau des élèves qui lui étaient confiés. L'expression écrite suivrait, mais elle ne ferait sans doute que confirmer les premières évaluations.

Ensuite, il se fit cuire des pâtes – une habitude prise à Toulouse, le soir, et il dîna en pensant à son ancienne vie, à sa mère, à François, à Viviane, là-bas, dans la grande maison du Verdier, et il mesura une nouvelle fois à quel point son existence avait changé. Plus qu'une vaine nostalgie, il s'agissait d'un fugace sentiment de perte – quelque chose d'essentiel, sans doute, qu'il avait laissé en route, mais quoi ? Il pensa à cette phrase d'Albert Camus : « On peut avoir, sans romantisme, la nostalgie d'une pauvreté perdue. » Était-ce cela ? Pas vraiment. Non. Plutôt un sentiment confus de trahison : il allait vivre parmi des êtres dont les préoccupations étaient désormais d'un autre ordre. Certes il avait ressenti déjà cela à Toulouse, mais ici, lui semblait-il, les enseignants cherchaient à se démontrer à eux-mêmes qu'ils faisaient partie d'une élite. C'était finalement la sensation essentielle, et fort désagréable, qu'il gardait de cette journée. Ce n'était pas le cas de la professeure de mathématiques, mais elle survolait le monde avec une telle insouciance qu'il se demanda comment il avait pu songer à se sentir si proche d'elle. Et de cela il se sentit coupable sans bien savoir pourquoi. Aussi, avant de s'endormir, ce soir-là, il se promit, dès le lendemain, de rester à distance des uns et des autres.

22

IL S'Y ÉVERTUA durant toute la journée, se concentrant sur la découverte de ses élèves qui lui apparurent plutôt calmes, à part ceux de la classe de troisième. Il y avait en son sein un meneur, prénommé Guillaume, qui manifestait beaucoup de mauvaise volonté, à haute voix le plus souvent, provoquant les rires serviles de ses camarades. Il était physiquement le plus fort, d'un gabarit impressionnant pour son âge, et entendait contester toute autorité. Antoine dut faire appel à sa mémoire de lycéen pour trouver la solution au problème et se souvenir de la manière dont les professeurs les plus aguerris traitaient les fortes têtes : non pas par des sanctions, mais en les plaçant face à leurs lacunes, et devant leurs camarades. Ils hésitaient ensuite à subir une deuxième humiliation, préférant exprimer ailleurs une supériorité qui avait été un moment mise en péril. Il y avait cependant quelques élèves brillants, surtout des filles, d'autres sans aucune ressource mentale ou intellectuelle, mais la majorité lisait et s'exprimait à peu près clairement. C'était mieux qu'Antoine ne l'avait redouté.

Au matin, lors de ses retrouvailles avec la professeure de mathématiques, il lui avait dit « bonjour » en lui serrant la main, puis il s'était écarté aussitôt, comme pour refuser toute conversation. À midi, à la cantine, il s'était installé à l'écart et elle lui avait jeté un regard d'incompréhension. À quatre heures, elle sortit en même temps que lui et elle le rattrapa sur le trottoir, à l'endroit même où ils s'étaient séparés la veille.

– Dites-moi ! fit-elle en le retenant par le bras. Vous aurais-je manqué de respect ?

Et, sans lui laisser le temps de répondre :

– Si c'est le cas, pour me faire pardonner je vous invite à boire un verre au café, là-bas. Je ne supporte pas les malentendus.

Elle ne souriait pas, son visage était grave.

– Je vous suis, répondit-il, frappé par cette gravité soudaine.

Ils ne prononcèrent pas un mot avant d'être assis, face à face, dans un coin isolé, sur des banquettes de skaï vert.

– Alors, fit-elle, vous n'avez rien à me dire ? Vous pensez que vous allez vous en tirer comme ça ?

– Serais-je donc coupable ? répondit-il, mais en le regrettant aussitôt.

Elle le dévisagea intensément, murmura :

– Ne jouez pas, s'il vous plaît.

Puis, du même ton blessé :

– Je pensais que nos relations s'inscriraient sur un registre différent de celui que vous utilisez depuis ce matin.

– Moi aussi.

Elle baissa les yeux, soupira.

– Vous avez donc décidé de ne pas comprendre.

– Comprendre quoi ?

Elle ne répondit pas, demanda :

– Où ai-je commis une erreur ? Paris ? Mon appartement ? Sachez, cher monsieur, que j'ai fait toutes mes études dans une chambre de bonne, et que cet appartement ne m'est que prêté.

Elle ajouta, d'un ton plus sec :

– Mes parents sont des ouvriers. Mon père a travaillé longtemps dans la restauration d'immeubles, et il ne s'est installé à son compte qu'il y a cinq ans, et avec beaucoup de difficultés. Ma mère assure la comptabilité de cette entreprise familiale qui, il est vrai, marche bien. C'est de cela que je devrais m'excuser ?

Décidément, elle devinait tout. Et maintenant elle le défiait du regard, comme si elle attendait de sa part la même confidence.

– Je ne me permettrais pas de vous reprocher quoi que ce soit, dit Antoine en se sentant pitoyable.

– Alors faites comme moi. Les choses seront plus claires.

– Êtes-vous bien sûre que cela soit indispensable ? répondit-il dans un réflexe qui lui parut aussitôt ridicule.

– C'est vous qui voyez.

Elle ne souriait toujours pas, mais les traits de son visage s'étaient un peu adoucis.

– Je suis fils de paysans, lâcha-t-il brusquement, comme en se débarrassant d'un fardeau, mais tout en se sentant terriblement coupable.

Elle ne cilla pas, demanda :

– Et alors ?

– Et alors j'ai dû batailler pendant des années pour en arriver là, dans ce collège de banlieue.

– Moi aussi ! Vous voyez ? Il n'y a rien là-dedans qui soit inavouable, au contraire !

Un long silence s'installa, au terme duquel elle eut enfin ce sourire qui lui allait si bien, creusant deux petites fossettes de part et d'autre de sa bouche couleur d'orange.

– Ça vous intéresse tant que ça ? fit-il.

Il esquissa le geste de lui prendre la main mais s'abstint au dernier moment.

– Plus que vous ne l'imaginez, murmura-t-elle.

Alors Antoine expliqua tout en quelques minutes : la petite ferme du Verdier dans le département de la Corrèze, puis le lycée à une vingtaine de kilomètres, les études universitaires à Toulouse avec des bourses de l'État, le mauvais classement au CAPES et la nomination à Sainte-Geneviève-des-Bois.

– Vous voyez ? conclut-il. Il n'y a là rien d'extraordinaire.

Elle ne répondit pas, demanda :

– Vous avez toujours de la famille là-bas ?

– Mon frère, François, qui a repris la propriété, sa femme Viviane, et ma mère, Marie.

– C'est formidable ! Moi je n'ai ni frère ni sœur.

– C'est vrai, admit-il, c'est une chance.

– Alors pourquoi s'en défendre ?

Il fut surpris de cette question qu'il n'avait jamais envisagée sous cet angle-là.

– Je ne m'en défends pas, dit-il. Je le porte simplement avec moi.

– Eh bien, si je puis me permettre, fit-elle d'un ton sec, essayez de mieux le porter.

Et aussitôt, retrouvant son sourire :

– Excusez-moi, je vous prie. Je suis toujours un peu vive, mais je sais me faire pardonner.

– Vous êtes tout excusée.

Elle le dévisagea un long moment en silence, et leurs regards se lièrent sans que ni l'un ni l'autre songe à se dérober.

– Si j'ai bien compris, vous ne connaissez pas Paris, reprit-elle sans sourciller.

– Non ! Je n'ai pas cette chance.

– Il me serait agréable de vous le faire connaître, fit-elle sans la moindre hésitation.

Elle souriait, comme à son habitude, toujours aussi limpide, toujours aussi naturelle.

– Cela vous paraît compromettant ?

– Non ! Pas du tout.

– Alors, disons, samedi prochain, en début d'après-midi. Je vous attendrai sur le quai d'Austerlitz à quatorze heures.

– C'est entendu.

Ils se séparèrent, ce soir-là, conscients l'un et l'autre d'avoir fait un pas vers une rencontre qui pouvait décider de leur vie. Et en rentrant chez lui, Antoine ne se trouvait plus dans les mêmes dispositions d'esprit que la veille. Il avait retrouvé ses sensations du premier jour, lorsque la professeure de mathématiques lui était apparue dans la salle de réunion : fraîche, lumineuse, énergique et souriante. Il devinait qu'il y avait là un chemin ouvert devant lui entre des futaies plus hautes et plus belles qu'il n'avait jamais traversées.

Dès lors, le reste de la semaine se déroula dans une attente heureuse du samedi à venir, que les premières difficultés de ses élèves rencontrées dans l'expression écrite – plus de cinq fautes, bien souvent, quelles que fussent les classes – n'assombrirent même pas. Après tout, son métier consistait à donner à chacun les moyens de progresser, et c'est ainsi qu'il prenait tout son sens. Ce métier – son métier désormais –, c'était celui qu'il avait envisagé depuis toujours : instruire des enfants ou des adolescents, de manière à leur donner toutes les chances pour réussir leur vie.

23

LE SAMEDI matin, Antoine acheta un blazer neuf, de couleur bleu marine, qu'il comptait porter avec une chemise plus claire, et sur un pantalon de coton gris. Il monta dans le train de banlieue pour Paris bien avant l'heure, et il dut attendre plus de vingt minutes sur le quai, avant de voir arriver Mathilde, les cheveux épars sur une robe beige à rayures orangées qu'une ceinture dorée soulignait bien en dessous de la taille. Elle portait de hautes chaussures dont les lacets se nouaient autour de ses chevilles, et un sac à main de couleur verte très claire, qu'elle balançait avec nonchalance en venant vers lui, un éclatant sourire aux lèvres. Elle lui serra la main, le remercia d'être à l'heure au rendez-vous, et lui dit aussitôt :

– Pour aujourd'hui, je vous propose Montparnasse et le Quartier latin. Il va falloir marcher.

– J'ai l'habitude de marcher, répondit-il. À Toulouse, j'allais à la fac à pied.

– Alors, allons-y !

Elle tint à passer par la rue Poliveau où elle lui montra, d'en bas, son appartement du troisième étage, puis elle revint vers le boulevard Saint-Marcel jusqu'aux Gobelins, et de là, ils montèrent vers Montparnasse par le boulevard de Port-Royal. Une fois en haut, elle lui désigna de la main La Closerie des Lilas qui avait été le centre de la vie littéraire entre les deux guerres, et où avaient régné Paul Fort et son école « Vers et Prose ». En ces lieux très prisés l'avaient rejoint Apollinaire et Max Jacob, entre autres. Antoine songea aussitôt au poèmes *Les Oiseaux de passage* de Paul Fort, et aux *Poèmes à Lou* d'Apollinaire. Il eut la sensation d'une proximité nouvelle avec les grands hommes de la littérature française, et quelque chose en lui lui souffla qu'après un long chemin il était arrivé à bon port.

Ensuite, en suivant le boulevard du Montparnasse, ils parvinrent à son croisement avec le boulevard Raspail, considéré par quelques brillants esprits comme le centre de l'univers.

– Rien que cela ! fit-elle. Vous vous rendez compte !

Elle lui montra les brasseries : Le Dôme, La Rotonde, La Coupole, Le Select, centres des activités artistiques de la Belle Époque, mais que fréquentait encore une certaine intelligentsia. Ils s'assirent à la terrasse de La Rotonde, pour prendre un rafraîchissement, et Antoine se sentit étrangement bien. Était-ce grâce à Mathilde, ou parce qu'il devinait ici des présences qu'il n'avait jamais pu approcher au cours de ses études ? Après Paul Fort et Apollinaire, surgirent Picasso, Brancusi, Hemingway, Fitzgerald, Giacometti, Ezra Pound, Cocteau, Henry Miller, d'autres dont les noms lui revenaient à l'esprit et qui, ici, lui semblaient familiers.

Au cours de leur conversation, il s'aperçut que la professeure de mathématiques avait des connaissances aussi étendues que lui en matière littéraire ou artistique.

– J'ai longtemps hésité entre les lettres et les mathématiques, lui confia-t-elle.

Il l'observa, qui examinait le boulevard envahi de voitures, de bus, de motos tous plus bruyants les uns que les autres, et le trottoir, devant eux, où se pressait une foule bigarrée, joyeuse, qui paraissait n'avoir souci de rien, sinon de vivre follemement cet après-midi de soleil, où l'automne n'avait pas encore embrasé les feuilles des rares arbres perdus dans cet univers essentiellement urbain.

– Il fait chaud, dit-elle en se tournant brusquement vers Antoine.

Ses yeux pétillaient de lumière – une lumière chaude qui allumait dans ses pupilles des étincelles d'or.

– Mathilde ! fit Antoine.

– Oui ?

– Non, rien !

– Ça ne va pas ?

– Si ! Ça va très bien.

– Si vous voulez, nous allons descendre par le boulevard

Saint-Michel vers Saint-Gemain. Vous savez ! L'existentialisme d'après-guerre, Sartre, Simone de Beauvoir, Lipp, Les Deux Magots !

Il savait, bien sûr, et il lui sut gré de le conduire de nouveau vers les lieux où la littérature s'était inventée, à Montparnasse comme à Saint-Germain-des-Prés. Il faisait très chaud, maintenant, et il y avait foule sur le boulevard, au point qu'ils se trouvèrent séparés quelques instants à plusieurs reprises, ce qui la fit rire et s'exclamer :

– Je m'en voudrais de vous perdre ! Sauriez-vous au moins retrouver votre chemin ?

– Je ne crois pas.

– Alors ne vous éloignez pas.

Et elle lui prit le bras.

– Simple mesure de sécurité ! fit-elle en éclatant de rire.

Antoine était ébloui par la vie bouillonnante du quartier bruyant et coloré qui déboucha plus bas, sur le boulevard Saint-Germain, dont l'église lui rappela bizarrement les humbles églises des villages de chez lui. Ils remontèrent vers la brasserie Lipp que tant d'écrivains célèbres avaient fréquentée, mais elle préféra s'asseoir aux Deux Magots, en terrasse, en disant à Antoine :

– Vous avez payé à La Rotonde, c'est à mon tour de vous inviter.

Ils burent deux panachés très frais, face à face, de la gravité dans leur regard. Sans doute pour donner le change, elle lui révéla en lui montrant une table à l'intérieur :

– Vous voyez, là-bas, cette table, contre le mur ? Eh bien, sur sa nappe à la fin de la guerre de 14-18, André Breton a écrit : « Mais Guillaume Apollinaire est mort. »

– Comment savez-vous tout cela, vous ? demanda-t-il, impressionné.

Elle sourit, expliqua :

– Les mathématiques ont toujours été pour moi d'une extrême facilité. Je m'y suis lancée sans hésitation car j'étais sûre de réussir, et je ne voulais pas décevoir mes parents. J'étais moins douée pour les lettres et la littérature, mais ça ne m'a pas empêchée de m'y intéresser. Et puis j'ai grandi tout près, là, derrière, dans la rue Jacob. Je sais tout ce qui s'est passé ici dans les années d'après-guerre : le jazz, le rock, les caves, Boris Vian, les existentialistes, vous comprenez ?

Il hocha la tête, mais en se demandant s'il parviendrait un jour à la cerner vraiment. Car elle était multiple, d'une richesse intellectuelle qui lui faisait mesurer, au contraire, ses limites.

– Repartons si vous le voulez bien, dit-elle. J'ai encore beaucoup de choses à vous montrer.

Ils reprirent le boulevard Saint-Michel en sens inverse, c'est-à-dire en le remontant, et apparut sur leur gauche la Sorbonne qui éveilla chez Antoine les souvenirs de 1968.

– Où étiez-vous, au mois de mai ? demanda-t-il.

– J'étais là, répondit-elle, un foulard sur le nez à cause des gaz lacrimogènes. Mais c'est déjà loin, tout ça.

Un peu plus haut, ils suivirent la rue Soufflot jusqu'au Panthéon où Mathilde lui énuméra les grands hommes qui y reposaient et, de là, descendirent vers les Gobelins par la rue Mouffetard. Ils ne parlaient plus, mais se sentaient proches, comme s'ils venaient de partager une secrète intimité. Une fois sur le boulevard Saint-Marcel, elle prit à gauche, puis à droite la rue Poliveau.

– Vous n'allez pas repartir sans voir mon refuge, fit-elle d'une voix soudain changée.

Il la suivit, le cœur battant, jusqu'au troisième étage d'un immeuble récent, lumineux, et elle le fit entrer dans un appartement de trois pièces principales meublées avec goût et modernité.

– Asseyez-vous, je vous en prie ! proposa-t-elle en lui désignant un canapé de couleur fauve où dormaient deux coussins bleus.

Puis :

– Qu'est-ce que je vous offre ?

– Ce que vous voulez.

Elle alla dans sa cuisine, revint avec deux verres de jus de fruits et s'assit à côté de lui. Ils ne se regardaient plus, et Antoine n'osait se tourner vers elle. Elle l'impressionnait. Et pourtant, il sentait contre lui la chaleur d'un bras nu, son parfum léger de lilas qu'il n'avait jamais respiré de sa vie, et il se disait qu'il devait la prendre dans ses bras, mais il y renonça. Ce fut elle qui se pencha vers lui, blottit sa tête sur sa poitrine, et murmura d'une voix qu'il ne lui connaissait pas :

– S'il te plaît, ne t'en va pas, reste avec moi.

24

IL RESTA, ne repartit que le lendemain vers Sainte-Geneviève-des-Bois, après une nuit de bonheur qui dépassa, et de beaucoup, tout ce qu'il avait pu connaître à Toulouse. Il y revint le samedi suivant, et tous les week-ends qui se succédèrent jusqu'aux vacances de la Toussaint. La vie, pour lui, avait pris des couleurs inimaginables jusqu'à cet automne dont la douceur de l'air s'alliait à celle qui était entrée dans sa vie, et, lui semblait-il, n'en ressortirait plus.

Il fallait pourtant revenir au Verdier où Marie, sa mère, devait l'attendre avec impatience. La séparation d'avec Mathilde fut difficile : huit jours sans elle lui parurent impossibles à traverser, mais ce fut elle qui le pressa de partir. Il ne devait pas oublier sa famille ; quant à eux, ils auraient tout le temps, après, jusqu'aux vacances de Noël, de se retrouver rue Poliveau. Il prit le Capitole, emportant avec lui une photo qu'elle lui avait donnée en riant :

– Tu connais le proverbe : loin des yeux, loin du cœur.

– Suis-moi ! avait-il dit.

– Non ! Nous verrons à Noël.

Le trajet lui parut long, et il eut le temps de préparer quelques cours pour la rentrée prochaine, mais sans pouvoir y porter l'attention qu'il y accordait d'ordinaire : Mathilde demeurait trop présente dans son esprit encombré par les images récentes de l'appartement de la rue Poliveau.

François était venu le chercher à la gare. Il avait changé, son frère, en un peu plus de deux mois : une sorte de gravité s'était inscrite sur deux rides nouvelles de son visage, mais son sourire, lui, demeurait le même.

– Elle t'attend, tu sais, dit-il en évoquant Marie, leur mère. Il ne se passe pas un jour sans qu'elle parle de toi.

– Je reste une semaine, nous aurons le temps, répondit-il. Et toi et Viviane, comment allez-vous ?

– Bien ! Très bien.

Comme toujours en traversant la campagne, le choc était violent après la grande ville. Mais cette fois, c'était Paris qu'il quittait ; Paris et ses grands boulevards, ses monuments, ses terrasses de café, sa foule, son bruissement ininterrompu, Paris où chaque rue portait l'empreinte de la vie passée d'un grand homme. Rue Campagne-Première, Mathilde l'avait conduit devant le vieil hôtel Istria où Aragon, jadis, retrouvait Elsa. Ils avaient pu lire sur une plaque commémorative ces quelques vers : « Lorsque tu descendais de l'hôtel Istria, tout était différent Rue

Campagne-Première, en mil neuf cent vingt-neuf, vers l'heure de midi... » Paris avait envoûté Antoine, qui observait, à travers la vitre de la voiture de François les chemins, les prés, les champs qu'il ne reconnaissait plus. Ils lui paraissaient différents, insignifiants, et il se demandait si c'était bien là qu'il avait vécu – qu'il avait grandi. Une sorte de crampe nouait son estomac. Il s'en voulait, comprenant qu'il était désormais presque un étranger, et qu'une barrière peut-être infranchissable était définitivement dressée entre sa famille et lui.

Dès son arrivée, pourtant, il prit soin de rester avec Marie, et de lui raconter tout ce qu'il vivait là-bas, si loin, au cœur de la capitale. Il lui parla de Montparnasse, des Grands Boulevards, du Panthéon, du Quartier latin, et il fut très content de voir briller les yeux de sa mère. Elle était heureuse, sans doute même comblée de pouvoir vivre à travers son fils ce dont elle avait toujours rêvé. À travers lui, elle avait gagné son combat. Sa vie n'était pas vaine : elle était devenue riche de tout ce qu'Antoine rapportait avec lui et partageait avec elle.

Elle paraissait si heureuse qu'il lui parla de Mathilde.

– Tu nous la feras connaître quand ?

– Bientôt, répondit-il. C'est un peu neuf, encore.

Il s'en voulut en prononçant ces mots : certes, c'était récent, mais y avait-il une comparaison possible avec ce qui s'était passé à Toulouse, ces filles rencontrées, connues, fréquentées, puis perdues ? Il savait bien que non. Mathilde était d'un autre monde, celui qu'il avait longtemps cherché.

En fin d'après-midi, il voulut parcourir son domaine, les chemins isolés, les cabanes secrètes au cœur des bosquets, la vigne à flanc de coteau, les champs où jadis l'entraînait son père, les prés où le regain avait été coupé, et tout lui parut changé. François avait lancé de nouvelles cultures : des orges, du maïs, des luzernes, il avait rasé des haies, coupé des arbres, désormais les parcelles paraissaient beaucoup plus étendues, elles avaient changé de couleurs, et Antoine le constatait avec étonnement, mais sans souffrir. Comment regretter une campagne qui se transformait à ce point, un monde qui n'était plus le sien ? Il se sentit en paix avec lui-même : c'était ainsi, et c'était bien.

Il retrouva avec plaisir la table familiale du repas du soir, la soupe de pain, le sauté de pommes de terre à la viande de porc, la tarte aux pommes du dessert, le fromage, et le goût du vin de la vigne, un goût inoubliable, lui, qui ne changerait pas et laissait dans la bouche une amertume délicieuse. Ensuite il retrouva son lit et pensa aussitôt à celui de la rue Poliveau, où Mathilde, sans doute, pensait à lui comme il pensait à elle. Il s'endormit en se promettant de lui téléphoner dès le lendemain matin.

Ce qu'il fit, une fois qu'il eut déjeuné en présence de sa mère et de Viviane. Le téléphone se trouvait dans une petite pièce qui servait de bureau à François, à côté de la salle à manger. Ils parlèrent peu, car Antoine ne voulait pas mobiliser le téléphone, mais il ressentit à quel point la vie sans elle avait perdu toutes ses couleurs. Lorsqu'il revint dans la cuisine, François déjeunait avant de repartir très vite. Il se levait tous les jours à cinq heures, s'attablait à huit, pour un vrai repas du matin, avec soupe, lard et jambon.

– Viviane a quelque chose à nous dire, annonça-t-il d'un air mystérieux quand il eut terminé.

Son épouse sourit, avoua d'une voix pleine de timidité :

– Je suis enceinte. J'attends des jumeaux.

– Des jumeaux ! s'exclama Marie. Est-ce possible ?

– Parfaitement possible ! fit François. Elle l'a appris hier après-midi chez le gynécologue.

Tout le monde se réjouit de cette nouvelle, et Marie versa une larme en disant :

– Deux enfants dans cette maison ! Tu ne pouvais pas me faire plus plaisir, ma fille.

Elle appelait Viviane « ma fille », ce qui n'étonna Antoine qu'à moitié. Marie avait eu deux garçons et peut-être avait-elle conçu quelques regrets de ne pas avoir donné le jour à une fille. Mais au moins ce « ma fille » traduisait à quel point les deux femmes s'entendaient bien. Antoine dut s'asseoir pour fêter la nouvelle, alors qu'il venait juste de déjeuner.

– Tu l'as annoncé à tes parents ? demanda Marie.

– J'y vais cet après-midi.

François ne s'attarda pas : il devait finir de traiter les

champs après les labours et les semis d'automne. Antoine le suivit dans la grange où il découvrit une dizaine de bidons avec des têtes de mort sur l'étiquette, qui, dès que François ouvrait le bouchon, répandaient une odeur âcre, pénétrante, et faisait suffoquer.

– Qu'est-ce que c'est que ça ? demanda Antoine.

François parut gêné mais répondit :

– Des herbicides, des insecticides et des fongicides.

– C'est toxique ! Il y a une tête de mort sur les bidons.

– Ne t'inquiète pas, répondit François. Je les répands avec une combinaison spéciale, un masque et des gants.

Antoine lut sur la notice des mots glaçants : benzène, atrazine, alachlore, endosulfan, et il s'approcha de François, qui lui tournait le dos, en demandant :

– Tu es sûr que c'est sans risques ?

– Mais bien sûr ! Tous les paysans travaillent avec ça aujourd'hui. C'est le seul moyen d'obtenir de bons rendements à l'hectare. L'agriculture de papa, c'est fini, crois-moi !

Antoine n'insista pas, mais ce qu'il avait vu continua de le hanter toute la journée. Il se garda bien d'en parler à Marie ou à Viviane qui, elles, songeaient davantage à la trayeuse automatique qu'avait commandée François, une machine qui allait faciliter leur travail du matin. Antoine n'eut pas le courage de demander à son frère s'il n'allait pas trop loin dans l'endettement. C'était son affaire, après tout, et il paraissait bien accompagné par les conseillers de la chambre d'agriculture.

La veille de son départ, il parcourut une nouvelle fois les chemins et les champs, s'attarda dans la vigne, alla jusqu'au ruisseau où il avait tant de fois pêché les goujons avec François, puis il rentra pour le repas du soir, non sans se souvenir des automnes d'avant, quand le père, satisfait, revenait avec un lièvre dans son carnier – ce père qui n'était plus là et ne saurait jamais que de Gaulle venait de disparaître soudainement le 9 novembre, abandonnant un monde qui, pour Léon Bastide, s'il avait été vivant, n'aurait plus jamais été le même.

– Tu reviendras quand ? demanda Marie, elle aussi affectée par cette brutale disparition.

– À Noël, bien sûr.

– Tu reviendras seul ?

– Je ne sais pas. Je te le dirai dès que possible.

Il dormit bien, apaisé, et repartit le lendemain matin par le Capitole de huit heures. François l'avait conduit à la gare et Antoine n'avait pas cru devoir revenir sur ces bidons à tête de mort accumulés dans la grange. Il désirait rester sur l'agréable sensation de retrouvailles ressentie au Verdier. Un Verdier différent, certes, mais ô combien précieux, encore, contrairement à ce qu'il s'était imaginé à Paris ! Il n'avait rien oublié de tout cela, et il se sentit étrangement bien. Après tout, pourquoi sa nouvelle vie aurait-elle dû effacer l'ancienne ? Il était double, tout simplement, et il n'avait rien à renier.

Après cinq heures de voyage, il aperçut les premiers immeubles gris de la banlieue, et il se demanda si ces haltes dans sa vie n'allaient pas assombrir celle qui était sienne désormais, auprès de Mathilde. Il résolut d'en profiter tout simplement, sans se poser de questions inutiles : demain était un autre jour, et c'était un autre bonheur qui l'attendait, sans doute aussi précieux que celui des jours précédents.

25

AVEC la correction des copies, la préparation des cours, les conseils de classe, les dix-huit heures requises par l'enseignement, Antoine avait l'impression de n'avoir pas une minute à lui. La vérité, c'est qu'il avait rejoint Mathilde rue Poliveau dès l'instant où elle le lui avait proposé, et que sa présence peuplait les heures et les journées merveilleusement. Comme il ne possédait rien dans l'appartement de Sainte-Geneviève-des-Bois qu'il louait en meublé, le déménagement avait été rapide et joyeux. Désormais, ils vivaient ensemble et partaient le matin vers le collège où ils enseignaient, rentraient le soir le plus souvent en même temps, pour des soirées vécues côte à côte, dans la quiétude de l'appartement où ils avaient aménagé un bureau chacun, l'un dans une chambre, l'autre dans le salon.

Elle lui avait montré tout ce qu'elle connaissait de Paris, surtout rive gauche, mais ils étaient aussi allés au Louvre et sur les Champs-Élysées. Ces découvertes comblaient

Antoine. Elles conféraient à la vie qu'il menait désormais dans une intimité heureuse une sorte de perfection qui, chaque jour, l'étonnait. Avait-il mérité ce qui lui arrivait ? Lorsqu'il en faisait la confidence à Mathilde, elle répondait :

– On n'a que ce qu'on mérite.

Il avait fait la connaissance de ses parents un dimanche, et les avait trouvés très sympathiques, pleins d'énergie, aussi positifs et optimistes que leur fille. Il n'avait pas été question de mariage. Au reste, ni Antoine ni Mathilde n'avait encore évoqué cette éventualité. À Noël, il n'avait pu l'emmener avec lui au Verdier, car le père de Mathilde souffrait d'une mauvaise grippe et elle avait aidé sa mère. Ce serait pour Pâques, ou plutôt les grandes vacances prochaines. Et l'année scolaire était allée ainsi à son terme, chacun s'aidant à faire face aux difficultés rencontrées avec certains élèves, souvent les mêmes, car ils avaient des classes communes – mais sans jamais regretter ce métier d'enseignant qu'ils avaient l'un et l'autre choisi.

En juillet, Antoine se décida enfin à emmener Mathilde au Verdier, au moins pour trois semaines. Il redoutait un peu cette rencontre entre des êtres si différents, mais Marie se montra aussi accueillante qu'elle l'avait été avec Viviane, et elle appela dès le premier jour Mathilde « ma fille ». Cette rencontre fut d'autant plus heureuse que Viviane venait de donner le jour à des jumeaux : un garçon prénommé Adrien et une fille appelée Sandra. Ainsi la maison du Verdier fut cet été-là emplie de joie, de biberons à donner, de pleurs d'enfants et de sourires béats, de promenades paisibles le long des chemins ombragés.

À la grande satisfaction d'Antoine, Mathilde s'associait à ces occupations avec ce naturel qui lui était familier, et elle ne refusait jamais à Antoine de découvrir avec lui ces champs, ces prés, ces chemins où il avait grandi et où les souvenirs affluaient – des souvenirs qu'il lui faisait partager et qu'elle écoutait volontiers.

– Je te connais mieux maintenant, lui disait-elle.

Et elle riait en ajoutant :

– Je ne sais pas si je préfère le paysan ou le Parisien. J'ai l'impression d'avoir deux amants : un luxe que je me croyais interdit.

– Tu en es donc doublement satisfaite ?

– Ça dépend des jours ! Il ne faut présumer de rien.

– Et aujourd'hui ?

– Je te répondrai ce soir, dès qu'il fera nuit.

Ces joutes verbales la réjouissaient alors qu'elles surprenaient toujours Antoine, peu habitué à cet humour froid dont Mathilde était coutumière. Il ne savait pas toujours distinguer le vrai du faux, et seul le sourire familier de sa compagne replaçait le monde dans ses gonds, à son grand soulagement.

Ainsi passèrent les jours jusqu'à la moisson qu'attendait impatiemment Antoine. Mais quelle déception ! Il avait oublié qu'elles ne ressemblaient en rien à ce qu'elles étaient auparavant : plus d'aire de dépiquage à préparer, plus de voisins venus aider, plus de gerbier, plus de battages, plus de festin sous les étoiles ! Un entrepreneur arriva un matin avec sa moissonneuse-batteuse, il se lança dans les champs après avoir à peine dit bonjour, et tout fut terminé en fin d'après-midi.

– Tu vois, lui fit observer François, c'est beaucoup plus facile comme ça !

Antoine évita de lui faire part de ses regrets, afin de ne pas assombrir sa satisfaction d'en avoir terminé aussi vite. Il avait évité d'entrer dans la grange où étaient rassemblés les bidons de produits toxiques, et il n'en avait pas reparlé à son frère. Il préférait lui faire confiance, même si, parfois, les battements de son cœur se précipitaient au souvenir des moissons d'antan ou de la tête de mort sur les bidons de couleur rose, lesquels paraissaient aussi séduisants qu'inquiétants.

En août, Antoine et Mathilde passèrent quinze jours de vacances à Palavas, au bord de la Méditerranée, dans un petit studio de location, et ce fut pour Antoine son premier séjour au bord de la mer. Il avait toujours passé ses vacances au Verdier pour aider les siens, et le fait de ne rien faire, de se prélasser au soleil, lui donna mauvaise conscience, du moins au début.

– Laisse-toi aller, lui disait Mathilde. Tu l'as bien mérité après toutes ces années de travail pendant l'été.

Mais il imaginait François sur son tracteur, levé avant

l'aube et couché très tard à cause de la chaleur ; il revoyait Marie dans l'étable à cinq heures du matin, ensuite penchée sur son jardin, arrosant le soir à la lueur de la Lune, afin que la terre garde toute la nuit l'eau si précieuse aux légumes qu'elle protégeait de son mieux. Heureusement, les machines avaient rendu le travail moins pénible, mais à quel prix, se demandait Antoine. François n'avait-il pas vu trop grand ? Il fuyait ces idées en entretenant avec Mathilde des conversations d'un autre ordre : le collège, les élèves, la rentrée prochaine, quelles seraient les innovations de l'Éducation nationale en cet automne 1971 ?

Ils regagnèrent Paris le 20 août avec plaisir : un Paris presque désert qu'ils parcoururent d'est en ouest, du nord au sud, de musées en expositions, s'attablant à des terrasses ou profitant de la verdure des jardins, et en particulier celui du Luxembourg. Ils savourèrent la douceur de vivre de l'été finissant, heureux, sans doute, comme ils ne l'avaient jamais été, sans souci, sinon celui de préparer une rentrée que, finalement, ils attendaient avec une certaine impatience.

Ils retrouvèrent alors leurs élèves, leurs problèmes, les difficultés à s'occuper de garçons et de filles de niveaux très différents.

Et ce fut après les vacances de la Toussaint, fin novembre, que Mathilde, enlaçant son cou, avoua à Antoine :

– Je suis enceinte.

De stupeur, il ne sut que répondre, mais il se reprit heureusement très vite en demandant :

– Un enfant ? Tu es sûre ?

– J'en suis certaine.

Il la serra dans ses bras, la fit tourner autour de lui en la soulevant et en répétant :

– Un enfant ! Un enfant ! Une fille ou un garçon ?

– C'est trop tôt, on ne peut pas savoir encore.

– Qu'est-ce que tu préférerais ?

– Une fille, bien sûr ! Il y a assez d'un « macho » dans cet appartement !

Il ne s'attendait pas du tout à pareille nouvelle, car il lui faisait confiance en matière de sexualité.

– Il y a un problème, quand même, fit-elle d'un air faussement consterné.

– Quel problème ?

– Je n'ai pas de mari. Je vais devenir une fille-mère. Je ne suis pas sûre que mes parents apprécieront beaucoup.

– Marions-nous très vite ! répondit-il aussitôt, comme s'il se sentait coupable. En décembre ! À Noël !

Elle sourit, demanda :

– Dois-je considérer cela, monsieur, comme une demande officielle ?

– Parfaitement.

– En ce cas, il faut que tu mettes des gants blancs.

– Je vais en acheter…

Il la reprit dans ses bras, mais elle se dégagea pour déclarer, sans rire :

– Je vais y réfléchir.

Elle n'eut pas le loisir d'y réfléchir longtemps, car les parents de Mathilde, bien qu'étant d'un état d'esprit tolérant, avaient gardé des idées plutôt strictes en ce domaine, et ils la pressèrent d'arrêter une date. Mais où se marier ? Au Verdier ? À Paris ? Antoine fit admettre à Mathilde que sa famille ne pouvait pas quitter la propriété ne serait-ce que quarante-huit heures, à cause des bêtes à soigner matin et soir. Il fut donc décidé que le mariage aurait lieu au village de Sérillac proche du Verdier, et dans la plus grande intimité : seulement les parents proches. Il fut fixé au 29 décembre, et Marie et François acceptèrent de s'occuper des démarches à l'église et à la mairie, afin de faciliter les choses. Mathilde n'était pas très favorable à se marier à l'église, mais sa mère y tenait. Quant à Antoine, qui avait été élevé dans la religion catholique, même s'il s'en était éloigné, il ne désirait pas renier ses années d'enfance où il s'était laissé bercer, sans trop réfléchir aux prêches du curé, par le parfum des cierges et de l'encens.

Ce furent deux cérémonies très simples qui virent Mathilde entrer à la mairie au bras de son père, et Antoine à celui de sa mère. Dans l'église, il eut du mal à lui glisser la bague au doigt et il dut s'y reprendre à deux fois, ce qui la fit sourire et murmurer deux mots qu'il ne comprit pas. Son humour familier la faisait simplement lui demander s'il était bien sûr de vouloir se marier. Puis il y eut des chants, des vœux de bonheur prononcés par un prêtre débonnaire à l'embonpoint impressionnant ; enfin à la sortie, sur le parvis, des félicitations et des embrassades auxquelles ils se plièrent sans impatience.

Ensuite, la famille d'Antoine et les parents proches de Mathilde furent invités au Verdier pour un repas de fête qui dura une grande partie de la nuit. Ainsi, Mathilde Teyssandier devint Mme Bastide le 29 décembre 1971, un jour d'hiver où une petite neige feutra les toits, les prés et les champs, donnant à la campagne un air de bonheur paisible qui les accompagna jusqu'au terme des vacances de cet extraordinaire Noël.

26

À LA RENTRÉE, la vie reprit son cours, mais un peu différente, toutefois, car Mathilde devait prendre soin d'elle, et Antoine ne cessait de la surprotéger.

– Je ne suis pas malade ! protestait-elle. Je suis seulement enceinte, et tu portes une grande responsabilité à ce sujet.

– Ce sera un garçon ou une fille ?

– Je ne sais pas.

– Tu le sais, mais tu ne veux pas me le dire.

– Voilà ! Ce sera une surprise.

Elle lui apprit néanmoins en février que c'était un garçon, et ils décidèrent d'un commun accord qu'ils l'appelleraient Fabrice. Ce prénom plaisait à Antoine car il évoquait le Fabrice del Dongo de *La Chartreuse de Parme*. Certes, il l'avait fait souffrir lors du CAPES, mais il demeurait un personnage d'une grande noblesse. Mathilde l'adopta également car elle avait lu et aimé le roman lors de son adolescence. L'accouchement était prévu pour le début juillet et

Mathilde prétendit pouvoir travailler jusqu'au début juin. Dès lors, les mois qui passèrent ne furent pour Antoine qu'une attente un peu angoissée, alors que Mathilde, elle, manifestait comme à son habitude une inébranlable confiance.

– Je te rappelle que ce n'est pas toi qui vas accoucher, mais moi, disait-elle à Antoine.

– C'est pour cette raison que j'ai peur pour toi.

– Il y a des millions de femmes qui accouchent chaque jour dans le monde, et il ne s'arrête pas de tourner pour autant, répliquait Mathilde avec un détachement qui n'était feint qu'à moitié.

Heureusement, la présence proche de la mère de Mathilde rassurait Antoine. Madeleine Teyssandier était capable de résoudre très rapidement les difficultés matérielles qui se présentaient devant elle. Autant sa fille était blonde, autant la mère était brune, et pourtant elles se ressemblaient, surtout avec cette rondeur de visage que deux fossettes aux joues soulignaient délicieusement. Pour l'accouchement de sa fille, elle trouva une clinique de très bonne réputation : la clinique Geoffroy-Saint-Hilaire, tout près de la rue Poliveau, ce qui permettait, en cas d'urgence, de s'y rendre en quelques minutes.

Antoine s'inquiétait surtout pour ces trajets par le train de banlieue chaque matin et des éventuelles bousculades qui pouvaient projeter Mathilde à terre et provoquer un accouchement prématuré. Dans la réalité, ils prenaient toujours ces trains en sens inverse de la majorité de la population qui allait vers Paris le matin et revenait le soir en banlieue. Et donc les compartiments étaient souvent vides, ce qui permettait à Mathilde de s'asseoir à coup sûr. Cependant, si leurs horaires du soir ne coïncidaient pas, Antoine attendait que Mathilde ait terminé pour ne pas la laisser seule au retour.

Ainsi passèrent les mois jusqu'en juin où, enfin, Antoine fut tranquillisé de la savoir à l'abri d'un accident toujours possible, et reliée en permanence par téléphone à sa mère qui travaillait à proximité. Il fit très chaud, en ce début d'été, et si Mathilde, presque à terme, en souffrait, elle ne s'en plaignait jamais. Antoine, quant à lui, n'avait plus qu'une hâte : que les cours se terminent, afin de demeurer près d'elle. Les conseils de classe se succédèrent, la surveillance des épreuves du brevet également, et enfin il put veiller près de cette épouse qui allait lui donner un fils.

Fabrice naquit le 4 juillet 1972 à cinq heures du soir. C'était un enfant aux yeux verts, aux rares cheveux blonds, qui, dès le premier jour, ne leur posa aucun problème : il souriait facilement, surtout dès qu'il était repu, et les laissait dormir jusqu'à six heures du matin. Cette naissance fut pour Antoine un ébranlement dont il ne devait jamais se remettre : il découvrit qu'avec un enfant la vie change aussitôt et que ses parents n'existent plus que par lui, ne respirent plus que pour lui, et perdent toute autonomie. Mathilde lui confia qu'il en était de même pour elle, mais elle était beaucoup plus optimiste que lui et ne s'inquiétait pas pour son fils inutilement. De nature confiante, elle se mit à s'occuper de Fabrice comme s'il avait toujours été là, lui apportant les soins nécessaires sans jamais manifester la moindre contrariété.

Antoine avait prévenu sa mère par téléphone de l'heureux événement et il avait deviné à cette occasion-là qu'elle était très impatiente de faire la connaissance de son petit-fils. Il lui proposa alors de venir passer quelques jours à Paris par le train ; et, à sa grande surprise, Marie accepta, sans doute rassurée par la promesse de son fils de l'attendre sur le quai de la gare d'Austerlitz. Il comprit dès son arrivée qu'il avait eu là une excellente idée, car non seulement elle aida aussitôt Mathilde avec le dévouement qui lui était familier, mais il put lui faire visiter Paris, au moins les Champs-Élysées, Montparnasse, la tour Eiffel, Notre-Dame, et le jardin du Luxembourg. Elle en fut éblouie, transportée, s'émerveillant de tout comme un enfant devant un gigantesque arbre de Noël.

Antoine sut, dès lors, qu'il l'avait aidée à accomplir le grand rêve de sa vie : à travers lui, elle avait accédé à un monde qui lui avait été interdit de par sa naissance, mais qu'il lui offrait, lui, son fils, pour son plus grand bonheur. Désormais, pour elle, il n'y aurait plus ni remords ni regrets, mais la présence, blottie en elle, d'un univers inoubliable.

– Merci, mon fils ! lui dit-elle en l'embrassant sur le

quai du retour. Tu ne pouvais pas me faire plus plaisir. Tu le sais, n'est-ce pas ?

– Je l'espère, répondit-il.

– Viendrez-vous au moins une semaine avec Fabrice au Verdier ?

– Je pense que oui. À la fin juillet, sans doute.

– Encore merci, Antoine ! ajouta-t-elle, les yeux brillants. Je savais que tout ça arriverait un jour.

Il l'aida à s'installer dans son compartiment, et son sourire, à l'instant de la quitter, demeura un long moment imprimé en lui. Il le garda précieusement pendant tout le mois de juillet, tout en s'occupant de trouver une voiture pour partir en vacances, car il n'était pas question de prendre le train avec un enfant âgé de quelques semaines seulement. Antoine avait passé le permis de conduire à Sérillac un été, l'année de ses dix-huit ans, mais il n'avait pas conduit depuis. Il prit donc par précaution trois leçons pour réapprendre les gestes et les réflexes indispensables à la sécurité de sa famille sur les cinq cents kilomètres qui séparaient Paris du Verdier.

Son beau-père accepta de lui vendre sa Renault 16 âgée de trois ans, avec vingt mille kilomètres au compteur seulement, et il récupéra le parking sous-terrain appartenant à leur appartement que jusqu'à ce jour ils louaient à un habitant de l'immeuble. Antoine fut d'autant plus satisfait de cette acquisition que cette voiture était une traction avant et qu'elle possédait un hayon qui facilitait le remplissage du coffre. Ce ne fut pas du luxe quand il fut question d'y faire entrer un landau, même en ayant démonté les roues, au moment de partir fin juillet vers le Verdier où ils étaient attendus impatiemment.

Au cours de ces années-là, l'autoroute n'existait pas encore, et une nationale à trois voies très dangereuse reliait Paris à Orléans, puis elle se prolongeait par une route à deux voies où il était très difficile de doubler, ce qui impliquait plus de sept heures de trajet, compte tenu de la circulation en cette saison. Après deux haltes pour donner le biberon à Fabrice, ils arrivèrent à cinq heures de l'après-midi, en étant partis à neuf heures du matin. Mais dès lors quelle joie, quelle paix pour Antoine, d'aller se promener avec Fabrice et Mathilde sur les chemins, de le sentir dormir calmement près d'eux, la nuit, de côtoyer Marie, François, Viviane et leurs jumeaux qu'il ne fallait pas quitter des yeux, car ils marchaient, à présent, et ils se sauvaient facilement vers l'étable où ils prétendaient soigner les vaches.

Au bout de quelques jours, Antoine s'inquiéta auprès de Mathilde du fait que ces vacances-là ne les conduiraient pas sur les rives de la Méditerranée, mais elle avait été ébranlée par son accouchement plus qu'elle ne l'avouait, et elle avait besoin de se reposer.

– Nous y retournerons l'an prochain, lui dit-elle. Fabrice aura un an, et ce sera plus facile.

Il fit en sorte de ne pas la laisser seule trop longtemps

malgré l'aide qu'il apportait à François comme à son habitude, chaque été. Les jours se succédèrent dans une chaleur raisonnable, et la découverte du monde de la petite enfance, des biberons à faire chauffer, des réveils au moindre gémissement, des inquiétudes à la moindre fièvre et des chansonnettes oubliées à réapprendre d'urgence.

Après le 15 août, toutefois, Antoine comprit que Paris manquait à Mathilde et il lui proposa de rentrer dès la fin de la semaine, ce à quoi, d'abord, elle se refusa en disant :

– Restons encore un peu. Je sais que tu en as besoin.

– Mais non, répondit-il, ça va faire trois semaines que nous sommes au Verdier. Nous repartirons après-demain, le temps de faire les bagages sans se presser.

Marie tenta de les retenir un peu plus longtemps, mais elle n'insista pas, devant l'urgence qu'il y avait, pour Mathilde et Antoine, de trouver à Paris quelqu'un qui puisse veiller sur Fabrice à la rentrée. Or il existait peu de crèches et les solutions n'étaient pas nombreuses pour faire garder un enfant dans la capitale.

Heureusement, la mère de Mathilde, chargée de cette mission en leur absence, avait trouvé une femme d'une soixantaine d'années, veuve, qui avait besoin de gagner de l'argent et cherchait un travail, deux étages en dessous de chez eux, dans l'immeuble même de la rue Poliveau. Elle assura à Mathilde et à Antoine que c'était une femme digne de confiance et, effectivement, dès qu'ils eurent fait sa connaissance, ils acceptèrent de lui laisser leur fils. Elle avait d'ailleurs elle-même élevé une fille qui vivait aujourd'hui aux États-Unis et dont elle avait peu de nouvelles. Ainsi Fabrice lui fut confié à la rentrée, du moins quand leurs emplois du temps requéraient leur présence au collège.

Cette année-là, ils regagnèrent Sainte-Geneviève-des-Bois en traînant les pieds car ils avaient vécu depuis deux mois jour et nuit sans quitter leur fils. Et il leur fallut quelque temps pour accepter d'abandonner le matin Fabrice à des bras inconnus dont la chaleur, ils le savaient, ne pourrait jamais remplacer la leur.

27

À PARTIR de l'automne, le temps se mit à passer très vite, comme pour tous ceux qui travaillent en élevant des enfants : plus de temps libre, tout à donner, ne rien garder pour soi, veiller jour et nuit sur ces enfants qui monopolisent l'attention en permanence. À peine si les nouvelles du monde extérieur parvenaient à arriver jusqu'à eux. Et pourtant des attentats avaient assombri les Jeux olympiques de Munich en 1972, puis on avait appris la mort d'Allende provoquée par le général Pinochet au Chili en 1973, enfin Giscard d'Estaing avait succédé à Georges Pompidou en 1974.

Deux ans s'étaient déjà écoulés sans que Mathilde et Antoine puissent s'attarder sur d'autres sujets que Fabrice et eux-mêmes, d'autant que Mathilde avait souhaité un deuxième enfant très vite, afin, disait-elle, de pouvoir les élever dans l'énergie de la jeunesse. Antoine s'en était ému, craignant que deux grossesses rapprochées ne l'épuisent, mais Mathilde, comme à son habitude, était demeurée ferme sur sa résolution. Si bien qu'elle était enceinte depuis la fin de l'année 1973 et qu'elle donna le jour à sa fille Julie née elle aussi en été, comme Fabrice, mais en plein mois d'août.

C'était une enfant colérique, à la vivacité étonnante, qui leur fit mener une vie bien plus compliquée que Fabrice au même âge. Beaucoup de nuits sans sommeil s'ensuivirent, d'heures à veiller sur leur fille sans relâcher leur attention, car elle mettait à la bouche tout ce qui passait à sa portée. Des cheveux bruns ornaient déjà sa tête aux traits fins, des yeux gris-bleu semblaient ne savoir jamais ciller, des lèvres volontaires s'ouvraient sur des cris nés de la moindre contrariété.

– Je croyais que tous les enfants en bas âge se ressemblaient, regrettait Antoine.

– Il faut croire que non, répondait Mathilde que la fatigue ne parvenait pas à assombrir.

Et elle ajoutait, d'une voix détachée :

– Une bonne chose de faite ! J'avais depuis toujours rêvé d'avoir deux enfants !

La vérité, c'est qu'elle avait souffert d'être fille unique, de n'avoir pas eu un frère ou une sœur pour l'accompagner au cours d'une enfance où la solitude l'avait souvent accablée, ses parents étant monopolisés par leurs nombreuses activités à l'extérieur.

Lors de la rentrée qui suivit cette naissance, leur travail au collège en souffrit, mais comment auraient-ils pu oublier, pendant les heures de cours, leur fils et leur fille laissés à Paris, au long de ces journées qui leur semblaient interminables ? Leur vie d'enseignants, à ce moment-là, leur apparaissait secondaire et ils se le reprochaient, le soir venu, sans toutefois parvenir à s'en vouloir vraiment. Antoine, pour sa part, se désolait de ne pouvoir lire avec l'attention nécessaire, faute de temps, des écrivains comme Aron, Dumesnil, Le Roy Ladurie, Pierre-Jakez Hélias dont les ouvrages l'intéressaient et dont la présence éclairait les émissions littéraires. Mais non : autant que Mathilde la vie quotidienne l'emportait vers des rives essentiellement familières, et c'est à peine s'il accorda de l'attention à la chute de Saïgon, à l'arrivée des Khmers rouges au Cambodge, à la fusée Ariane ou au TGV dont la télévision diffusait des images en boucle, lancé à plus de trois cents kilomètres à l'heure.

Mathilde parvint cependant à l'intéresser aux réformes giscardiennes dont elle se réjouissait : le droit de vote à dix-huit ans, l'interruption volontaire de grossesse et le divorce par consentement mutuel. Antoine comprenait l'intérêt qu'elle manifestait pour l'interruption volontaire de grossesse, sachant à quel point les femmes se mettaient en danger quand elles avortaient dans la clandestinité, mais le droit de vote à dix-huit ans et le divorce par consentement mutuel ne lui paraissaient pas d'une urgence capitale.

Lorsqu'il l'interrogeait sur ce sujet, Mathilde répondait, tout sourire :

– Qui sait si je ne vais pas décider de me débarrasser de mon mari un de ces jours ?

Il en riait volontiers, car rien, dans son comportement, ne trahissait la moindre lassitude à son égard, bien au contraire : elle ne changeait pas, demeurait fidèle à la Mathilde des premiers jours, toujours gaie, semblable à l'image qu'elle lui avait donnée lors de leur première rencontre. Ses deux grossesses l'avaient à peine transformée en une jeune femme plus mûre, au physique un peu plus affirmé. L'éclat de ses yeux demeurait le même lui aussi, et ses deux fossettes aux joues ne s'étaient creusées que pour mieux souligner sa bouche rieuse. Malgré le temps qu'elle leur accordait, ses enfants la comblaient, et c'était elle qui se levait la nuit si des pleurs les réveillaient. Antoine s'était dévoué au début, mais Mathilde tenait à manifester ainsi sa qualité de mère, comme pour se prouver à elle-même qu'elle était capable de tout assumer : son métier, ses enfants, sa jeunesse, son énergie, que rien ne devait prendre en défaut.

Et pourtant leur vie professionnelle allait se compliquer sérieusement avec la réforme Haby qui créait ce que l'on appela très vite « le collège unique ». Dans le prolongement de « l'école pour tous », cette réforme supprimait la distinction entre les CES et les CEG, mettant fin à l'organisation de la scolarité en filières. Par ailleurs, elle homogénéisait le contenu des disciplines et par là même les connaissances des élèves.

Antoine et Mathilde comprirent rapidement que cette réforme aurait tendance à tirer vers le bas le niveau des collégiens qui ne seraient plus orientés dès leur plus jeune âge en fonction de leurs goûts ou de leurs capacités, mais seulement rassemblés dans une sorte de tronc commun défini en haut lieu. Par ailleurs, la réforme reconnaissait la notion de communauté éducative : celle qui réunissait les élèves, les enseignants, le personnel non enseignant et les parents d'élèves.

En raison des remous que le projet provoquait, il ne fut pas mis en œuvre en 1975, mais quelques mois plus tard, et ce que Mathilde et Antoine redoutaient se concrétisa : en supprimant les filières, la réforme appauvrit les programmes, fut confrontée à l'hétérogénéité des élèves (niveau scolaire et origine sociale), aux difficultés d'adaptation de ces nouveaux élèves, à l'inégalité croissante entre les établissements, à la progression des incivilités de la part d'adolescents inaptes aux études générales, et qui n'avaient plus d'accès à l'enseignement technique avant seize ans.

Si la philosophie de départ était louable, à savoir la démocratisation d'une école pour tous, son application accentua davantage le constat que Mathilde et Antoine avaient fait dès leur première année : des différences de niveaux impossibles à combler, et de plus en plus criantes entre les élèves. Ainsi virent-ils arriver en classe de sixième des enfants pratiquement illettrés, un état de fait qui, loin de résoudre les problèmes, les multiplia.

La réforme provoqua de nombreuses manifestations auxquelles Mathilde et Antoine participèrent sans la moindre hésitation. Elles ne connurent que peu d'effet et il devint évident que la seule solution était de s'adapter comme, d'ailleurs, ils l'avaient toujours fait. La salle des professeurs fut recouverte d'affiches syndicales, d'avis de grèves, et des comités d'action lycéens furent créés, dont les préoccupations s'essoufflèrent en palabres écologistes, antinucléaires ou d'objections de conscience peu en rapport avec la réforme elle-même. Et tout rentra dans l'ordre – un ordre nouveau, homogène mais faible, dont les conséquences étaient loin, alors, d'être mesurables.

28

CETTE ANNÉE-LÀ, Mathilde et Antoine décidèrent d'acheter, entre le Verdier et Sérillac, la maisonnette de Léandre, le vieux paysan qui aidait aux vendanges, jadis, et qui venait de mourir. Elle n'était pas chère du tout, car en mauvais état, et elle nécessitait quelques travaux d'aménagement qu'ils avaient la possibilité de financer sans dommages pour l'équilibre de leur budget. Antoine n'avait eu aucune difficulté à convaincre Mathilde : elle savait qu'il tenait à passer quelques jours auprès des siens pendant les vacances d'été, et la maison du Verdier était devenue trop petite, à présent, pour les accueillir avec leurs deux enfants. Mathilde avait d'autant plus approuvé ce souhait qu'elle vivait, elle, à longueur d'année, tout près de ses parents : une présence qui lui était précieuse.

Cette maisonnette sans étage, de plain-pied donc, se trouvait à trois cents mètres du Verdier, à flanc de colline, et comportait trois chambres et une grande pièce à vivre où trônait un « cantou », c'est-à-dire une immense cheminée ouverte, avec une plaque en fonte ouvragée, des landiers et des chenets qui avaient défié les siècles. Elle était bâtie en pierres de taille, couverte de tuiles brunes, et son enclos contenait une grangette, face à la maison, où Léandre entreposait ses outils. Une treille ornait sa façade, et quelques orchis fleurissaient jusque sous les tuiles. Elle fut restaurée sous la surveillance de François qui s'occupa de trouver les artisans capables de réaliser les travaux en peu de temps. Antoine et Mathilde avaient décidé de conserver les poutres apparentes de la grande pièce, tout en les repeignant d'une teinte cérusée, ce qui éclaira la salle où fut également aménagée une bibliothèque pour les livres devenus trop envahissants à Paris.

Muni d'une procuration signée par Mathilde retenue dans la capitale, Antoine avait signé l'acte notarié avec une immense satisfaction : non seulement ils pourraient tous les quatre partir en vacances près de sa famille, mais il éprouvait la sensation de renouer les liens distendus avec son enfance. C'était comme s'il s'ancrait de nouveau dans cette terre qui l'avait vu naître et qu'il avait abandonnée. Ses enfants pourraient courir les chemins où il s'était lui-même ensauvagé, connaître un peu de cette vie au sein de laquelle, sans toujours le mesurer, il avait été heureux. La boucle, en somme, était bouclée ; et les vacances le rendraient à cette part de lui-même – merveilleuse et secrète – qui n'avait jamais pu oublier d'où il venait – et qui il était.

Cette restauration fut terminée juste avant l'été 1976, qui devait rester célèbre dans les mémoires à cause de la canicule installée sur le pays. Elle inquiéta beaucoup François, dont les cultures grillèrent sur pied, notamment l'orge et le maïs, mais aussi en raison de la pénurie de foin et de paille. Impossible d'arroser : non seulement c'était interdit, mais tous les points d'eau à proximité du Verdier étaient à sec. Heureusement, le gouvernement décida d'une aide aux agriculteurs et favorisa le transport de paille vers les éleveurs qui en manquaient pour leur bétail. Ainsi François parvint à passer le cap qui l'avait un moment mis en danger.

Par ailleurs, il avait certifié à Antoine qu'il ne rencontrait aucune difficulté pour faire face à son endettement, et son frère en avait été convaincu le jour où il avait découvert dans la cour du Verdier un tracteur flambant neuf dominé par une cabine censée protéger le conducteur des intempéries. Ce jour-là, François avait installé près de lui son fils Adrien, maintenant âgé de cinq ans, et dont il était fier. C'était comme une préfiguration d'un avenir possible, père et fils ensemble, déjà réunis, ce qui réjouit Antoine.

Ces premières vacances dans leur maisonnette au lieudit Puyloubiers furent, pour Antoine surtout, un enchantement. Il emmena son fils de quatre ans pêcher de la friture dans le ruisseau voisin, il lui montra comment traire les vaches, il lui fit découvrir les oiseaux dans leur cache secrète, cueillir les premières mûres dans les haies, distinguer les buses des milans qui tournaient dans un ciel sans nuages. Tenant son fils par la main, il avait la sensation de retrouver à travers ses yeux d'enfant crédules et innocents les trésors que les premières années de sa vie avaient archivés dans sa mémoire, et que rien ni personne n'avait pu dérober. Il se disait que tout cela était ridicule, inavouable – et surtout pas à Mathilde qui aurait anéanti d'un regard ce pélerinage –, et pourtant il était persuadé que l'essentiel était là. Il s'en voulait de cette émotivité dérisoire et en même temps s'y attachait en écoutant une voix familière lui souffler que la vie ailleurs n'était qu'un reflet des dix premières années de sa vie.

Le soir, à la nuit tombée, ils partaient tous les quatre : Mathilde, Fabrice, Julie et lui, Antoine, vers les prés luisants de lune, et ils s'allongeaient côte à côte sur une couverture pour observer les étoiles qui s'allumaient une à une. Antoine les désignait de la main à ses enfants comme sa mère l'avait fait, il y avait bien longtemps, et ils répétaient après lui les mots mystérieux : Bételgeuse, Aldébaran, Altaïr, Rigel, Antarès, Denebola, tous ceux dont il se souvenait encore après tant d'années, alors qu'il croyait les avoir oubliés. Puis ils jouaient à fermer les yeux et à les rouvrir brusquement pour se sentir voguer sur l'esquif de la Terre perdue dans l'immensité de l'Univers. Plaisirs faciles mais précieux qui persuadaient Antoine que ses enfants se souviendraient toujours, une fois grands, de ces nuits lumineuses.

Il s'inquiétait pourtant de la patience manifestée par Mathilde pour ces activités si éloignées des siennes à Paris – ce monde de la grande ville qu'elle aimait par-dessus tout –, mais elle les acceptait avec ce naturel dont elle ne se départait jamais, et savait participer à ces jeux familiaux. Ils étaient convenus, quand Julie aurait trois ans, d'aller passer quinze jours au bord de la Méditerranée, comme avant, mais en juillet, un mois où il y avait moins de monde sur les plages françaises. Ce pacte rendait les choses plus faciles, car ils y trouvaient tous les deux la satisfaction d'avoir écouté leurs souhaits les plus chers. Ils rentrèrent à Paris en paix avec eux-mêmes, prêts à affronter les difficultés d'un métier qui devenaient de plus en plus importantes au fil des années.

29

LÀ, ils réintégraient l'autre monde, celui qu'Antoine avait adopté dès le début de sa vie à Paris, et il ne manquait ni de charme ni d'intérêt : c'était l'époque d'un cinéma neuf et brillant, celui des Truffaut, Tavernier, Costa-Gavras, Scorsese, Dino Risi, Milos Forman, Steven Spielberg, et, chez les acteurs, celui des Depardieu, Dewaere, De Niro, Nicholson, Redford, Bronson – d'autres encore, tous aussi excellents et représentatifs d'une société qui s'ouvrait à l'image, aux loisirs dans les hypermarchés et les Fnac où foisonnaient les chaînes HI-FI, les radiocassettes Grundig, les caméras Super 8 Bell & Howell. Ce fut aussi l'époque où Antoine et Mathilde purent découvrir, grâce à l'entremise de ses parents à elle qui à cette occasion gardaient les enfants, l'exposition Ramsès II au Grand Palais et, peu après, celle de Dalí au centre Pompidou.

Mais la grande ville n'était pas seule à évoluer, la banlieue aussi changeait : elle se couvrait de grands ensembles, de vastes surfaces commerciales du genre Cuir Center, Darty, Saint-Maclou, et de ces transformations Antoine et Mathilde se rendaient compte chaque matin, en prenant le train vers le collège, non sans se demander si Sainte-Geneviève-des-Bois n'allait pas suivre le même chemin. Cette petite ville semblait mieux maîtriser ce nouvel urbanisme, même si elle se trouvait maintenant entre les autoroutes A6 et A10 et drainait donc de nombreuses activités commerciales et un afflux de population venue pour y trouver un emploi. Dans ces banlieues, des familles nouvelles s'installaient au contact des habitants établis là depuis longtemps et qui, pour la plupart, s'étonnaient de ne pas les voir vivre comme eux. Des populations inconnues se rassemblaient dans des HLM d'où les hommes ne sortaient que pour creuser des trous dans les chaussées ou s'accrocher aux camions de ramassage des poubelles, tandis que les femmes, elles, veillaient sur de nombreux enfants dans un isolement qui ne facilitait pas les échanges.

Et donc le collège de Mathilde et d'Antoine changeait lui aussi. Avec la réforme Haby, de jeunes adolescents le fréquentaient à présent sans manifester le moindre intérêt pour les études. Les collèges d'enseignement technique avaient disparu, livrant à l'enseignement général une jeunesse hostile et qui n'hésitait pas à exprimer ce rejet de plus en plus ouvertement, posant à Antoine et Mathilde des problèmes d'autorité, mais pas seulement : ces jeunes étaient capables aujourd'hui d'exercer des pressions sur l'ensemble de la classe, afin de la contraindre à exprimer le même refus qu'eux.

Ainsi, Antoine, un jour, se trouva face à un adolescent qui perturbait la classe en ne cessant de l'interrompre avec des propos à la limite de l'injure. Il avait l'habitude, non sans mauvaise conscience, d'exclure ce genre de perturbateur en l'envoyant chez le directeur, mais celui-là refusa de sortir. Alors Antoine se dirigea vers lui, le saisit par le bras pour l'entraîner dans le couloir, mais l'élève résista. Antoine dut s'y prendre à plusieurs reprises pour parvenir à ses fins et rentrer de nouveau dans sa classe où il ressentit une désagréable hostilité.

Deux jours passèrent avant qu'il ne soit convoqué par le chef d'établissement qui l'informa qu'une plainte avait été déposée contre lui par les parents de l'adolescent expulsé *manu militari*. Selon eux, Antoine avait frappé leur fils, et ils pouvaient le prouver. La stupeur empêcha d'abord Antoine de se disculper : c'était trop choquant pour être vrai.

– Je n'ai jamais frappé un seul de mes élèves, répondit-il seulement au directeur très contrarié par ce qu'il appelait « une affaire très désagréable ».

– Les parents ont fourni un certificat médical.

– Qui atteste des traces de coups ?

– Contusions, dit ce certificat. Pouvez-vous m'assurer que vous ne l'avez pas touché ?

– Je l'ai pris par le bras car il refusait de sortir.

– Vous n'auriez pas dû.

– Je vous le répète : il ne voulait pas sortir et il m'empêchait de faire la classe normalement.

– Avec votre expérience, vous devez savoir qu'il y a d'autres manières de faire preuve d'autorité.

– Je les ai toutes employées avec cet élève, mais vainement. Il ne voulait rien entendre.

Le directeur soupira, puis, après un instant de réflexion, changeant brusquement de ton, murmura :

– Écoutez, monsieur Bastide, je suis persuadé que des excuses mettraient un terme satisfaisant pour tout le monde à cette pénible affaire.

– Des excuses ?

– Oui. Je suis à peu près certain que les parents s'en contenteraient et retireraient leur plainte.

– Des excuses de ma part aux parents ?

– Oui. Vous m'avez bien compris. Et peut-être aussi à l'élève que vous avez malmené.

– Vous êtes sérieux ?

– Tout ce qu'il y a de plus sérieux, monsieur Bastide. Et j'ajoute que c'est aussi l'avis – la recommandation – de l'inspecteur.

– Vous en avez informé l'inspecteur ?

– J'ai bien été obligé. Ne prenez pas cette affaire à la légère, monsieur Bastide : une plainte a été déposée, et rien ne dit que le procureur ne poursuivra pas.

Antoine était abasourdi, assommé par ce qu'il entendait, et cependant quelque chose au fond de lui se rebella :

– Il n'en sera jamais question ! lança-t-il d'une voix blanche. Je ne ferai d'excuses à personne !

– Vous pouvez encore réfléchir pendant quarante-huit heures. Il ne sera pas trop tard.

– C'est tout réfléchi.

Il sortit du bureau dans une rage folle, claquant la porte derrière lui. Heureusement, c'était la fin de la journée et il put rejoindre Mathilde qui l'attendait dans le hall pour aller prendre le train du retour.

Dès qu'il l'eut mise au courant, elle dédramatisa en parlant d'un incident comme il y en avait de plus en plus dans les classes et donc, à son avis, sans aucune importance.

– Les parents ont déposé une plainte officielle auprès du procureur, lui fit observer Antoine avec une faille dans la voix.

– Et alors ? Tu te sens coupable ?

– Je me sens si peu coupable que j'ai refusé de faire des excuses.

– Eh bien, restons-en là !

À l'issue de cette conversation, Antoine se sentit un peu réconforté. Mathilde demeurait fidèle à celle qu'il aimait : toujours positive, inflexible, au point de trouver le moyen d'en rire, même quand, le lendemain, il dut répondre à la convocation de l'inspecteur de police chargé d'une enquête à son sujet. Ce n'était d'ailleurs pas une convocation officielle, mais plutôt une invitation à venir s'expliquer sur ce qui s'était passé : c'est ce que lui précisa l'inspecteur au téléphone. Antoine s'y rendit, bien décidé à ne rien concéder, et fut soulagé d'apprendre que l'élève en question était un jeune délinquant connu des services de police pour de fréquentes échauffourées en ville probablement liées à un trafic de drogue.

Il n'y eut pas de suites. Le procureur ne poursuivit pas, mais jamais Antoine ne s'était imaginé se trouver un jour dans pareille situation. Aussi cet « incident » l'ébranla sérieusement, malgré le soutien manifesté par Mathilde. Ce fut comme si toutes les bases sur lesquelles il avait fondé son métier s'étaient écroulées. Pendant des semaines, il songea même à démissionner. Puis tout le chemin effectué depuis le Verdier pour parvenir à ce collège de Sainte-Geneviève-des-Bois lui revint peu à peu à l'esprit et il finit par trouver l'énergie nécessaire à un nouveau départ.

Pourtant son approche de l'enseignement changea : ses rapports avec les élèves devinrent plus froids, moins bienveillants, et sa méfiance envers les plus hostiles se traduisit par une distance – un rejet muet de leur présence – qui ne pouvait en aucun cas le réconcilier avec cette foi en son métier dont il avait toujours fait preuve. Il en souffrit jusqu'au jour où Mathilde, lasse de le voir se tourmenter, s'en insurgea :

– Je ne sais plus qui a écrit que l'intelligence est une faculté d'adaptation. Je n'aimerais pas que tu manifestes plus longtemps un défaut de l'une et de l'autre. J'ai besoin d'un mari capable de me séduire chaque jour, ce qui a toujours été le cas. Mais je suis certaine d'une chose, Antoine : j'ai confiance en toi.

Il comprit le message et cessa de se morfondre dans une attitude dont, au demeurant, il n'était pas fier du tout. Il repartit au combat en s'efforçant de trouver des centres d'intérêt susceptibles de le passionner suffisamment pour lui faire oublier un incident regrettable – un incident seulement, finit-il par admettre au fil des jours. Il s'intéressa alors aux nouveaux philosophes qui ferraillaient contre les rêveurs de la révolution bolchevique ou chinoise, épigones de Sartre et Simone de Beauvoir, en célébrant Soljenitsyne et en vilipendant le Goulag. Le marxiste Althusser venait d'étrangler sa femme « comme pour étrangler la philosophie de sa vie », prétendaient certains esprits vengeurs, fustigeant ceux qui avaient cru pouvoir changer le monde avec Marx et Sartre et qui, aujourd'hui, voyaient des grappes humaines fuir le Viêtnam communiste et des Cambodgiens enchaînés dans les camps de redressement de Pol Pot.

C'était aussi l'époque où Renaud et Souchon remplaçaient Brel et Brassens, où Bernard Pivot et Alain Decaux régnaient sur la télévision, tandis qu'à l'étranger l'ayatollah Khomeini proclamait la République islamique d'Iran, mettant ainsi fin à vingt-cinq mille ans de monarchie. Bientôt Joe Dassin et son *Été indien* ne furent plus qu'un souvenir, après sa brutale disparition – sous trop de stress, d'alcool et de drogue, prétendirent les journaux. Antoine s'aperçut alors que son fils avait déjà huit ans et sa fille six. Comment tant d'années avaient-elles pu passer si vite ? Mathilde ressentait la même impression que lui mais elle s'en émouvait moins : pour elle, seul comptait le présent, dont il était essentiel de faire le meilleur usage.

– Le passé n'existe plus, assénait-elle à Antoine, et l'avenir n'existe pas encore. Alors pourquoi faudrait-il s'en soucier ? Les vacances sont là. Partons demain.

L'été s'annonçait beau, quand ils prirent la route pour Palavas le 10 juillet avant de remonter vers leur maison de Puyloubiers en août. Effectivement il fit très chaud sur la plage où Mathilde bronzait en lisant *La Vie mode d'emploi* de Georges Perec et en apprenant à nager à Julie, tandis qu'Antoine tentait de pêcher de petits maquereaux avec Fabrice depuis la jetée. La température étant caniculaire jusqu'au soir, et comme il n'y avait aucune climatisation dans l'appartement qu'ils louaient, ils ne dormaient pas beaucoup pendant la nuit. Finalement, ils repartirent plus tôt que prévu vers Puyloubiers où ils savaient que les murs épais de leur maison leur procureraient la fraîcheur indispensable à des sommeils réparateurs et à des journées plus paisibles.

Ce fut le cas, et ces vacances devinrent aussitôt plus agréables, d'autant qu'ils prenaient leurs repas de midi au Verdier, en compagnie de François, de Marie et de Viviane. Là, un jour, Marie leur apprit que Viviane avait fait une fausse couche, ce qui les étonna, car les jumeaux avaient déjà dix ans et ils ne pensaient pas que François et elle désiraient un autre enfant.

– C'est Viviane qui le souhaitait, leur confia Marie, et le fait de le perdre l'a beaucoup ébranlée. Elle a du mal à s'en remettre.

Fallait-il évoquer le sujet en sa présence ou pas ? Ils convinrent de n'en rien faire afin de ne pas remuer le fer dans la plaie, et ils s'efforcèrent de rire et de plaisanter lors des repas pris en commun, autour de la grande table du Verdier. Quant à François, il n'en dit pas un mot à Antoine, même lorsqu'ils se retrouvaient seuls dans les champs où Antoine l'aidait comme il en avait l'habitude depuis toujours.

Cet été-là, Antoine trouva son frère plus sombre, plus préoccupé que lors de ses précédents séjours, et il lui en fit prudemment la remarque la veille de son retour à Paris. François lui révéla alors qu'il se sentait obligé d'acheter une parcelle attenante à son champ d'orge, mais il se demandait s'il allait obtenir un prêt supplémentaire du Crédit agricole, car il était déjà très endetté.

– C'est indispensable, cette parcelle ? l'interrogea Antoine.

– Elle fait deux fois la mienne. Le rendement à l'hectare de l'ensemble en serait considérablement amélioré.

– Je peux t'aider si le montant n'est pas trop élevé, proposa Antoine.

– Je te remercie, Antoine, répondit François, mais je préfère que tu restes à l'écart de tout ça.

Et il ajouta d'une voix grave, après une hésitation :

– On ne sait jamais.

Antoine et Mathilde repartirent pour Paris le lendemain, mais ce « on ne sait jamais » ne cessa de hanter les pensées d'Antoine jusqu'à ce que la rentrée scolaire ne vienne le recouvrir sous des préoccupations plus conformes à celles qu'il avait l'habitude d'affronter.

30

L'ANNÉE qui suivit fut marquée par l'élection de François Mitterrand à la présidence de la République. Comme il faisait l'unanimité dans le corps enseignant, cette élection fut célébrée jusque dans la salle des professeurs. Par une sorte de fidélité aux amis de sa jeunesse à Toulouse et aux difficultés financières rencontrées tout au long de ces années-là, Antoine était porté vers les idées progressistes, mais Mathilde un peu moins. Son acuité d'esprit l'incitait à se méfier des promesses électorales, de quelque bord qu'elles fussent.

– La fête passée, disait-elle à Antoine, comment tenir, une fois dégrisé, des promesses d'ivrogne ?

Et elle ajoutait, en souriant pour qu'il ne s'y trompe pas :

– Je parle de tous les politiques, n'est-ce pas ? Tu sais bien qu'ils lavent tous plus blanc les uns que les autres.

– Peut-être, mais ils ne se ressemblent pas tous, rectifiait Antoine.

Et il précisait, devant la moue dubitative de Mathilde :

– En tout cas, pas pour moi.

– C'est parce que tu ne les vois pas avec les bonnes lunettes.

– Je n'en porte pas. Du moins pas encore.

– Ah bon ! s'exclamait-elle en riant. Il serait peut-être temps que tu ailles consulter un ophtalmologiste.

Il ne répondait pas, sachant qu'elle aurait toujours le dernier mot grâce à son humour invincible.

Vis-à-vis de leurs collègues, pourtant, elle sauvait les apparences sans effort, ayant jugé que l'essentiel était ailleurs et que la paix quotidienne ne lui coûtait qu'un silence dont nul ne savait s'il était complice ou pas. Et l'essentiel, pour elle, précisément, c'étaient ses enfants. À neuf ans, Fabrice était un garçon plein de vie qui s'intéressait à tout et excellait en mathématiques – sans doute grâce à sa mère, songeait Antoine, un peu déçu de ne constater en lui aucun goût pour la lecture, par exemple. Fabrice était blond comme elle, avec des yeux verts, déjà grand pour son âge ; et une sorte d'émerveillement pour le monde dans lequel il évoluait se lisait dans son regard attentif dénué de la moindre ombre secrète. Il était tellement brillant qu'il avait un an d'avance, ayant sauté une classe, et il rentrerait bientôt au collège ou au lycée – ils ne l'avaient pas encore décidé.

Julie, elle, était restée brune, avec des yeux d'un bleu d'acier, et montrait un caractère moins docile que celui de Fabrice, conforté de surcroît par une activité incessante qui la fit considérer par Mathilde et Antoine comme une enfant hyperactive – une nouvelle définition de l'époque pour précisément définir ces enfants qui ne pouvaient tenir en place. Il fallait l'occuper continuellement en lectures, jeux de société, cassettes de musique (désormais écoutées sur un Walkman), leçons de peinture, sculpture, devoirs qu'elle expédiait en quelques minutes, comme si rien ne devait lui résister. Elle épuisait sa baby-sitter, mais aussi la mère de Mathilde, et jusqu'à ses propres parents les jours où leur présence n'était pas requise au collège.

Elle harcelait aussi son frère pour qu'il l'associe à ses jeux, ce qui provoquait des disputes dont elle émergeait triomphante, obtenant toujours ce qu'elle souhaitait. Mathilde et Antoine finirent par lui acheter une console Atari afin qu'elle daigne s'asseoir et ne plus bouger au moins pour quelques minutes de répit.

– Ne t'inquiète pas, disait Mathilde à Antoine, j'étais comme elle à son âge.

– Tes parents ont bien du mérite.

– Plus que tu ne le crois.

– Mais pas plus que moi, je suppose.

– Ne te plains pas. Je me suis beaucoup assagie.

– Je n'ai pas eu le plaisir de l'avoir constaté.

– C'est parce que tu ne m'accordes pas une attention suffisante.

Ils riaient de ces passes d'armes à fleurets mouchetés qui leur faisaient oublier les raisons qui les avaient provoquées. La vérité, c'était que Julie ne changeait pas et ne changerait jamais. Il fallait s'en accommoder comme ils s'accommodaient des changements du monde extérieur où la fantaisie et la gravité se succédaient : Pierre Bachelet chantait *Les Corons*, Coluche vitupérait ses contemporains, le garde des Sceaux Robert Badinter abolissait la peine de mort. Les radios libres se multipliaient, les émigrés clandestins étaient régularisés, l'homosexualité dépénalisée, et les congés annuels allongés d'une semaine alors que la semaine de travail, elle, était diminuée d'une heure.

C'était le temps des Bernard Tapie, Paul-Loup Sulitzer, et bientôt de Laurent Fabius qui remplaçait Pierre Mauroy menacé par une dévaluation devenue inévitable.

– La récréation est terminée, lançait Mathilde à Antoine. Terminus ! Tout le monde descend !

Antoine lui en voulut un peu de cette froideur manifestée à l'égard d'un gouvernement qui avait finalement tenu ses principales promesses et qui, aujourd'hui, en payait le prix. Les finances de la France étaient au plus mal et la banqueroute menaçait l'État. Une pause s'avérait nécessaire. Le Premier ministre venait désormais à Matignon en deux-chevaux Charleston pour installer la rigueur.

Tous ces bouleversements ne pouvaient pas demeurer sans conséquences au collège où Antoine et Mathilde enseignaient. Un matin, dans la salle de mathématiques, un élève de troisième refusa de sortir alors qu'elle lui ordonnait d'aller finir l'heure en permanence suite à une injure proférée à mi-voix. Il était évidemment plus fort qu'elle et il la défiait ouvertement devant l'ensemble de la classe. Elle ne pouvait pas agir comme Antoine l'avait fait, ne possédant pas suffisamment de force physique, mais elle ne trembla pas : elle se saisit du sac du rebelle et, avant qu'il n'ait pu esquisser un geste, elle se précipita vers la porte et le jeta dans le couloir. Sans doute y avait-il dans ce sac des objets suspects auxquels il tenait puisqu'il courut vers la porte, proféra de nouvelles injures mais s'en alla.

– Je n'ai pas tremblé, assura Mathilde à Antoine. J'étais tellement furieuse que je me sentais capable de me battre avec lui.

Il la félicita mais ne put s'empêcher de redouter des représailles qui, heureusement, ne se manifestèrent pas. De son côté, il s'efforçait comme elle de ne pas reculer au moindre incident, mais ce n'était pas chose facile. Les recommandations du ministère que leur dévoilait le directeur chaque début d'année prônaient l'apaisement, la patience, la psychologie, mais elles devenaient de plus en plus inefficaces au fur et à mesure que le temps passait. Antoine fut lui-même bousculé volontairement un jour, à dix heures, lors d'une rentrée en classe. Le coupable était l'un de ces énergumènes très hostiles, complètement inadaptés, désespérés sans doute, et qui ne disposaient que de la violence pour exprimer leur opposition envers un monde dont ils savaient parfaitement qu'ils ne l'intégreraient jamais : celui du savoir, de la facilité de la vie, et du bonheur possible.

Ce jour-là, Antoine parvint à le retenir par la manche et lui lança, devant ses camarades médusés :

– Si tu recommences ce que tu viens de faire, tu le regretteras toute ta vie !

L'excès de ces paroles et le ton employé suffirent à persuader l'élève de filer doux, du moins sur l'instant, mais Antoine s'en voulut d'avoir utilisé la même violence – fût-elle verbale – que ce garçon considéré comme un ennemi, et non pas comme un adolescent en proie au mal de vivre. Ces deux incidents, toutefois, firent s'interroger Mathilde et Antoine : leurs réactions n'étaient-elles pas révélatrices de leur échec à apprivoiser une jeunesse qui, peut-être, avait trop vite changé pour eux ? N'étaient-ils pas dépassés par une génération qui avait presque trente ans de moins qu'eux ? La solution n'était-elle pas de demander une mutation dans un collège parisien où, peut-être, les élèves appartenaient à des classes sociales plus favorisées ?

– Ce serait un échec plus grave encore, fit observer Mathilde à Antoine. Nous ne pouvons pas abandonner la partie, ce serait renier tout ce en quoi nous croyons.

– Tu as raison, l'approuva-t-il. C'est à nous de nous adapter, et non pas à eux. Les problèmes qu'ils rencontrent les dépassent, et la violence qu'ils manifestent n'est que la conséquence de leur impuissance à les affronter. Il faut les aider à se forger les armes nécessaires à leur émancipation.

– À condition qu'elles soient pacifiques, rectifia Mathilde.

– Cela va de soi, mais n'est-il pas trop tard ?

– Il n'est jamais trop tard, conclut Mathilde avec cette assurance dont il aimait le ton définitif et qui l'aidait depuis toujours à surmonter les obstacles dressés devant eux.

31

CEPENDANT, la population des trains de banlieue changeait elle aussi et ils le constataient chaque jour : elle devenait de plus en plus africaine, antillaise et maghrébine. Un sondage national faisait apparaître que 55 % des Français pensaient qu'il y avait « trop d'Arabes » en France, et les rapports se tendaient entre les communautés, d'autant plus qu'une certaine misère sociale s'était installée, trouvant dans les Restos du cœur l'aide précieuse que ne pouvait plus fournir un État proche de la catastrophe financière.

C'est dans cette atmosphère trouble que le projet de loi Savary visant à intégrer les écoles privées dans « un grand service public » provoqua des manifestations dans tout le pays à l'appel des parents d'élèves de l'enseignement libre. Après Bordeaux, Lyon, Rennes, Lille, Versailles, elles culminèrent à Paris le 24 juin 1984 où plus d'un million de personnes défilèrent jusqu'à la Bastille. La vérité, c'était que pour faire oublier le choc de la rigueur décrétée en

1983, le gouvernement socialiste cherchait à sauver l'honneur en promulguant une loi symbolique de ses principaux combats. Mais Savary n'était pas le petit père Combes et le projet de loi s'éteignit dès le début de juillet avec l'annonce faite par Mitterrand d'un référendum sur l'éducation. Le lendemain, fusible compréhensif et muet, Savary démissionna.

Si Antoine et Mathilde étaient bien sûr favorables à l'enseignement public dans lequel ils œuvraient depuis leur nomination, ils pensaient qu'il n'était sans doute pas utile de réveiller la guerre des écoles en une période où les vrais problèmes se situaient ailleurs. Au collège, l'ensemble de leurs collègues était favorable à la réforme et notamment à la création d'un grand service public de l'enseignement dans lequel la place des professeurs, mais surtout leur rémunération, seraient reconsidérées. Cependant, la politique économique de rigueur décidée l'année précédente les préoccupait davantage, et certains avaient déjà lâché le gouvernement. En conséquene, malgré les manifestations de plus en plus importantes du privé, le printemps avait été plutôt calme dans le collège de Mathilde et d'Antoine, au sein des défenseurs de l'enseignement public.

Pourtant, le soir du 24 juin, alors qu'ils revenaient d'une promenade près de la Bastille, ils assistèrent, médusés, à la déferlante de plus d'un million de manifestants qui s'écoulait vers la place où elle s'installa pour un gigantesque meeting présidé par Jacques Chirac et son épouse.

– Rentrons ! dit Mathilde à Antoine. Ces combats d'arrière-garde ne me disent rien de bon. Ce n'est pas avec de pareils subterfuges que Mitterrand, par ailleurs élève lui-même de l'enseignement catholique, fera oublier la gravité de la situation économique.

Toute cette agitation cessa avec les vacances d'été et ils partirent dès le début juillet vers Saint-Georges-de-Didonne pour quinze jours, et non plus vers Palavas où il faisait vraiment trop chaud. La douceur de l'Atlantique rendit leur séjour plus agréable, d'autant qu'ils avaient loué une petite maison à la sortie de la ville, au milieu des pins dont le balancement, la nuit, berçait délicieusement leur sommeil. Là, ils purent se consacrer entièrement à leurs enfants, et surtout à Fabrice, leur fils, qui venait de passer une année difficile. En effet, lors de son entrée en sixième, ils l'avaient inscrit au collège de Sainte-Geneviève-des-Bois, près d'eux, et là Fabrice avait souffert du fait que ses parents étaient professeurs, car il subissait souvent des vexations de la part des élèves qui acceptaient mal leur autorité.

Mathilde et Antoine avaient donc décidé que cette situation ne pouvait plus durer et ils venaient de l'inscrire à l'École alsacienne de la rue Notre-Dame-des-Champs voisine de la rue Campagne-Première, où résidaient les parents de Mathilde. C'était un établissement privé laïque, sous contrat d'association avec l'État, qui proposait une « éducation bienveillante susceptible de développer pour chaque élève la créativité, la coopération et la confiance». Elle avait par ailleurs une excellente réputation et le pourcentage de succès de ses élèves aux examens était très élevé.

Fabrice se montrait heureux de cette décision. Certes, il ne s'était jamais plaint, mais Antoine et Mathilde savaient à quel point il avait souffert, en quelque sorte à cause d'eux. Ils avaient visité l'école lors de son inscription et Fabrice n'avait cessé de se féliciter de la décision de ses parents. Cet été-là, il apparut soulagé et heureux, si bien que ces vacances passèrent trop vite à leur goût. Ils durent quitter à regret la douceur de l'air, le parfum de la résine de pins et la proximité immédiate d'une grande plage où ils marchaient le soir, une fois le soleil couché, jusqu'à ce que la nuit les enveloppe dans son drap de velours. Heureusement, ces vacances se prolongèrent à Puyloubiers en août, près du Verdier où ils se rendaient chaque jour pour le repas de midi, autour de la grande table où neuf personnes étaient réunies : Marie, Viviane, François et leurs deux enfants, Antoine, Mathilde, Fabrice et Julie.

Les enfants de François avaient grandi et Adrien aidait maintenant son père avec une conviction qui ne laissait aucun doute sur son avenir : il avait décidé de lui succéder un jour après le lycée agricole où il rentrerait à seize ans. Sandra, elle, au contraire, manifestait une soif de liberté et une indépendance qui l'inclinaient à bien s'entendre avec Julie, sa cousine. Elles s'isolaient souvent, pour des apartés qui les tenaient éloignées jusqu'au soir, complices et déjà hostiles, malgré leur jeune âge, envers un monde dont elles paraissaient ne rien attendre.

François avait finalement acheté la parcelle qu'il avait repérée, après avoir obtenu le prêt indispensable du Crédit agricole.

– Ce sera le dernier, confia-t-il à Antoine. Mon taux d'endettement est au plus haut, mais mon taux de rendement à l'hectare aussi. Ne t'inquiète pas, Antoine, tout va bien.

Ce fut un bel été, avec de belles journées et un léger vent d'ouest qui se levait en fin d'après-midi, rafraîchissant l'air saturé par le soleil, apportant des parfums de regains déjà hauts, de grains jetés aux volailles, de paille en train de sécher dans les fenils ouverts sous les tuiles trop chaudes. La journée, Mathilde lisait, placide et souriante, rassurée par la décision qu'ils avaient prise au sujet de Fabrice, mais elle ne refusait pas à Antoine de le suivre sur les chemins peuplés d'ombres et de murmures dont il avait tant besoin.

Là, elle l'écoutait sans la moindre impatience égrener des souvenirs dont elle se sentait pourtant étrangère, tandis que Julie et Fabrice manifestaient un début d'indépendance en courant seuls vers le Verdier où les attendaient Adrien et Sandra. Après les moissons expédiées par un entrepreneur toujours aussi pressé, des parfums lourds d'éteules grillées par le soleil campaient maintenant sur la campagne, donnant à l'air ambiant une épaisseur qui augmentait le poids des heures dont la course semblait ralentir. Le temps ne passait plus. Et dans le silence des après-midi immobiles et rêveurs, à l'ombre de la chambre où il sommeillait, Antoine écoutait battre son cœur à la rencontre d'une émotion enfouie il ne savait où, mais qui ressurgissait le temps d'une fraction de seconde infinitésimale, pour lui restituer, intacte, aussi précieuse que douloureuse, l'onde secrète et mystérieuse d'un passé révolu.

Ce fut dans cette sérénité commune qu'ils s'acheminèrent vers une rentrée que, chaque fois, malgré le réconfort des vacances, ils redoutaient de plus en plus mais sans jamais se l'avouer.

32

Dès cette rentrée, cependant, il leur apparut qu'ils avaient pris la bonne décision au sujet de Fabrice : il se plut tout de suite dans cette École alsacienne où l'on dispensait un enseignement depuis les classes de primaire jusqu'aux terminales de lycée. Son sourire retrouvé fit regretter à Mathilde et à Antoine de lui avoir imposé une épreuve qu'ils auraient dû anticiper, compte tenu des tensions de plus en plus fréquentes entre certains élèves et le corps enseignant. Ils avaient cru bien faire en le gardant près d'eux à l'entrée en sixième et ils s'étaient trompés. Mais Fabrice n'était pas un enfant susceptible d'en vouloir longtemps à qui que ce fût, et encore moins à ses parents. Déjà il regardait droit devant lui et il ne s'attardait jamais à des contrariétés qu'il savait provisoires.

Au collège, persuadés qu'il était de leur devoir, malgré les difficultés quotidiennes, d'aider les enfants les plus défavorisés, ils avaient donné leur accord à la direction pour intervenir dans les classes dites « de préparation professionnelle de niveau » créées pour, précisément, tenter de donner un niveau d'instruction le plus satisfaisant possible à ceux qui partiraient en apprentissage à seize ans. Ainsi, au lieu de fuir vers un collège parisien, ils faisaient le choix de s'investir encore davantage dans leur collège de banlieue.

– Je croyais que la conscience professionnelle avait des limites, déplora Mathilde. Est-ce que par hasard nous ne serions pas devenus un peu masochistes ?

– Je ne crois pas, répondit Antoine. Il s'agit seulement de ne rien renier d'un métier que nous avons choisi, quel que soit le prix à payer.

– Tu ne m'empêcheras pas de penser que ce prix m'apparaît parfois tout à fait exorbitant.

– Que veux-tu ? conclut Antoine. Nous n'avons jamais évalué ce prix-là, et ce n'est pas aujourd'hui que nous allons commencer.

Effectivement, ils retrouvèrent dans cette classe les élèves les plus rebelles à l'enseignement des bases indispensables à une future vie professionnelle : savoir s'exprimer, lire et écrire correctement. Mais curieusement, ils leur semblèrent moins hostiles qu'ils ne le redoutaient, sans doute parce que l'enseignement dispensé dans cette classe leur paraissait plus accessible, plus proche d'eux, et donc moins vexatoire par rapport à leurs capacités de compréhension. Pour Antoine et Mathilde, ce ne fut donc pas une démarche négative mais peut-être, au contraire, plus valorisante pour eux comme pour ceux qui en bénéficiaient.

Ainsi passèrent plusieurs mois jusqu'à ce que le ministre délégué chargé de l'Enseignement supérieur et de la Recherche, Alain Devaquet, présente un projet de loi visant à sélectionner les étudiants à l'entrée des universités, tout en mettant celles-ci en concurrence. Aux élections législatives de mars 1986, la droite française avait reconquis le pouvoir après cinq ans de gouvernement de gauche, et elle entendait donner plus d'autonomie aux établissements de l'enseignement supérieur, notamment en leur conférant un pouvoir de sélection, afin de combattre leur déclin dû principalement au fait que les meilleurs élèves choisissaient plutôt les grandes écoles après le bac. Dans le projet de loi, cette réforme était associée à celle des lycées, portée, elle, par le ministre René Monory.

Ce projet provoqua aussitôt une levée de boucliers et alluma une traînée de poudre qui explosa en manifestations violentes d'étudiants et de lycéens en novembe et décembre, principalement à Paris. Elles furent assombries par la mort de Malik Oussekine, un étudiant malmené par trois policiers dans un hall d'immeuble où il s'était réfugié. Mathilde et Antoine y participèrent comme ils le devaient, mais plus par solidarité que par conviction, car elles ne pouvaient en aucun cas résoudre les problèmes des collèges de banlieue : la plupart de leurs élèves n'atteindraient sans doute jamais l'université, dont la mise en concurrence, par conséquent, leur demeurerait toujours étrangère.

Quoi qu'il en fût, au terme d'un mois de manifestations en tous genres au sein desquelles les « Devaquet, au piquet ! » retentissaient joyeusement dans les rues, le Premier ministre Jacques Chirac retira la réforme le 8 décembre, et chacun songea davantage aux fêtes de Noël qui approchaient qu'aux mots d'ordre vengeurs de l'UNEF-ID et de l'UNEF-SE qui avaient soulevé les étudiants, les lycéens et le monde enseignant.

La vie reprit un cours normal, mais cette année 1986, avec la catastrophe de Tchernobyl en avril, les SDF dans les rues et la menace du sida de plus en plus présente, fut au final une année que nul ne regretta. Et cela malgré les films de Claude Sautet et les succès de Michael Jackson. Antoine et Mathilde avaient sacrifié à la mode en achetant un magnétoscope pour visionner les films qu'ils n'avaient pas le temps d'aller découvrir au cinéma, mais ils étaient déçus par les œuvres proposées, à part quelques exceptions comme *Les Choses de la vie* ou *Il était une fois en Amérique*.

– Pourquoi s'opposer à des outils culturels qui nous font plaisir ? demanda Mathilde à Antoine réservé, au départ, sur une pareille acquisition.

– Peut-être parce qu'il en naît chaque année et que l'on ne sait pas où cela s'arrêtera.

– L'essentiel est de savoir faire la part des choses et de

séparer le bon grain de l'ivraie, conclut-elle. Pourquoi n'en serions-nous pas capables ?

– Tu as sans doute raison.

À la fin de l'année, ils allèrent passer huit jours à Puyloubiers où il avait neigé la veille de leur arrivée. Il était convenu, en effet, de fêter Noël dans la famille d'Antoine et le premier de l'An chez les parents de Mathilde. Cette neige rappela délicieusement à Antoine les Noëls de son enfance ; et de les revivre, en quelque sorte, avec Mathilde et ses enfants près de lui, le rendit vraiment heureux. Ils vécurent la soirée du 24 au Verdier avec Marie, François, Viviane et leurs enfants devant un sapin orné de guirlandes, de flocons en coton, et de boules de toutes les couleurs ; puis, après un réveillon joyeux de foie gras, de boudins blancs, de crèmes et de gâteaux, ils rentrèrent à pied, vers une heure du matin, sur une petite neige qui éclairait la nuit, tandis qu'un semis d'étoiles clignotait comme pour leur indiquer le chemin.

Pour Antoine, ce fut une nuit de bonheur puisé aux sources de sa vie, dans un émerveillement qu'il n'osait plus espérer à son âge – quarante ans dans l'année à venir. Et ce bonheur parmi les siens se prolongea toute la semaine, car la neige se remit à tomber, et les journées ne furent qu'escapades joyeuses, belles flambées dans la cheminée, soirées paisibles de jeux de société avec les enfants qui n'avaient jamais vécu pareil isolement mais paraissaient découvrir avec étonnement une autre vie, celle de la lenteur, de la contemplation et du silence.

Le retour au collège, en janvier, fut hélas bien différent pour Antoine et Mathilde qui gardaient en mémoire la neige de Puyloubiers et le réveillon du 31 décembre arrosé de champagne à Paris. Trois jours après la rentrée, Mathilde fut agressée dans un couloir désert par deux élèves de troisième qu'elle avait réprimandés pendant le cours précédent. Elle ne dut son salut qu'à l'arrivée d'un surveillant alerté par ses cris et s'en tira avec seulement des bleus sur les bras et les jambes avec lesquels elle s'était défendue énergiquement. Aussitôt prévenus, ses collègues exercèrent leur droit de retrait, et les cours cessèrent jusqu'à l'exclusion des deux garçons coupables. Il apparut aussitôt à Antoine, écœuré par la gravité et la violence de l'agression, que cette situation ne pouvait plus durer :

– Faisons une demande de mutation pour Paris, proposa-t-il à Mathilde. Tout ça est insupportable. On ne peut quand même pas accepter de se faire agresser pour exercer son métier !

Mathilde refusa :

– Je sais me défendre et je n'ai pas peur.

Elle ajouta, d'un ton qui ne laissait apparaître aucune faille dans sa détermination :

– Ce sont des victimes, pas des bourreaux, tu le sais bien.

– Oui ! Des victimes qui agressent des femmes seules ! Tu te rends compte de ce que tu dis ?

– Parfaitement.

– Et tu veux courir le risque qu'ils recommencent !

– Ils ont été exclus.

– Il y en aura d'autres !

– Je n'ai pas peur ! répéta-t-elle. Je ne céderai pas devant cette violence ! Il faut la combattre !

– Si tu ne fais pas une demande de mutation, trancha Antoine, moi, je le ferai. Toi comme moi comptons seize ans d'ancienneté et nous avons gagné le droit de demander à exercer ailleurs, surtout dans les circonstances actuelles. Il y a des limites à ce que nous pouvons supporter.

Elle refusa de céder pendant un mois de discussions véhémentes, puis elle s'y résolut quand Antoine lui démontra que demander une mutation pour Paris c'était aussi, et avant tout, se rapprocher de leurs enfants. Et il était bien temps : Fabrice allait avoir quinze ans, Julie treize, et il était important de veiller davantage sur eux au cœur d'une adolescence qui pouvait s'avérer difficile si l'on en croyait les problèmes constatés auprès des élèves côtoyés chaque jour. Finalement, Mathilde obtint une nomination dans un collège du VIe arrondissement de la capitale, mais pas Antoine : il n'y avait pas de poste vacant de professeur de français dans tout Paris, c'est du moins ce qu'on lui fit valoir.

Il fut cependant soulagé de savoir Mathilde davantage

en sécurité, près de ses parents et de ses enfants, tous deux élèves dans la rue Notre-Dame-des-Champs. Et contrairement à ce qu'il avait redouté, Mathilde ne parut pas ébranlée par tous ces événements : sa confiance dans la vie et son optimisme naturels lui firent très vite trouver des centres d'intérêt nouveaux, notamment en se passionnant pour le protocole de Montréal qui venait d'être conclu sur les gaz nocifs et la définition du développement durable. Elle s'investit aussitôt dans l'association parisienne chargée de faire connaître ce protocole en France et dans le monde entier, et elle en tira une satisfaction qui surprit Antoine : elle ne s'était jamais investie jusqu'à ce jour dans ce genre de cause extérieure aux problèmes de l'enseignement. Il s'en réjouit, pensant qu'elle s'éloignait ainsi d'un univers où les satisfactions devenaient rares et où les idées professées lui semblaient de plus en plus inadaptées aux véritables problèmes contemporains.

33

ON COMMENÇAIT, en effet, à parler de plus en plus du réchauffement climatique, et Mathilde se montrait très sensible à cette menace en s'inquiétant pour ses enfants. Antoine, lui, pensait plutôt que le climat avait toujours varié au cours des siècles et qu'il s'agissait donc d'une évolution naturelle et inévitable. Des échanges animés les opposaient, dont Mathilde sortait souvent victorieuse tant elle montrait de passion pour la défense de la planète – et de la vie future de son fils et de sa fille.

– Si nous ne faisons rien, un jour la Terre ne sera plus habitable, affirmait Mathilde. De surcroît, ses ressources ne sont pas inépuisables. Il faut agir dès maintenant.

– Il y a eu des ères glaciaires et des déluges depuis l'origine des temps, répondait Antoine, et les hommes n'ont eu aucune influence à ce sujet. L'univers se passe très bien de nous, et il continuera même quand l'humanité aura disparu.

– Il s'agit de la protéger au moins le temps qu'elle dure,

répliquait Mathilde. Est-ce que tu penses à nos enfants et aux petits-enfants que nous aurons un jour – du moins je l'espère ?

– J'y pense autant que toi, mais je ne suis pas sûr d'avoir le pouvoir d'agir efficacement contre des forces telluriques et planétaires dont la puissance nous dépasse.

– Alors, il s'agirait de subir sans rien faire ?

– Tout ce que tu fais, tu le fais très bien et je t'approuve. J'espère vraiment que tu réussiras.

– Sans toi ?

– Avec moi, si tu le souhaites.

Ils s'inquiétèrent beaucoup moins du krach boursier de l'automne qui ravagea les bourses américaines et européennes, car ils ne possédaient pas la moindre action. En revanche, les parents de Mathilde, eux, s'alarmèrent en raison du ralentissement de l'activité économique et du fait que, malgré son âge – soixante-neuf ans –, son père continuait de travailler dans la rénovation de l'immobilier et sa mère de le seconder. Ils se réjouissaient cependant de savoir leur fille près d'eux, désormais, mais également de la présence affectueuse de Fabrice et de Julie qui prenaient leur repas de midi à leur table.

Antoine et Mathilde ne pouvaient que se féliciter de l'évolution de leurs enfants, même si Julie montrait un caractère indépendant, parfois rebelle, mais toujours respectueux vis-à-vis d'eux comme de ses grands-parents. Elle était aussi brillante dans les études que son frère, et elle affichait même encore plus de facilités. Elle prétendait devenir professeure de médecine après avoir effectué une spécialité en cardiologie. Or il existait un *numerus clausus* très bas, à cette époque, et il était très difficile de réussir le concours d'entrée en faculté de médecine, et encore plus difficile d'obtenir une spécialité car son choix dépendait du classement au concours.

– Est-ce que par hasard tu douterais de moi ? demandait Julie à sa mère d'un air indigné.

– Pas du tout ! répondait Mathilde. Je veux simplement te faire observer que mettre deux ans au lieu d'un pour réussir le concours avec un très bon classement à la sortie ne serait pas infamant.

– Il n'en sera jamais question ! répliquait Julie. Un an me suffira.

Elle ajoutait, d'un air outragé :

– Et cesse, s'il te plaît, d'inventer des obstacles qui n'existent pas !

Autant que Mathilde, Antoine s'inquiétait de cette assurance – de cet orgueil – car Julie n'avait jamais connu l'échec, pas plus que Fabrice, au demeurant, qui, lui, allait passer un bac C et ne montrait aucune appréhension à ce sujet. Leurs deux enfants les étonnaient autant qu'ils les rassuraient sur la manière dont ils envisageaient l'avenir, et d'abord le succès dans leurs études. Mais Mathilde et Antoine savaient les obstacles nombreux et redoutaient un échec qui pouvait toujours survenir. Ils s'efforçaient donc de les accompagner en les mettant en garde contre trop de confiance, sans toutefois les freiner dans leurs aspirations, fussent-elles apparemment chimériques.

Alors qu'il ne l'espérait plus, un an après Mathilde, Antoine obtint finalement une mutation dans un lycée parisien du XIVe arrondissement. C'était un établissement d'apparence extérieure vétuste, mais dont la directrice, une femme d'une cinquantaine d'années, énergique, rieuse, et convaincue de l'utilité de sa mission, professait des idées modernes et généreuses envers des élèves beaucoup moins hostiles qu'en banlieue. Ils étaient issus de classes sociales plus favorisées, même si le XIVe arrondissement n'était pas le plus luxueux de Paris. Antoine put alors enseigner la littérature du XXe siècle, ce à quoi il aspirait depuis longtemps. Apollinaire, Péguy, Claudel, Barrès, Proust, Giraudoux, Saint-Exupéry, Giono, Aragon, Camus, devinrent ses compagnons quotidiens et sa vie en fut embellie d'autant plus que, désormais, il n'avait plus à prendre le train de banlieue qui, pendant dix-huit ans, l'avait conduit vers le collège de ses débuts à Sainte-Geneviève-des-Bois.

Tout allait pour le mieux, en somme, et le succès de Fabrice au bac avec mention bien, lors du mois de juin qui suivit, l'emplit de satisfaction, ainsi que Mathilde. L'heureux bachelier ne suivit pas ses parents pour les vacances durant lesquelles ils assistèrent, grâce à la télévision, aux festivités de Jean-Paul Goude lors de la célébration du bicentenaire de la Révolution française. Sans doute Fabrice, lui, n'eut-il pas l'opportunité d'en apprécier la modernité dans le camping qu'il avait investi avec ses copains à Capbreton, depuis deux ans déjà, chaque été. Pour la rentrée prochaine, grâce à son brillant livret scolaire et sa mention, il avait réussi à se faire inscrire à Janson-de-Sailly, dans une classe préparatoire aux concours d'entrée à Centrale ou Polytechnique. Rien que ça ! Antoine s'en félicita auprès de Mathilde qui répondit :

– Et alors ? Rien ne m'étonnera de notre fils. En mathématiques, il est plus doué que moi. Et je suis ravie de constater que toutes les contraintes, toutes les inhibitions, qui m'avaient freinée au même âge ne sont plus de mise, pour lui, aujourd'hui. Pas toi ?

– Bien sûr que si : c'est une grande satisfaction. Mais je ne me souviens pas de t'avoir trouvée inhibée à cet âge, au contraire. Dois-je t'apporter des précisions pour me faire mieux comprendre ?

Mathilde daigna sourire, amusée, avant de répondre :

– J'avais besoin de travailler pour me sentir indépendante. C'était ce que je souhaitais par-dessus tout, et pourtant je me suis laissée choir dans les bras d'un suborneur paysan !

Et, comme Antoine éclatait de rire, elle ajouta :

– C'est ce que l'on appelle la fatalité du destin. Avoue que je ne méritais pas ça !

– Non ! fit Antoine avec une gravité amusée. Je ne contesterai pas que le destin a été très cruel avec toi.

Ce genre de conversation les distrayait volontiers, mais jamais en présence de leurs enfants, et surtout pas de Julie qui les aurait balayées d'une mimique accablée. Elle rentrait en classe de seconde et ne s'en souciait pas du tout. Sa seule préoccupation, en ce début d'année scolaire, était d'arracher à sa mère la promesse de pouvoir partir en vacances avec ses copines dès l'été prochain.

– Nous verrons, répondait Mathilde. Il faut que nous en parlions, ton père et moi.

– Parler de quoi ? J'aurai seize ans. Alors ne me contraignez pas à partir sans votre permission.

– Avec quel argent ?

– J'en trouverai, n'en doutez pas.

– Et comment ?

– Je travaillerai en juillet.

– Il te faudra notre autorisation.

– Et vous me la refuserez ?

– Nous verrons.

– C'est déjà tout vu !

Elle avait réponse à tout, et si cette assurance irritait Mathilde, elle rassurait plutôt Antoine. Rien ne l'inquiétait vraiment chez sa fille : il retrouvait la Mathilde qu'il avait connue, capable de décisions aussi soudaines qu'irrévocables, et dont la détermination l'avait ébloui lors de leurs premières rencontres.

– Où iras-tu si tu pars en vacances avec tes copines ? demandait-il à Julie.

– Au bord de la mer, bien sûr.

– Dans un hôtel ?

– Mais non ! Dans un camping !

– Et ce serait tout près de nous ?

– Certainement pas. J'ai passé l'âge !

Et, comme Antoine demeurait silencieux sous le regard courroucé de sa fille :

– Alors ? C'est oui ou c'est non ?

– Nous verrons au printemps prochain.

Julie s'éloignait alors en soupirant, accablée de devoir parlementer sur un sujet qui, pour elle, n'en était plus un et Mathilde et Antoine se dévisageaient sans pouvoir ajouter le moindre mot, conscients que leur fille leur échappait sans qu'ils puissent s'en défendre.

Cette année-là ne se termina pas sans un événement auquel nul ne s'attendait : la chute du mur de Berlin et l'effondrement du bloc communiste. En quelques jours, et sans prévenir, un monde s'écroula, mettant fin à la Guerre froide, au stalinisme, au Goulag, à un régime totalitaire qui sévissait depuis plus de soixante ans en URSS. Voir à Berlin les gens se partager les pierres du mur, Rostropovitch y jouer du violoncelle, les Allemands de l'Est débouler dans Berlin-Ouest avec quelques marks à la main fut un spectacle émouvant et révélateur de la dureté d'un régime dont ils avaient souffert.

Ainsi le monde se transformait aux abords de l'an 2000 d'une manière incroyable. Qui aurait pu imaginer ces événements quelques semaines auparavant ? Même la rondeur et la bonhomie de Gorbatchev n'avaient pu laisser entrevoir un tel dénouement. Le fruit trop mûr tombait d'un arbre rongé de l'intérieur par des parasites indécelables à l'œil des Européens stupéfaits. Que leur réservait l'avenir ? Mathilde et Antoine ne le savaient pas, mais ils avaient confiance : un nouvel espoir avait surgi, et rien ne leur paraissait impossible, ni pour eux ni pour leurs enfants.

Quatrième partie

DE GRANDS ENFANTS

34

L'ANNÉE nouvelle naquit dans les festivités, les feux d'artifice et les réjouissances traditionnelles, mais sans doute encore plus joyeuses qu'elles ne l'avaient jamais été : un monde nouveau semblait apparaître, libéré des peurs et des conflits d'un temps ancien, rendu caduc par les bouleversements récents. Antoine et Mathilde passèrent la journée rue Campagne-Première, après un paisible Noël au Verdier, comme ils en avaient pris l'habitude. Mathilde offrit à Antoine un téléphone portable Nokia, et Antoine lui fit la surprise d'un ordinateur Apple que, dans les jours suivants, Julie s'empressa d'annexer. Internet avait fait son apparition, et la mère comme la fille furent rapidement reliées à la planète entière tandis que, malgré ses efforts, Antoine se montrait imperméable à ces nouvelles technologies.

En ce début d'année, les PlayStation et les Nintendo étaient déjà dépassées. Luc Besson, Oliver Stone, Steven Spielberg et Tarantino renouvelaient le cinéma en compagnie de Jean Reno, Sharon Stone, Kevin Costner et Leonardo DiCaprio. François Mitterrand était toujours à l'Élysée, mais il apparaissait comme étranger au monde qui l'entourait. Il est vrai qu'il avait d'autres soucis, à la fois familiaux et de santé, mais il le cachait le plus possible. Il avait toujours cultivé le secret et il continuait, attentif à dissimuler ce qui pouvait lui nuire.

Ces premiers mois de la décennie 1990 se succédèrent plus vite encore que les bouleversements qu'elle générait. C'était le temps des OGM, de la musique techno, des start-up, et, hélas ! du sida, au sujet duquel Antoine et Mathilde s'inquiétaient beaucoup pour leurs enfants.

– Tu me prends pour qui ? répondait Julie à sa mère quand elle tentait de la mettre en garde à ce sujet.

– Pour une jeune fille qui peut tomber amoureuse.

Julie haussait les épaules et répondait :

– On n'est pas des bêtes !

– C'est normal que des parents s'inquiètent pour leurs enfants, intervenait Antoine pour venir en aide à Mathilde.

– Quels enfants ? s'indignait Julie. Je serai majeure dans un an. Mettez donc vos montres à l'heure !

Julie bientôt majeure ! Était-ce possible ? Plus que Mathilde, Antoine réalisait que le temps coulait de plus en plus vite, comme ces rivières qui se précipitent vers des rapides et que rien ne peut arrêter. Chaque fois qu'il pensait à cette terrible accélération de la fuite des jours – de plus en plus perceptible, de plus en plus rapide –, une sensation de chute libre nouait son estomac jusqu'au vertige. C'était apparu peu après la trentaine, mais la perception qu'il en avait aujourd'hui devenait presque douloureuse. Que faire pour arrêter le train fou qui emportait les siens et lui-même vers un prévisible destin ? Rien ! Il n'y avait rien à faire. La condition humaine était ainsi. Quand il s'en ouvrait à Mathilde, elle répondait, haussant les épaules :

– Ce qui importe, c'est de vivre, pas de penser à mourir un jour.

– Un jour qui se rapproche à une vitesse folle.

– Eh bien, justement ! Chaque minute compte. Il faut leur donner du poids, de l'importance, de la saveur. Plus elles pèseront, moins elles fileront vite.

Antoine comprit que le temps passait aussi vite au Verdier quand il reçut un coup de téléphone de François, un matin d'avril, lui annonçant que leur mère avait eu un malaise cardiaque et se trouvait à l'hôpital. Comme c'était les vacances de Pâques, il partit aussitôt en voiture pour le Verdier où il arriva en fin d'après-midi, après un voyage empreint d'inquiétude au souvenir de la voix anxieuse de François au téléphone.

En découvrant son frère qui l'attendait, le visage sombre, il comprit tout de suite que cette inquiétude, hélas, était fondée :

– Notre mère est morte, murmura François dès qu'Antoine fut assis dans la cuisine où tant de fois il s'était trouvé seul avec elle, le matin, en ressentant la chance qu'il avait de posséder une mère pareille, dont le seul sourire suffisait à éclairer ses jours.

Ce fut comme s'il recevait un coup dans le cœur, et sa tête se mit à tourner, le contraignant à fermer les yeux. Heureusement, il était assis et son vertige se dissipa rapidement.

– Comment est-ce possible ? demanda-t-il à François. À Noël elle allait bien, il me semble.

– Elle n'a pas voulu se confier à toi pour ne pas t'inquiéter, mais elle avait déjà subi deux malaises.

Antoine, incrédule, reprit :

– Elle ne se soignait pas ?

– Si ! Mais il aurait fallu l'opérer et elle s'y refusait.

– Pourquoi ?

– Elle prétendait que ce n'était pas grave et que nous avions besoin d'elle ici, tous les jours.

– Comment se fait-il que tu ne m'aies jamais rien dit ? s'indigna Antoine. Je l'aurais convaincue, moi !

– Elle m'avait fait promettre de ne pas t'en parler. Elle ne voulait pas t'inquiéter.

– Enfin ! C'est ridicule !

– Cela ne l'était pas pour elle.

Antoine se tut, accablé. Il comprenait que sa mère avait voulu le protéger aujourd'hui comme des colères du père lorsqu'il était enfant. Avait-il jamais grandi pour elle ? Cette pensée d'un sacrifice volontaire le dévasta au point qu'il dut quitter la pièce pour se réfugier dans la salle de bains où l'eau froide du robinet lui fit du bien. Quand il repassa dans la cuisine, Viviane et Adrien se trouvaient là et il devina qu'ils avaient attendu dans la salle à manger que François lui annonce la terrible nouvelle. Antoine les embrassa, entendit à peine leurs paroles de vain réconfort, puis il demanda à François :

– Où se trouve-t-elle ?

– À l'hôpital. Les pompes funèbres vont la ramener ce soir.

Incapable de poursuivre cette conversation, il sortit et se mit à marcher sur le chemin qui conduisait vers les prés et les champs, mais ce fut comme s'il ne les reconnaissait pas et il réalisa qu'ici, plus rien ne serait jamais comme avant. Sa mère avait embelli ces lieux d'une lumière qui venait de s'éteindre avec elle, et dont il se sentait privé aussi soudainement que lors d'une panne d'électricité au cours d'un orage. Ce fut brutalement le noir, le vide en lui. La mort de son père ne l'avait pas ébranlé à ce point, du moins il ne le lui semblait pas. Il marchait devant lui sans savoir où il allait, et il lui fallut plus d'une heure avant de se rendre compte qu'il se trouvait dans la vigne où il avait si souvent vendangé. Ce fut comme s'il se réveillait et la réalité lui revint brusquement à l'esprit. Il appela sur le portable de Mathilde, mais elle ne répondit pas. Il composa alors le numéro du téléphone fixe de l'appartement, et ce fut Julie qui décrocha.

– Peux-tu me passer ta mère ? demanda-t-il.

Julie connaissait assez son père pour comprendre que sa voix trahissait quelque chose d'anormal.

– Ça ne va pas ? Il y a un problème ?

Antoine hésita trois secondes avant de répondre :

– Ma mère est morte.

Il y eut un long silence, puis :

– Mon pauvre papa ! Je suis vraiment désolée.

– Merci, ma fille, mais s'il te plaît, passe-moi ta mère !

– Elle est sortie. Appelle-la sur son portable.

– Elle ne répond pas.

– Je lui dirai de t'appeler dès qu'elle reviendra. Tu peux compter sur moi.

– Merci.

Il demeura un long moment le dos appuyé contre le mur du cabanon où François, après son père, rangeait ses outils et le matériel destiné au soufrage, puis il repartit au hasard, essayant de mettre ses idées en ordre et, surtout, de refouler la souffrance qu'il sentait tapie au fond de lui, prête à ressurgir à chaque instant. Ne sachant plus où aller, il fit demi-tour au bout d'un quart d'heure, et son téléphone sonna. C'était Mathilde.

– Qu'est-ce qui se passe, Antoine ? demanda-t-elle.

Il comprit que Julie n'avait pas parlé : sans doute n'avait-elle pas su trouver les mots, trop étrangers pour elle qui n'avait jamais fait face à pareille situation.

– Ma mère est morte, dit-il, incapable d'annoncer la

nouvelle avec le ménagement nécessaire en ces circonstances.

Un long silence succéda à ces paroles qu'il n'avait pu tempérer.

– Où es-tu, Antoine ? demanda doucement Mathilde.

– Je marche sur le chemin entre Puyloubiers et le Verdier.

– Que s'est-il passé ?

– Un malaise cardiaque. Ce n'était pas le premier, m'a précisé François, mais celui-là a été fatal.

– Elle ne l'avait jamais dit ?

– Pas à moi, en tout cas.

Un nouveau silence, puis :

– Que puis-je faire, Antoine ?

– Rien ! Hélas !

– Veux-tu que je prenne le train ce soir ?

– Non. Demain, seulement. Je viendrai te chercher à la gare… Tu me donneras l'heure d'arrivée quand tu la sauras.

– Entendu.

Et Mathilde ajouta, comme l'avait fait Julie :

– Je suis désolée, Antoine… tellement désolée.

– Oui, je sais. Je te remercie. Je t'attends demain.

– Je serai là.

Il revint lentement vers la maison où François, Viviane et Adrien s'inquiétaient de son absence. Sandra se trouvait à Toulouse où elle était entrée dans une école de commerce après le bac, et d'où elle ne regagnait le Verdier que rarement. Prévenue du décès de sa grand-mère par son père, elle ne reviendrait que le jour des obsèques.

Antoine demanda à François s'il savait à quelle heure les pompes funèbres arriveraient.

– Ils sont en route, lui répondit son frère. Ils ne vont pas tarder.

Viviane avait préparé une chambre où faire reposer le corps : c'était celle que François et Antoine partageaient lorsqu'ils étaient enfants. Il sembla à Antoine qu'il y avait là une sorte d'incongruité, mais il n'eut pas la force de manifester sa désapprobation. Tout cela, en fin de compte, était sans importance. Il était tellement fatigué qu'il réagit à peine, quand, dix minutes plus tard, les pompes funèbres ramenèrent le corps sans vie de sa mère. Il se pencha sur elle, l'embrassa, mais ne put s'attarder devant ce visage de cire, sans traces de souffrance mais presque méconnaissable. Son esprit avait décroché, et c'était comme s'il s'était absenté, afin de garder vivante l'image de cette femme si généreuse, si courageuse, qui venait de mourir à soixante-huit ans, épuisée d'avoir trop travaillé, trop donné à ses proches.

Le soir, ils dînèrent sans un mot, puis Antoine, dévasté, alla se coucher. Ensuite, après une nuit d'un sommeil douloureux, tout se précipita : Mathilde arriva le lendemain matin avec Fabrice et Julie, ce qui toucha Antoine qui doutait que ses enfants prennent le temps de venir accompagner cette grand-mère dont ils parlaient si peu vers sa dernière demeure : la tombe où reposaient déjà son mari et les parents Bastide. Antoine trouva l'énergie indispensable pour faire face dignement au cours de la cérémonie à l'église, mais au cimetière, devant le caveau ouvert, il pensa brutalement au farouche combat qu'avait mené sa mère face à son père pour le faire inscrire au lycée, et il ressentit un vertige qu'il eut bien du mal à dissimuler. Puis le souvenir de son bonheur à Paris où il l'avait invitée lors de la naissance de Fabrice, sa reconnaissance alors, si sincère, si émouvante, lui rendirent les forces nécessaires pour recevoir, debout, les condoléances, comme c'était encore la coutume dans les campagnes.

Une fois les obligations terminées, il regagna le Verdier en compagnie de Mathilde et de ses enfants, incapable d'imaginer que sa mère ne l'attendrait plus dans ces murs où, pourtant, il ressentait encore sa présence. Le soir, il décida de rentrer à Puyloubiers avec les siens, malgré François et Viviane qui insistaient pour qu'ils restent dîner : il éprouvait la conviction de devoir mettre de la distance entre le Verdier et lui, afin que sa mère demeure encore un peu vivante, comme elle l'avait toujours été.

Le lendemain, il régla en quelques minutes avec François les affaires courantes : ce n'était pas compliqué, tout ayant été arrêté chez le notaire lorsque François avait pris la succession des terres et de la maison du Verdier. François gardait donc la propriété et les terres, les ayant travaillées depuis l'âge de quatorze ans alors qu'Antoine étudiait au lycée puis à Toulouse. Une petite indemnisation avait été envisagée à ce moment-là, mais, compte tenu des difficultés rencontrées par son frère, Antoine ne l'avait jamais exigée. Car au Verdier ne vivaient pas seulement François, sa femme et ses enfants, mais également Marie qui travaillait elle aussi sur ce domaine depuis son mariage avec Léon Bastide.

Antoine repartit en voiture avec Mathilde, Julie et Fabrice dès après le repas de midi, et il lui sembla tout le long du trajet qu'il venait simplement de faire un cauchemar dont il allait bientôt se réveiller.

35

CE FUT surtout au cours des jours qui suivirent qu'il souffrit le plus, la conscience lui revenant de ne plus posséder, désormais, ni père ni mère. Il avait quarante-cinq ans, il vivait loin du Verdier, et il se sentait soudainement amputé d'une part de sa vie, peut-être la plus précieuse. Quelque chose s'était fracassé derrière lui, dont l'onde de choc l'atteignait au plus profond. Il chancela, faillit sombrer, mais la présence affectueuse de Mathilde et de ses enfants le rendit à la raison en lui rappelant que le plus précieux, aujourd'hui, précisément, ne se trouvait pas derrière lui, mais près de lui. Il n'avait pas le droit de se laisser aller : Mathilde, Julie et Fabrice avaient besoin de lui autant qu'il avait besoin d'eux.

Il repartit, donc, résolu à demeurer debout dans un monde qui lui paraissait de plus en plus étranger, peuplé de chômeurs, de clandestins et de SDF qui vendaient *Le Réverbère* ou mendiaient dans le métro ; d'adolescents qui parlaient de plus en plus le verlan, s'isolant eux-mêmes d'une société dont ils ne voulaient pas ; cette même société qui les vouait à devenir avant tout des consommateurs de grandes surfaces, de plus en plus vastes, de plus en plus mirobolantes, où ils se réfugiaient pour dépenser le peu d'argent concédé par des parents dépassés.

Au contraire, Antoine et Mathilde s'étonnaient de constater à quel point leurs enfants s'intégraient parfaitement dans cet univers, passionnés qu'ils étaient de nouvelles technologies, d'un langage neuf, des lumières flamboyantes de la grande ville ; mais eux, à la différence de beaucoup de jeunes de leur génération, sans paraître le subir et en l'apprivoisant sans efforts apparents.

– Parce que ce sont des privilégiés, disait Mathilde à Antoine. L'éducation que nous leur avons donnée et le milieu social dans lequel ils vivent les ont préservés de l'aigreur et de la contestation.

– C'est aussi parce qu'ils travaillent beaucoup, lui fit observer Antoine.

– Leurs succès aux examens les prémunissent de la paresse et du renoncement. Ne nous en plaignons pas : c'est une chance !

C'était vrai : après deux années de classe préparatoire, Fabrice avait réussi le concours d'entrée à Centrale ; et Julie, un bac C en poche, avait passé avec succès le concours d'entrée en faculté de médecine avec un classement – quatrième – qui lui permettait de choisir la spécialité qu'elle espérait : la cardiologie. Tout cela, en fin de compte, paraissait incroyable à Mathilde et surtout à Antoine quand il songeait que quarante ans plus tôt, son destin n'avait tenu qu'à un fil : sans sa mère, il serait devenu agriculteur et n'aurait peut-être jamais connu Paris. Il l'avait expliqué à Fabrice et à Julie, il y avait deux ou trois mois, lors d'une conversation à la fin d'un repas, et ses enfants l'avaient considéré d'un air affligé : ils avaient toujours habité Paris et n'avaient jamais envisagé de vivre ailleurs, surtout pas au fin fond d'une province demeurée à leurs yeux étrangère aux grandes mutations dont ils étaient les héritiers privilégiés.

– Mon père ne voulait pas que j'aille étudier au lycée, avait précisé Antoine. Pour lui, un fils aîné devait prendre la suite de ses parents.

– Que s'est-il passé ? avait demandé Fabrice.

– Ce sont ma mère et mon instituteur qui ont fini par le convaincre, mais le combat a été rude. Il a fallu que nous obtenions des bourses et que mon frère François promette de rester, lui, à la propriété. Au demeurant bien petite et de faible rapport : une quinzaine d'hectares seulement, mais c'était le cas de la majorité des domaines dans le Sud-Ouest.

– Et que veux-tu nous démontrer par là ?

– Que l'on ne peut pas toujours maîtriser le destin. Malgré nos efforts et nos qualités, il se joue parfois à notre insu.

– Une histoire de « ouf », avait conclu Julie en ouvrant ses grands yeux. Nous l'avons échappé belle !

Fabrice, lui, n'avait émis aucun commentaire mais Antoine avait compris que, comme sa sœur, et malgré l'amour qu'ils lui portaient, ils étaient uniquement tendus vers l'avenir, non vers un passé pour eux sans le moindre intérêt. Il en avait souffert quelque temps, mais comment aurait-il pu le leur reprocher ? Le Verdier était loin, presque cinquante ans avaient passé, et il ne se sentait pas le droit de les détourner, ne serait-ce qu'en pensées, de leur vie future. Quelle serait-elle ? Eux seuls le savaient, ils avaient la chance de pouvoir la construire, et c'était bien ainsi.

36

SI LES ÉLECTIONS de mai 1995 conduisirent Jacques Chirac au pouvoir, elles eurent moins de retentissement pour Mathilde et Antoine que l'attentat du 25 juillet à la station Saint-Michel du RER à Paris. La capitale, où l'on vivait sans menaces véritables depuis longtemps, se trouvait soudain la cible d'attentats terroristes dont pouvait être victime n'importe qui, et donc eux-mêmes ou leurs enfants. Antoine se posa alors la question de savoir s'il n'avait pas fait fausse route en quittant la campagne pour la grande ville, et même si cette interrogation ne résistait pas vraiment à la réflexion, il ne put s'empêcher de l'évoquer devant Mathilde qui répondit :

– C'est ridicule ! Là-bas, tu serais peut-être mort sous ton tracteur ou sous la foudre d'un orage.

Et, comme Antoine ne réagissait pas, elle ajouta avec son humour irrésistible :

– C'est surtout dommage pour moi : j'aurais pu me marier avec un ministre ou un capitaine d'industrie, mener grande vie, prendre des tas d'amants, vider les comptes en banque, faire des folies dont tu n'as pas la moindre idée !

– Tu le regrettes, bien sûr !

– Tous les matins en me levant.

Son rire demeurait le même qu'aux premiers jours de leur rencontre et il s'en réjouissait. Elle ne changeait pas malgré le temps qui passait, soulevant des tempêtes imprévues. Et d'abord le plan Juppé du 15 novembre au sujet des retraites et de la Sécurité sociale. Il prévoyait de généraliser aux fonctionnaires et aux agents des entreprises publiques – RATP, SNCF et EDF – les mesures imposées aux salariés du secteur privé par la réforme Balladur de 1993. Des grèves impressionnantes paralysèrent alors le pays pendant plus de trois semaines, auxquelles Mathilde et Antoine participèrent, mais comme toujours, pour elle, en traînant les pieds.

– Ils doivent leur statut privilégié à de Gaulle, disait-elle à Antoine. Et sais-tu pourquoi ?

– Tu vas me le dire, je suppose.

– Il a été obligé de tout lâcher pour pouvoir désarmer les communistes à la Libération.

– Tu parles de quoi ? Des nationalisations ?

– Je parle de tous ceux qui peuvent paralyser impunément le pays pendant des semaines. Mais le grand Charles n'avait pas le choix, sans doute, sans quoi je suis certaine qu'il s'en serait bien passé.

– C'est bien possible, concluait Antoine à qui ces

considérations paraissaient bien éloignées des problèmes contemporains.

Jacques Chirac finit par retirer le projet de loi, mais en sauvant les apparences, c'est-à-dire en conservant les dispositions visant à réduire le déficit de la Sécurité sociale. Et la vie reprit son cours, avec, pour Mathilde et Antoine, un Noël au Verdier, comme d'habitude, et le premier de l'An avec leurs enfants et les parents de Mathilde.

Ce fut à cette occasion-là que Fabrice leur présenta une jeune fille prénommée Karine lors du réveillon. Il avait demandé à ses parents s'ils acceptaient de la recevoir pour la circonstance, et ils n'avaient pas songé une seule seconde à refuser. Fabrice avait vingt-trois ans et il pouvait entretenir les relations qu'il souhaitait avec les filles de son âge. Mathilde le soupçonnait d'ailleurs de ne pas s'en priver.

– Mais pourquoi celle-là ? s'inquiéta-t-elle auprès d'Antoine.

– Pose-lui la question !

Elle ne s'y risqua pas et elle eut raison : le dimanche de Pâques qui suivit, Fabrice arriva avec une prénommée Justine qui ne présentait aucune ressemblance avec la précédente.

– Est-ce que par hasard ton fils ne tiendrait pas de toi ? demanda Mathilde à Antoine d'un air faussement contrarié. Que sais-je réellement de ta vie d'étudiant à Toulouse ?

Elle le savait parfaitement mais feignait de s'en offusquer alors qu'elle s'en moquait royalement. Quant à la désinvolture de son fils en ce domaine, elle était devenue chose courante aujourd'hui et, de surcroît, elle n'avait aucune incidence fâcheuse sur ses études. Fabrice achevait un master en « management et direction de projets », il avait déjà été approché par plusieurs sociétés industrielles et prétendait n'avoir qu'à choisir celle qui lui conviendrait le mieux. Comme le gouvernement venait d'annoncer la suppression du service militaire le 1er janvier 1997, Fabrice envisageait de s'inscrire à un nouveau master afin de conserver le statut d'étudiant, et donc le sursis, jusqu'à cette date au moins. Il finançait ses études avec l'aide de ses parents, mais aussi en travaillant pendant les vacances dans des sociétés qui tentaient toutes de le retenir.

– Je finis par croire que cet enfant est un génie, disait Mathilde.

– Je ne suis pas certain qu'il y ait des génies dans la gestion des entreprises, rectifiait Antoine. Je dirais plutôt qu'il s'agit d'une capacité d'initiative hors du commun.

– Mais enfin, s'indignait Mathilde, ton fils est aussi un scientifique !

– C'est vrai. J'ai tendance à l'oublier parfois.

Quant à Julie, si elle ne présentait à Mathilde et Antoine aucun « copain », ce n'était pas parce qu'elle n'en avait pas, mais parce qu'elle était obnubilée par ses études et que de ce fait ses priorités étaient autres. Quand Mathilde s'inquiétait de son obsession de la réussite, Julie répondait :

– Ce n'est pas un homme qui nourrira mes enfants plus tard : c'est uniquement moi !

– Tu ne veux donc pas te marier un jour ?

Julie haussait les épaules, répliquait :

– Mais de quoi tu me parles ? On ne se marie plus aujourd'hui. C'est préhistorique tout ça !

Qu'ajouter à cela ? Julie occupait une chambre de bonne que lui louaient à petit prix ses grands-parents rue Monge, dans le Ve arrondissement, et que Mathilde ravitaillait régulièrement, sous le prétexte facile que sa fille n'avait pas le temps de faire des courses. Antoine s'inquiétait aussi de ce travail acharné auquel Julie se consacrait jour et nuit, mais elle ne paraissait pas en souffrir quand elle passait rue Poliveau pour manger un morceau « vite fait » – en réalité pour dévorer tout ce que sa mère lui mettait dans l'assiette.

Ce fut donc sans surprise qu'elle leur annonça son succès aux examens de fin d'année, mais elle les stupéfia, dans le même temps, en leur apprenant qu'elle allait partir avec un ami pour le Sénégal où elle devait effectuer un stage à l'hôpital de Dakar.

– Peut-on savoir qui est cet ami ? demanda Mathilde, intriguée.

– Il est noir, répondit Julie.

Et, comme Mathilde et Antoine demeuraient muets :

– C'est un problème ? Vous avez quelque chose contre les Noirs ?

– Mais non ! Bien sûr que non ! fit Mathilde, déstabilisée par le ton agressif de sa fille.

Ni Antoine ni Mathilde n'avaient jamais envisagé l'hypothèse d'une liaison de leur fille avec un homme de couleur, mais de quoi auraient-ils pu s'étonner de la part de Julie ? Ils avaient, au demeurant, toujours défendu le rapprochement entre les races. Alors ? Devaient-ils tout renier aujourd'hui ? Il n'en était évidemment pas question, mais Mathilde, comme pour se rassurer, ne put s'empêcher de préciser à Antoine, une fois Julie partie, que sa fille n'avait aucune intention de se marier un jour.

– Il n'est pas nécessaire de se marier pour faire un enfant, répondit Antoine avec un détachement qui sonna faux.

– Notre fille nous emmènera au bout du monde, soupira Mathilde après un long silence.

Et elle ajouta, avec son humour froid teinté d'une pointe d'exaspération :

– Mais quel est le scélérat qui m'a fait une fille pareille ?

– Je ne sais pas, dit Antoine en souriant. Mais tu ne peux t'en prendre qu'à toi-même.

– Est-ce ma faute si j'ai été séduite hypocritement par un paysan qui avait caché ses sabots dans sa valise ?

– Non ! Bien sûr ! concluait Antoine. Je reconnais sans problème ma culpabilité dans cette affaire.

Ils ne reparlèrent plus de ce sujet qui était, malgré tout, source d'une certaine inquiétude. Ils partirent début juillet pour Saint-Georges-de-Didonne où ils purent, désormais sans enfants, lire et se reposer en toute quiétude, à l'écart des tempêtes de Paris, et, pour Mathilde plus que pour Antoine, se baigner et bronzer à son aise au bord d'une plage surpeuplée.

37

DES NOUVELLES leur parvinrent de Dakar, anodines, sans aucune précision particulière susceptible d'assombrir leur séjour. Fabrice leur fit une visite le week-end du 14 juillet avec une nouvelle conquête dont ils ne s'étonnèrent même plus, ayant admis une bonne fois pour toutes, et sans épiloguer, que leurs enfants ne vivraient pas comme eux. Il fallait s'y résigner : les temps avaient changé, et il n'était pas question d'imposer une manière de vivre à qui que ce fût.

En août, Antoine partit seul au Verdier, car Mathilde avait des rendez-vous à Paris, mais elle promit de le rejoindre par le train avant la fin de la semaine. Là-bas, les relations entre François et son fils parurent à Antoine très tendues dès son arrivée. Adrien, âgé maintenant de vingt-quatre ans, vivait maritalement avec une Cécile rencontrée au lycée agricole. Il supportait mal la tutelle de son père et contestait sa manière de travailler. Viviane tentait d'apaiser l'atmosphère mais ce n'était pas facile, d'autant plus que

Cécile était une jeune femme moderne, indépendante et sûre d'elle. Pour elle, il n'avait jamais été question de cohabiter avec ses beaux-parents. Adrien et Cécile n'habitaient donc pas au Verdier, mais dans une ferme voisine qu'ils louaient à des paysans partis à la retraite en ville, afin de rejoindre leurs enfants. Cette séparation avait été rude entre Adrien et son père, même si le fils, chaque matin, rejoignait le Verdier pour travailler sur des terres qui lui reviendraient un jour.

Et là, précisément, des dissensions apparaissaient régulièrement entre les deux hommes sur les méthodes de travail, notamment sur le fait qu'Adrien prétendait qu'il fallait laisser reposer les terres une année sur deux. Cette « mise en jachère » exaspérait François : c'était pour lui la preuve de la fainéantise des nouvelles générations. Qu'aurait dit le père Bastide d'une telle pratique ? Comme si l'on n'avait pas besoin de toutes les terres cultivables pour faire face à l'endettement ! C'était à ne rien comprendre à ce qui se passait aujourd'hui ! Et que dire des parcelles concédées à Adrien sur lesquelles il refusait d'employer des fongicides ou des pesticides ? Elles étaient envahies de coquelicots, de bourraches, de dents-de-lion, de lotiers, de brunelles, Adrien ne croyant qu'en la fumure, aux coccinelles, et aux végétaux naturels qui nourrissaient la terre.

– Elle n'est pas propre, ta parcelle ! lançait François à son fils. Tu me fais honte ! Jamais les Bastide n'ont travaillé ainsi. Si ton grand-père voyait ça, il en tomberait malade !

Adrien ne répondait pas, mais les disputes recommençaient quotidiennement, et Antoine en fut le témoin accablé, cet été-là.

– Tu as semé trop tard ! reprocha un matin François à son fils. L'orge va souffrir de la chaleur.

– Mais non ! Il faut laisser le temps à la terre de bien respirer et de se régénérer.

– Est-ce que j'ai pris le temps de respirer, moi, depuis l'âge de seize ans ? vociféra François.

Adrien garda le silence et s'éloigna, laissant son père exprimer sa colère devant Antoine qui tentait vainement de le calmer.

– Souviens-toi, fulmina François : le père aurait labouré même le creux des fossés s'il avait pu ! Et on ne trouvait pas une mauvaise herbe, pas un chiendent, pas une limace dans nos champs ! Mais que se passe-t-il aujourd'hui ? On dirait qu'ils veulent nous empêcher de travailler, alors que nous sommes endettés jusqu'au cou !

Il s'en prit aux chambres d'agriculture, au gouvernement, aux banques, aux jachères, à la jeunesse qui ne voulait plus se fatiguer, et il s'arrêta brusquement, le souffle court, méconnaissable, au point d'inquiéter sérieusement Antoine. Puis, un matin, en attelant la faucheuse à son tracteur, il eut un malaise et s'affaissa contre la roue arrière. Antoine le soutint aussitôt pour éviter qu'il ne tombe complètement, mais François l'écarta rageusement et se reprit en disant :

– Ce n'est rien. C'est passé.

– Ça t'arrive souvent ?

– Mais non ! C'est la première fois !

Il monta sur le tracteur et partit en prononçant des mots qu'Antoine ne comprit pas. Mais dès ce jour il s'employa à alerter Adrien sur l'état de santé de son père, afin qu'il le ménage.

– Tu vois bien que je ne lui réponds pas ! se défendit Adrien. Je fais tout pour éviter ces confrontations. Mais que veux-tu ? Les temps ont changé et il ne veut pas l'admettre.

– Ce n'est pas qu'il ne veut pas l'admettre, rectifia Antoine, c'est qu'il ne peut pas. Essaye de comprendre ! Il a quarante-six ans et il travaille de la même manière depuis l'âge de seize ans !

– Alors c'est moi qui vais partir. La vie devient impossible ici.

Antoine dut user de tous les arguments qui lui vinrent à l'esprit pour dissuader Adrien, et d'abord lui répéter que cette propriété était celle des Bastide et qu'elle lui reviendrait un jour en totalité. En souvenir de ses grands-parents et de ses arrière-grands-parents qui avaient trimé pour la sauvegarder, il ne pouvait pas l'abandonner.

– C'est ce que j'ai toujours pensé, lui répondit Adrien. Mais je n'en suis plus aussi sûr aujourd'hui.

– Tu as tort. Un jour cette propriété sera à toi et tu pourras la cultiver comme tu le souhaites.

Ils en restèrent là, et Antoine tenta de se persuader d'avoir réussi à convaincre Adrien qu'un peu de patience parviendrait à améliorer ses relations avec son père. Les jours qui suivirent, hélas, lui démontrèrent que leur silence hostile n'était qu'un feu qui couvait sous la cendre entre ces deux hommes désormais trop différents pour cohabiter paisiblement.

38

MATHILDE arriva, comme elle l'avait promis, à la fin de la première semaine du séjour d'Antoine. Elle lui parut bizarre, plus silencieuse que d'habitude, préoccupée même, mais elle répondit seulement quand il lui en fit la remarque :

– Tu sais bien que je n'aime pas le train. Non seulement il faut cohabiter avec des inconnus, mais de plus, en général, ça sent mauvais. Je suis fatiguée, c'est tout, et ça ira mieux demain.

Pourtant Antoine dut insister, le lendemain, pour qu'elle daigne s'expliquer sur ce changement d'humeur qu'il constatait de nouveau.

– J'avais rendez-vous avec un radiologue à Paris, finit-elle par avouer, non sans contrariété.

Et comme Antoine attendait la suite en sentant son cœur s'affoler :

– Il a découvert une petite tumeur au sein droit.

– Une petite tumeur ?

– Oui. Mais bien limitée, qui peut se soigner facilement. C'est un spécialiste de ce genre de problème, et je ne vois pas pourquoi je ne le croirais pas.

– Il en est sûr ?

– Comme on peut être sûr de quoi que ce soit dans ce domaine.

Et Mathilde ajouta, en tentant de sourire :

– J'ai fait des analyses complémentaires. Nous aurons les résultats la semaine prochaine. Je repartirai lundi en huit.

– Je te suivrai.

– Non ! Ce n'est pas la peine !

Et, en retrouvant son humour naturel :

– Une petite tumeur de rien du tout ! On ne va pas en faire un drame. Il y a des théâtres pour ça !

Antoine, lui, n'avait pas le cœur à sourire, mais il se força à la rejoindre sur ce ton en ajoutant :

– Tu as raison : un simple accident de parcours ! On en verra d'autres !

– La seule chose que je te demande, reprit Mathilde, c'est de n'en parler à personne : ni à ta famille, ici, ni à nos enfants. À chacun ses soucis. Je me sens assez forte pour passer cette épreuve qui, d'ailleurs, aux dires du professeur, n'en est pas vraiment une.

– Et je suis là, moi, dit Antoine en la prenant dans ses bras et en mesurant aussitôt à quel point la maladie isole les êtres les plus chers, malgré l'affection qu'on leur porte.

– Oui, je sais, fit Mathilde.

Elle ajouta en se dégageant doucement de ses bras :

– Je te remercie, Antoine, d'avoir toujours été là, et de l'être encore aujourd'hui.

– C'est si naturel et si peu de chose.

Il soupira :

– Je voudrais tant pouvoir faire plus.

– Personne ne peut faire plus, à part le médecin. J'ai une totale confiance en lui.

Ils n'en reparlèrent pas au cours de la semaine qui suivit, et Mathilde lui parut redevenir la même femme qu'elle avait toujours été : combative, optimiste, ne doutant pas de l'avenir. Ce ne fut pas le cas d'Antoine, mais il le lui cacha soigneusement, songeant qu'ils étaient probablement entrés dans un âge où la santé pouvait devenir un des problèmes essentiels de leur vie. Mais qu'y faire, sinon résister et se battre ? Antoine se fit alors le serment, à l'exemple de Mathilde, de ne montrer aucune peur, aucune faiblesse, si pareille épreuve le concernait un jour.

Ils repartirent le lundi de ce qui était d'ordinaire le début de leur troisième semaine de vacances à Puyloubiers. Il ne leur fut pas difficile de trouver un prétexte pour François et Viviane, qui, au reste, avaient d'autres préoccupations que les leurs et ne les questionnèrent pas outre mesure sur ce départ anticipé.

À Paris, pour passer le temps en attendant les résultats des analyses, Antoine entraîna Mathilde au cinéma voir une comédie française, *Ridicule*, avec Fanny Ardant et Jean Rochefort, puis une exposition de Robert Doisneau et de Henri Cartier-Bresson. En revanche, elle refusa qu'Antoine l'accompagne chez le cancérologue pour les résultats des analyses et il l'attendit avec angoisse, ce soir-là – un 24 août, comment aurait-il pu l'oublier ? C'était un soir d'orage, avec une chaleur suffocante, qui semblait porter en lui d'inquiétantes menaces. Comme Antoine guettait derrière la fenêtre, il aperçut Mathilde à son arrivée devant la porte d'entrée. Il ne souhaita pas lui montrer l'état de stress dans lequel il se trouvait, et il feignit d'être occupé à préparer les cours de la rentrée à l'instant où elle passa le seuil de l'appartement.

Elle se déchaussa, posa calmement son sac sur une commode, vint s'asseoir en face de lui, et, sans aucune émotion apparente, déclara :

– Il m'a confirmé ce qu'il m'avait dit lors du premier rendez-vous : c'est une petite tumeur bien délimitée qu'il va traiter par radiothérapie.

– Ça consiste en quoi ? demanda aussitôt Antoine, avec une précipitation qu'il ne put refréner.

– Ce sont des rayonnements ionisants qui attaquent directement la tumeur. Une chimiothérapie ne lui paraît pas nécessaire, c'est déjà ça !

– Il t'a expliqué la différence ?

– Oui. Avec la radiothérapie, on attaque seulement la

tumeur, tandis qu'avec la chimiothérapie, on agit sur l'ensemble du corps afin d'empêcher la division cellulaire.

Un long silence succéda à ces paroles prononcées d'une voix un peu moins ferme que d'habitude.

– Il y a des effets secondaires ? demanda Antoine soucieux, soudain, de douleurs possibles pour Mathilde.

– Quelques brûlures, mais tout disparaît en quelques semaines après l'arrêt du traitement.

Mathilde trouva la force de sourire et ajouta :

– Avant la fin de l'année tu auras une épouse toute neuve, en pleine forme !

Antoine reconnut là son optimisme naturel, mais il eut beaucoup de mal à le partager.

– Ces séances de radiothérapie doivent commencer quand ?

– Dans huit jours.

– Ce qui signifie que tu vas te mettre en arrêt maladie.

– Certainement pas ! Sauf si j'y suis obligée.

– Enfin, Mathilde ! Il va falloir te reposer !

– Tu me connais si mal que ça ?

Il n'insista pas, sachant qu'elle demeurait intraitable sur ce qu'elle décidait, mais il se promit de revenir sur le sujet à la première occasion. Ils dînèrent rapidement – ni lui ni elle n'ayant le moindre appétit –, puis ils tentèrent d'oublier en regardant un film sans aucun intérêt à la télévision. Enfin ils se couchèrent sans un mot, de peur de réveiller l'angoisse tapie en eux, et ils finirent par s'endormir dans les bras l'un de l'autre.

Ensuite, contrairement à ce qu'elle espérait, Mathilde ne put tenir le coup longtemps après le début des séances, à cause des brûlures infligées par le traitement et des douleurs dans son épaule, côté droit. Elle dut se résigner à abandonner son travail fin septembre, provoquant les questions de ses parents, mais aussi de Julie et de Fabrice. Elle ne parvint pas à leur cacher la vérité, car ils la harcelaient et elle ne savait quoi répondre, pas plus qu'Antoine, d'ailleurs, résolu à tenir sa promesse de ne rien dévoiler. Mathilde dut alors rendre les armes, mais elle le fit, comme à son habitude, en minimisant l'importance du traitement qu'elle subissait : elle avait seulement besoin de se reposer. Elle ne put cependant rien cacher à Julie dont l'œil de médecin avait jugé de la situation. Étant bien introduite dans le milieu médical, elle se renseigna et apprit l'exacte vérité, tout en apportant à sa mère et à son père des éléments qui les rassurèrent :

– Le professeur qui te traite est l'un des meilleurs spécialistes au monde, assura-t-elle à Mathilde. On peut lui faire confiance. Et d'ailleurs, à Gustave-Roussy ils sont à la pointe de la recherche en ce domaine. Il ne faut pas t'inquiéter.

– Je ne m'inquiète pas du tout, répondit Mathilde. C'est vous qui vous inquiétez pour moi !

Tous, alors, résolurent de parler du problème le moins

possible, et de fait, la situation évolua favorablement en quelques semaines : début novembre un nouvel examen conclut que la tumeur avait considérablement diminué, détruite presque en totalité par la radiothérapie. Le traitement se poursuivit encore pendant deux semaines, Mathilde continua à souffrir de brûlures, mais elle reprit le travail après le 11 novembre, retrouvant le dynamisme qui l'avait fuie un moment et s'efforçant de dissimuler sa souffrance sous des sourires dont Antoine n'était pas dupe. Mais finalement tout rentra dans l'ordre un peu avant Noël, et les fêtes de fin d'année n'en furent que plus gaies.

Si leurs enfants ne passaient pas Noël avec eux, ils se faisaient un devoir de commencer l'année en leur compagnie, Julie seule comme à son habitude, et Fabrice avec une Estelle encore jamais vue mais à qui, cette fois, il paraissait davantage attaché.

– Je termine mon master « Innovation et transformation » à Centrale en juin, et je travaille dès juillet, leur apprit-il.

Et il ajouta, avec un geste négligent :

– Tant pis pour les vacances !

– Tu as donc déjà une offre d'emploi ? demanda Mathilde.

– J'en ai deux. Je trancherai au printemps.

Tant d'assurance et de confiance en soi ravissaient Antoine qui ne se demanda pas longtemps de qui il les tenait : de Mathilde, bien sûr, qui n'avait pas sombré lors de l'épreuve qui lui avait été infligée et qui paraissait l'avoir déjà oubliée – une autre de ses qualités. Ne répétait-elle pas qu'il ne fallait jamais se retourner vers le passé et que de toute façon le meilleur de la vie était toujours à venir ?

39

LE DÉBUT d'année fut très froid à Paris comme dans toute la France : moins huit degrés. La neige succéda au gel et rendit la circulation difficile, bloquant les routes et les trains dont les passagers demeuraient prisonniers de longues heures en pleine campagne, sans possibilité d'échapper au piège refermé sur eux. Mais autant l'hiver avait été rude, autant la douceur arriva de façon précoce début mars, jetant les Parisiens dans les rues un moment désertées, emplissant les terrasses des cafés où Antoine et Mathilde s'asseyaient volontiers, le week-end, afin de profiter du soleil et, sans doute pour elle, même si elle ne l'exprimait pas, du bonheur de se sentir vivante après les épreuves de l'automne passé. Ils n'en parlaient plus, mais Mathilde ne pouvait oublier la cicatrice dont elle ne souffrait plus vraiment, mais que le contact désagréable lors de sa toilette du soir et du matin réveillait.

Antoine, quant à lui, ne souhaitait plus évoquer l'épreuve vécue à ses côtés, et les sujets les plus futiles lui servaient à alimenter des conversations dont ils pouvaient se réjouir. Ainsi, il s'arrêta un matin sur un trottoir, face à un homme qui lui parlait en faisant de grands gestes. Ce fut du moins ce qu'il crut. En réalité, l'homme en question téléphonait en marchant, des écouteurs invisibles dans les oreilles, et il passa son chemin, indifférent, étranger au monde dans lequel il se mouvait, et donc à lui, Antoine, qui s'était apprêté à lui répondre. Quand il raconta l'épisode à Mathilde, elle éclata de rire et s'exclama :

– Enfin, Antoine ! Ça ne date pas d'aujourd'hui ! La majorité des gens téléphonent dans la rue de cette manière !

– Ah bon ! C'est pourtant la première fois que je vois ça !

– Parce que tu rêves en marchant et que tu n'accordes aucune attention à ce qui se passe autour de toi !

Fabrice et Julie en rirent beaucoup aussi, et il comprit qu'il se passait quelque chose à son insu dans son univers quotidien. Il en fut mortifié, décida de porter davantage d'attention au monde extérieur s'il ne voulait pas, un jour, demeurer seul au bord du chemin. Et d'abord s'intéresser aux nouvelles technologies, celles que maîtrisaient parfaitement Mathilde, Julie et Fabrice. Il s'y consacra pendant un mois, puis il finit par se décourager devant les explications dispensées par Mathilde, évidentes pour elle, mais toujours aussi obscures pour lui malgré ses efforts.

– Tu aurais pu écrire *Les Rêveries du promeneur solitaire*, le railla Mathilde. Je vais t'appeler Jean-Jacques.

Mais il en savait assez, grâce à elle, pour ne pas s'isoler complètement du monde réel tout en se consacrant à sa passion des livres et de son métier.

En outre, dès le mois d'avril, il se réjouit de constater qu'il n'était pas le seul à mal appréhender l'air du temps quand le président de la République, Jacques Chirac, prit l'incompréhensible décision de dissoudre l'Assemblée nationale alors qu'il y disposait d'une majorité confortable.

Toujours est-il que les élections de mai et juin donnèrent une majorité à la « gauche plurielle » et provoquèrent la nomination de Lionel Jospin au poste de Premier ministre, à la grande satisfaction du corps enseignant.

– Je ne sais pas où vivent les conseillers de Jacques Chirac, dit Mathilde à Antoine, mais ils ne doivent pas allumer la lumière dans les pièces tous les matins.

Cette décision rocambolesque et ses conséquences occupèrent beaucoup leurs collègues qui en rirent sans se lasser jusqu'à la fin de l'année scolaire. Fabrice, qui vivait plutôt dans un milieu conservateur, la déplora, mais il ne s'y attarda pas. Il venait de passer avec succès son dernier master et il devait prendre une décision quant à son avenir. Il manifesta envers Antoine et Mathilde une confiance qui les toucha profondément en venant leur demander conseil une semaine auparavant. Deux sociétés, surtout, l'intéressaient, toutes deux spécialisées dans la construction de grands ouvrages : routes, autoroutes, tunnels et ponts dans l'Europe entière. Son travail consisterait à monter des projets depuis les études préliminaires jusqu'aux appels d'offres, un travail qui se traduisait dans l'une des sociétés par davantage de responsabilités, curieusement un peu moins bien rémunéré mais avec l'engagement, si tout se passait bien, d'être nommé PDG avant trois ans.

– Alors ? Laquelle vas-tu choisir ? demanda Antoine.

– Je crois que je vais opter pour plus de responsabilités, même si c'est un peu moins bien payé au départ.

Fabrice se tut un instant, reprit en souriant :

– Et pourtant j'envisage d'acheter rapidement un appartement pour vivre avec Estelle.

– Avec Estelle ? demanda Mathilde.

– Oui. C'est si surprenant que ça ?

– Non, pas vraiment... Mais en es-tu sûr ?

– Tout à fait sûr.

– Et peut-on savoir ce qu'elle fait, cette Estelle, dans la vie ?

– Elle est ingénieure, comme moi. Mais contrairement à moi, elle travaille depuis déjà deux ans.

– Elle est donc un peu plus âgée ?

La question parut déplacée à Fabrice qui répondit néanmoins :

– C'est important ?

Un lourd silence succéda à cette question posée d'un ton hostile, qu'Antoine crut bon de briser en demandant :

– Vous allez vous marier ?

– Non ! Pas pour le moment.

Et Fabrice ajouta, d'une voix froide :

– Il me semble avoir compris que vous-mêmes aviez vécu ensemble pendant quelque temps sans être mariés. Est-ce que je me trompe ?

– Excuse-nous ! fit Mathilde précipitamment. Il s'agit simplement de savoir à quoi nous en tenir en la présence d'Estelle.

– Mais rien ne sera changé, dit Fabrice. Faites comme vous avez toujours fait.

Et il reprit, avec un fin sourire :

– Vous avez toujours été parfaits.

Il partit, un peu moins chaleureux qu'à son arrivée, tandis que Mathilde et Antoine s'en voulaient d'avoir été si curieux. Une fois seuls, pourtant, ils se demandèrent si Fabrice n'était pas venu pour leur annoncer l'officialisation de sa liaison avec Estelle plutôt que les interroger sur le choix à effectuer au sujet de son travail.

– Décidément, constata Mathilde, contrariée surtout de sa propre réaction, ces enfants me surprendront toujours.

Julie ne fut pas en reste, qui arriva un midi, affamée comme à son habitude, et qui leur annonça le plus innocemment du monde qu'elle venait d'assister son professeur de médecine lors d'une opération à cœur ouvert.

– À cœur ouvert ? fit Mathilde. Et tu n'as pas tremblé ?

– Pourquoi aurais-je dû trembler ? Rester le plus calme possible est le seul moyen d'aider vraiment, à la fois mon professeur et le patient, afin qu'il continue de vivre.

– Et il a survécu ?

– Évidemment ! C'est une technique que l'on maîtrise parfaitement aujourd'hui.

Julie ne releva même pas la tête de son assiette où gisait un bifteck qui, lui, n'avait que quelques secondes à vivre. Et quand elle l'eut avalé, elle demanda à Mathilde si elle n'avait pas un peu de fromage et quelques douceurs à lui offrir. Devant l'air ébahi de ses parents, elle s'étonna :

– Quoi ? Qu'y a-t-il ?

– Rien ! répondit Mathilde. Mange, ma fille !

Une fois son repas terminé, elle partit en se demandant visiblement si ses parents avaient gardé toute leur tête ou s'ils étaient très fatigués. Antoine et Mathilde, quant à eux, conclurent qu'ils devaient se rendre à l'évidence : leurs enfants les avaient dépassés et ils vivaient sur des hauteurs qu'ils auraient été incapables d'atteindre à leur âge. Fallait-il s'en plaindre ou s'en réjouir ? S'en réjouir, sans doute, mais quel souffle passait sur leurs tempes dès que Julie et Fabrice entraient rue Poliveau !

Ce fut sur cette évidence un peu déstabilisante qu'ils partirent en vacances au bord de l'Atlantique, encore étonnés de se retrouver deux et non plus quatre, tellement le temps avait passé vite – si vite que ce constat les laissait un peu désemparés, inquiets d'un avenir que Fabrice et Julie maîtrisaient parfaitement, alors qu'il leur apparaissait souvent incertain, vaguement menaçant.

40

IL LE FUT également dès leur arrivée au Verdier où François leur apprit qu'il était atteint d'une leucémie et devait subir une chimiothérapie. Il était apparu à Antoine très affaibli lors du Noël précédent, mais François l'avait rassuré en lui expliquant qu'il s'agissait d'une fatigue passagère et qu'il s'était engagé auprès de Viviane à consulter un médecin après les fêtes de fin d'année. La première pensée d'Antoine fut de se dire que décidément, après Mathilde, aucune famille de cette fin de siècle ne pourrait échapper à cette terrible maladie. C'était comme une fatalité, et il n'y avait pas d'autre solution que d'y faire face, avec courage et détermination.

François, lui, ne se plaignait pas. Il avait décidé de lutter contre le mal qui le rongeait avec tous les moyens proposés par son cancérologue – un homme de grande prestance, peigné en brosse, au parler franc, précisa-t-il à Antoine. Au vu des résultats des analyses, il ne lui avait laissé aucun doute sur l'origine de sa maladie : les coupables étaient les produits que François avait répandus sur ses terres pendant des années, le plus souvent sans masque et à mains nues. Ce n'était pas le premier cas rencontré par ce spécialiste : dès que François lui avait révélé son métier d'agriculteur, il avait compris de quoi il s'agissait.

– Tu vois, dit François à Antoine dès leur première conversation, je m'en doutais quand je rentrais le soir avec des démangeaisons partout, des quintes de toux, des vomissements, au point que j'avais du mal à respirer et ne trouvais pas le sommeil. Mais que pouvais-je faire ?

– Arrêter cette chimie, ces produits à tête de mort sur les bidons.

– Mais comment arrêter ? C'était un engrenage, tu le sais bien. On ne parlait que remembrement, agrandissement des propriétés, rendement à l'hectare, machinisme, endettement. Aucun de nous n'a choisi cette voie : elle nous a été imposée, nous n'avons pas eu le choix.

– Je sais. J'avais compris tout ça. Mais à présent, il faut penser à toi, te soigner et te battre.

François soupira, baissa la tête, murmura :

– Je suis très fatigué. Je sais que je n'ai pas beaucoup de chances de survie.

– Mais bien sûr que si ! assura Antoine. Tu vas venir à Paris, on trouvera un médecin à l'hôpital Gustave-Roussy ou à l'institut Curie. C'est là qu'il y a les meilleurs spécialistes. Tu guériras.

Le sourire de son frère lui brisa le cœur.

– Je ne viendrai pas à Paris, répondit François. J'aime bien mon toubib : il m'a toujours dit la vérité. J'ai confiance en lui.

Il soupira une nouvelle fois, ajouta d'une voix lasse :

– C'est peut-être un mal pour un bien. Ainsi, Adrien sera bientôt libre de cultiver nos terres comme il le souhaite.

– Enfin ! Qu'est-ce que tu racontes ? s'indigna Antoine. Tu n'as que quarante-sept ans, tu es jeune encore, et je suis certain que tu vas gagner ce combat.

François releva la tête, demanda avec un pauvre sourire :

– En es-tu bien sûr, Antoine ?

– Tout à fait sûr.

François sourit de nouveau, murmura :

– Je te remercie. Tu me fais beaucoup de bien. Tu sais…

Il se tut, cherchant ses mots.

– Dis-moi, fit Antoine.

– Je n'aurais pas souhaité un autre frère que toi.

Ils s'embrassèrent, et Antoine le quitta, désespéré à l'idée qu'il pouvait perdre ce frère qui lui était si cher. Ensuite, il regagna Puyloubiers en compagnie de Mathilde, mais elle n'eut pas le cœur de l'interroger sur cette conversation qui avait tenu les deux frères éloignés de la maison.

Leur séjour ne fut donc pas aussi serein qu'ils l'avaient imaginé. Ils s'évertuèrent à soutenir François et Viviane chaque jour en se rendant au Verdier de bonne heure, le matin, et en y restant jusqu'au soir, après le dîner. En outre, durant ce séjour, Antoine eut aussi l'occasion de s'entretenir avec Adrien qui lui apparut très ébranlé, malgré leurs relations difficiles, par la maladie de son père. Mais comment aurait-il pu en être autrement entre deux êtres qui se heurtaient souvent, mais qui avaient choisi la même vie et cultivaient les mêmes terres ?

– Je n'ai jamais souhaité une chose pareille, confia Adrien au bord des larmes à Antoine, un matin, dans la grange où ils s'étaient réfugiés pour se parler seul à seul.

– Je le sais parfaitement.

– Ce qui m'est le plus douloureux, reprit Adrien, c'est de le voir s'arrêter subitement, lâcher les outils, et tenter de se cacher pour que je ne voie pas qu'il souffre.

– Je lui ai proposé de venir se soigner à Paris, révéla Antoine, mais il a refusé.

– Je crois qu'il a renoncé, murmura Adrien. Nous sommes endettés jusqu'au cou et il se sent coupable.

– Il n'est coupable de rien. Il a cru bien faire et de toute façon, il n'a pas eu le choix : c'était ça ou disparaître. Or, la réalité, c'est que vous êtes encore là tous les deux.

– C'est vrai, mais dans quelle situation !

Adrien montra d'un geste large les terres qu'ils apercevaient par la porte grande ouverte de la grange où, pour Antoine, la délicieuse odeur du foin n'évoquait que des souvenirs heureux.

– Tout ça appartient aux banques, désormais, fit-il d'une

voix morne. Elles peuvent décider de nous jeter dehors et de vendre.

– Mais de vendre à qui ?

– À ceux qui sont moins endettés que nous, je suppose.

– Tous les paysans sont endettés aujourd'hui.

– Pas les grands céréaliers.

– Ils n'ont aucun intérêt à acheter des terres ici : c'est trop petit.

– Espérons, fit Adrien, ça tuerait mon père… et moi aussi.

Puis, aussitôt, en se redressant brusquement, comme pour éviter le choc d'une arme pointée sur lui :

– Je me battrai jusqu'au bout pour qu'il ne voie jamais ça.

– Je t'aiderai tant que je le pourrai. Tu sais que tu peux compter sur moi. Je ferai tout ce qu'il faut pour vous aider financièrement, même si je dois emprunter moi aussi. Alors promets-moi, s'il te plaît, de ne jamais abandonner le Verdier.

– Je te le promets, Antoine, fit Adrien, en plantant son regard noir dans celui de son oncle.

– J'ai confiance en toi. Nous y arriverons.

– Bien sûr ! Nous y arriverons.

Ils se séparèrent sur ces mots qui trahissaient un mince espoir, mais dont l'affirmation, malgré tout, leur fit du bien. S'ils ne pouvaient plus compter sur François, ils étaient deux, au moins encore, pour lutter et sauver le

Verdier, et Adrien avait compris qu'Antoine tenterait tout ce qui était en son pouvoir pour lui venir en aide. Il n'en fut plus question jusqu'à la fin des vacances de Mathilde et d'Antoine. Ils s'évertuèrent à réconforter François dont la chimiothérapie allait commencer en septembre, puis ils repartirent fin août, afin de préparer la rentrée scolaire.

Le début de l'automne était encore très chaud, comme de plus en plus souvent, à cause, assurait-on, du réchauffement climatique. Julie et Fabrice ne paraissaient pas s'en préoccuper, ayant à faire face à d'autres soucis plus immédiats, notamment Fabrice qui devait mener de front des activités professionnelles et familiales compliquées. Julie, elle, lançait férocement quand Mathilde évoquait le sujet :

– Je ne vais pas m'apitoyer sur un problème dont je ne suis en aucun cas responsable. Les responsables, précisément, nous les connaissons, vous et moi : ce sont les politiques et les affairistes de tous bords qui régentent le monde depuis plus d'un siècle, c'est-à-dire depuis la révolution industrielle. Vous voyez ? Ça ne date pas d'aujourd'hui !

Elle ajoutait, d'un air faussement désabusé :

– De toute façon, vous comme moi pouvons mourir d'une seconde à l'autre. J'ai au moins appris ça au cours de mes études. Alors pourquoi s'inquiéter d'une apocalypse que nous ne verrons sans doute pas ?

Mathilde tentait bien d'intervenir en précisant qu'elle s'inquiétait plutôt du sort à venir de ses petits-enfants, mais Julie balayait l'argument d'un haussement d'épaules en décrétant :

– Tes petits-enfants trouveront les solutions que toutes les générations successives, dont la vôtre, ont été incapables de trouver.

Devant ce verdict définitif, Mathilde renonçait et elle se tournait vers des sujets plus immédiats, dont celui de la rentrée scolaire. Quelles seraient les innovations qu'aurait décidées le ministère et que leur révélerait sentencieusement le directeur la veille de la rentrée ? Comme chaque année, Antoine et Mathilde s'interrogeaient en cherchant à les imaginer, mais ils n'y réussissaient jamais. Ils tombaient toujours à côté : c'était comme si le ministère s'ingéniait à traiter des problèmes mineurs, jamais des sujets essentiels, du moins à leur avis, comme par exemple celui de la disparité du niveau des élèves dans la même classe. Fallait-il les reléguer dans des classes spécialisées au risque de les dévaloriser complètement, ou tenter de les inclure à tout prix dans des classes d'un niveau pour eux inaccessible, et cela au détriment des élèves les plus doués, dès lors condamnés à ne pas progresser aussi vite qu'ils le méritaient ? Autant de questions qu'ils se posaient depuis longtemps mais qui demeuraient sans réponses – ou du moins pas celles qu'ils auraient souhaitées.

Mais il n'y eut pas de nouvelles directives majeures, cette

année-là, et ils reprirent le travail avec l'habitude que confère l'expérience ; motivés, comme chaque année, par l'espoir de trouver devant eux des élèves réceptifs, convaincus de suivre en leur compagnie le précieux chemin dont dépendait leur avenir.

41

DEPUIS qu'ils avaient été nommés à Paris, ils rencontraient moins de problèmes de discipline, peut-être parce qu'ils avaient appris à mieux les appréhender, ou, sans doute, parce que leurs élèves étaient moins issus de milieux défavorisés comme ceux des banlieues. Les semaines, alors, se mirent à passer dans une routine peu exaltante, mais qui, au moins, leur permettait de s'intéresser à d'autres activités auxquelles, par faute de temps, ils n'avaient pu assez se consacrer. Une exposition Van Gogh au musée d'Orsay, notamment, des sorties tous les samedis soir au cinéma ou au théâtre, des conférences comme celle de Kyoto sur la limitation des gaz à effets de serre, lointaine mais essentielle pour Mathilde ; enfin des projets de voyages que la santé de François, hélas, remettait en question.

À Noël, il leur parut épuisé par la chimiothérapie. Après les séances il devait rester couché pendant plusieurs jours, et, une fois debout, il tenait à peine sur ses jambes. Antoine lui apporta tout le secours dont il était capable, mais ses paroles lui parurent vaines face à l'insurmontable fatigue de François. Antoine repartit désespéré, en se disant qu'il avait peut-être vu son frère vivant pour la dernière fois, ce frère qu'il avait vu grandir près de lui, et qui demeurait le seul lien avec son passé le plus lointain. Et pourtant, malgré sa souffrance, François s'était montré résolu à poursuivre ces soins qui l'épuisaient de plus en plus.

– Ne tarde pas à revenir, Antoine, avait-il dit au moment où ils s'embrassaient en se quittant.

– Viens à Paris ! Tu seras mieux soigné ! avait répété Antoine.

François avait une nouvelle fois refusé en murmurant :

– Si je dois mourir, au moins que ce soit sur nos terres, ici, au Verdier, et non dans un hôpital parisien.

– Tu ne vas pas mourir, avait répliqué Antoine. Tu vas continuer à te battre et tu vas guérir.

– Merci, Antoine. Si tu n'avais pas existé, tu es le frère que j'aurais rêvé d'avoir.

Ils s'étaient quittés en tentant de dissimuler la douleur de cette séparation qui pouvait être définitive, l'un et l'autre le savaient. Et ils avaient raison : un coup de téléphone l'apprit à Antoine un samedi soir de printemps, un soir où, pourtant, les premières douceurs de l'air rendaient la vie plus précieuse. Adrien avait retrouvé son père couché au milieu du grand champ, recroquevillé sur lui-même, face à cette terre qu'il avait tant travaillée et tant aimée.

– Il le fallait, il souffrait trop, confia Adrien à Antoine. C'est plutôt une délivrance. D'ailleurs son visage a changé : il s'est détendu et il ne me fait plus peur comme lorsque je le voyais se débattre et retenir ses gémissements de douleur.

Il ajouta, alors qu'Antoine demeurait muet, incapable de trouver les mots :

– Il ne méritait pas ça. Il y a des limites à ce qu'un homme peut supporter… Maintenant, au moins, c'est fini. Il ne souffre plus. Et c'est ce qu'il fallait souhaiter.

Antoine ne put s'endormir cette nuit-là. Si bien qu'au lieu de se morfondre dans son lit, auprès de Mathilde elle aussi éveillée, il se leva et partit à trois heures du matin pour le Verdier où il arriva à neuf, après avoir roulé sans s'arrêter, la tête encombrée de pensées dont aucune n'était secourable. Il revoyait François plein de vie alors qu'ils étaient enfants et partageaient la même chambre, il songeait à sa détermination à reprendre les terres après la mort du père, à ses efforts pour les développer, à sa fatigue dans le combat inégal qui l'opposait aux banques, à sa maladie enfin, qui l'avait emporté. Il revoyait aussi ces bidons à tête de mort dans la grange, et une rage folle montait en lui, qui lui fit prendre des risques sur la route sans qu'il s'en rende compte.

Au Verdier, Viviane et Adrien ne l'attendaient pas si tôt, mais sa présence, il le comprit, leur fit du bien en cette circonstance que, malgré la gravité de la maladie de

François, ils n'avaient pas envisagée si rapide. Son corps se trouvait dans leur ancienne chambre, méconnaissable en quelques semaines, le visage et les membres d'une maigreur extrême. C'est ce qui fit le plus de mal à Antoine : voir son frère ainsi transformé, différent, étranger, et cela dans la chambre qu'ils avaient partagée si longtemps le dévasta au point qu'il dut quitter la maison pour aller se perdre dans les prés et les champs, comme lors de la disparition de sa mère. Il marcha, marcha longtemps avec l'impression d'avancer en pays inconnu, loin des paysages familiers de son enfance soudain relégués dans les dédales obscurs de sa mémoire, loin d'un temps où tout était neuf, à l'abri du malheur. Cette marche soudain privée de sens lui fouilla l'estomac et le contraignit à rentrer, muet pour le restant de la soirée, incapable de comprendre ce qui se passait dans sa vie en ce pays inconnu. Seul le sommeil le délivra de cette sensation étrange et douloureuse d'avoir perdu des repères essentiels qui l'abandonnaient sur un rivage où il ne reconnaissait plus rien ni personne.

Le lendemain, lundi, il demeura prudemment auprès d'Adrien et de Viviane et il ne les quitta pas de la journée. François fut porté en terre le mardi dans le petit cimetière veillé par un fin cyprès où reposaient les parents Bastide depuis toujours. La cérémonie fut brève, simple et humble, comme l'avait été le disparu, et Antoine fit face avec Adrien aux condoléances traditionnelles avec une patience dont il ne se croyait pas capable. Or entendre parler de son frère en des termes chaleureux, certes de circonstance, mais par des paysans qui comme lui souffraient des mêmes maux, lui parut réconfortant : François ne s'était pas battu seul, il était seulement la première victime d'un monde dont les mutations mercantiles avaient frappé cruellement ce milieu. Les visages étaient graves et les rides profondes ne trahissaient que le courage, pas encore la défaite et le renoncement.

Mathilde étant repartie juste après les obsèques par le train de nuit pour honorer des rendez-vous à Paris le lendemain matin, Antoine resta dormir au Verdier, car il n'osait pas affronter la solitude à Puyloubiers. Là, en présence de Viviane aussi désemparée qu'eux, il tint une longue conversation avec Adrien qui se préoccupait de l'avenir. Il ne put cacher à Antoine qu'il allait devoir vendre quelques terres pour honorer les échéances, si toutefois quelqu'un en voulait. Car tous les paysans s'étaient endettés comme François, et les banques les surveillaient de près.

– Fais ce que tu penses indispensable, lui dit Antoine, mais je te demande une seule chose : préserve les terres les plus proches de cette maison, celles qui représentent le cœur du Verdier. Et si tu as besoin d'aide, n'hésite pas à faire appel à moi.

– Ne t'inquiète pas, répondit Adrien. Je ferai tout pour sauver l'essentiel, j'y suis autant attaché que toi.

Antoine repartit le lendemain en début d'après-midi, et

il eut bien des difficultés à reprendre le travail, étant aussi épuisé par les événements familiaux que par l'air du temps. Dès lors tout lui parut hostile et sans le moindre intérêt, notamment le rejet par les adolescents des valeurs qu'il avait crues éternelles, le mépris pour l'orthographe, la banalisation du cannabis, la folie des soldes dans les grands magasins, la multiplication des besoins non essentiels, la conviction de n'exister que par l'apparence, la manie de téléphoner n'importe quand et n'importe où, comme si le sort de l'univers en dépendait.

– Toutes les époques ont leurs rites, lui fit remarquer Mathilde. La nôtre n'y fait pas exception. Pourquoi, d'ailleurs, en serait-il autrement ?

– Chez nous, suggéra Antoine, ce que tu appelles des rites apparaissait moins apparent, moins agressif.

– Pas pour nos propres parents. Il se peut que nous soyons en train de vieillir, tout simplement.

– Moi, je n'appelle pas ça des rites, mais des béquilles, répliqua Antoine. Il s'agit pour eux de tenir debout au sein de nouvelles manières de vivre qui, en réalité, déséquilibrent tout le monde.

– Toutes les générations ont prétendu être meilleures que celles qui leur ont succédé, et cela depuis l'Antiquité. Il suffit de relire les auteurs grecs ou latins pour le vérifier.

– Je ne prétends pas avoir été meilleur, seulement avoir été plus raisonnable.

– Surtout en 1968, fit Mathilde en souriant.

Antoine haussa les épaules, mais ne répondit pas.

– Quant aux béquilles que tu évoques, reprit Mathilde pour mettre fin au débat, ne t'en offusque pas : l'âge venant, nous en aurons bientôt besoin.

Antoine savait qu'il ne devait pas s'engager sur un tel terrain face à Mathilde, et il savait aussi qu'elle avait raison, mais il ne parvenait pas à s'adapter comme il l'aurait fallu pour vivre sereinement. Ce qui l'exaspérait le plus, à part la manie des portables, c'étaient les visages dissimulés sous des capuches, une mode venue des banlieues et qui supposait une dissimulation d'activités coupables mal définies. Certains élèves en abusaient jusque dans les classes, de même du portable qu'il fallait confisquer, ce qui provoquait une hostilité désagréable de plus en plus difficile à maîtriser.

Aussi ce fut avec soulagement qu'il vit s'approcher les vacances d'été, tout en se demandant si son métier n'allait pas lui devenir insupportable au cours des années qui le séparaient encore de la retraite. Un mot qui apparaissait de plus en plus souvent dans son esprit, à sa grande stupéfaction, lui qui croyait n'avoir que trente ans, alors qu'il en avait cinquante et un. Que s'était-il passé ? Où avait-il failli pour n'avoir pas senti passer le temps, ne l'avoir pas assez retenu, n'en avoir pas assez profité, notamment pour des voyages toujours envisagés avec Mathilde mais jamais concrétisés ?

– Nous en aurons bientôt le temps, prétendait-elle. Aujourd'hui, après nos enfants, ce sont nos parents qui ont besoin de nous. Quoi de plus naturel ?

Les siens, très âgés, l'occupaient beaucoup, car son père souffrait du nouveau mal du siècle : la maladie d'Alzheimer, et sa mère ne pouvait plus y faire face. Il s'agissait donc de trouver pour cet homme qui avait été si actif, si travailleur, un établissement spécialisé qui pourrait l'accueillir. Antoine partit donc seul à Puyloubiers dès le mois de juillet, où l'absence de François le crucifia. Que restait-il de cette vie où il avait été si heureux avant de l'abandonner à onze ans ? Le manque de ce frère aimé le poussa à tracer sur le papier des mots susceptibles de lui restituer ce qu'il avait perdu, et peut-être, du moins l'espérait-il, de le revivre en une confidence intime à travers l'espace et le temps.

42

LA COMPAGNE d'Adrien avait enfin accepté de vivre au Verdier, malgré la présence de Viviane, sa belle-mère, car elle avait compris qu'elle n'avait rien à redouter d'elle. La cohabitation entre les deux femmes parut normale à Antoine, et il en fut rassuré, mais pas étonné : Viviane avait cohabité avec sa belle-mère Marie dès son mariage et elle savait ménager la susceptibilité de sa belle-fille.

– D'ailleurs Cécile est enceinte, lui révéla Adrien. Elle tenait à ne pas rester isolée.

Ainsi la vie allait continuer et la grande maison du Verdier se repeupler, malgré l'absence de Sandra, la sœur d'Adrien, qui, après divers emplois à Toulouse, allait partir pour l'Australie où elle devait gérer les hôtels d'une chaîne célèbre. Antoine ne l'avait pas beaucoup fréquentée, cette Sandra qui avait toujours manifesté un esprit très original de détermination et de liberté. Elle avait mené à bien de brillantes études dans une école de commerce et avait acquis rapidement une indépendance financière bien utile à ses parents, Viviane et François. Aujourd'hui, elle partait de l'autre côté du monde, au grand chagrin de sa mère, qui s'efforçait de le cacher mais n'y parvenait pas.

Sandra vint faire ses adieux le matin du 12 juillet 1998. Elle déjeuna au Verdier sans émotion apparente, puis elle repartit sans s'attarder et sans se retourner, fidèle à celle qu'ils avaient toujours connue. La victoire à la Coupe du monde de l'équipe de France de football à laquelle ils assistèrent tous ensemble le soir même, à la télévision, n'atténua pas la tristesse de Viviane qui murmura, avant d'aller se coucher :

– J'ai l'impression de l'avoir perdue pour toujours.

Aidé par Adrien et par Cécile, Antoine tenta de la consoler et de la raisonner en lui démontrant combien, aujourd'hui, le monde entier était tout grand offert à la jeunesse, et que c'était une chance de pouvoir connaître d'autres pays, d'autres populations, d'autres coutumes, mais elle l'écouta à peine et se réfugia dans sa chambre pour y cacher son chagrin.

Le lendemain, Mathilde arriva, et sa vitalité toujours intacte malgré les vicissitudes de la vie remit de la gaîté dans la grande maison où, désormais, lors des repas, ils n'étaient plus que cinq autour de la table. Antoine et Mathilde rentraient seulement le soir à Puyloubiers, profitant de la douceur de la nuit, apaisés par le calme des prés et des champs qui tressaillaient au léger vent du sud, éclairés par la Lune.

Ainsi passa l'été, avec seulement huit jours au bord de l'océan en août à cause des difficultés rencontrées par les parents de Mathilde, puis la vie reprit son cours, les Leader Price se mirent à régner sur les banlieues, on commença à parler du changement de siècle, d'un gigantesque bug probable ou d'une fin du monde, peut-être un dérèglement planétaire qui bouleverserait la vie à tout jamais. La dernière année du siècle n'en finit pas de se traîner vers sa fin, tandis que Johnny Hallyday chantait *Vivre pour le meilleur*, et qu'Alain Bashung était nommé artiste masculin de l'année.

Un soir, comme Mathilde et Antoine rentraient du cinéma, la mère de Mathilde leur téléphona pour leur apprendre que son mari était décédé. Il avait près de quatre-vingts ans et était devenu dépendant, au grand désespoir de sa femme et de sa fille qui l'avaient connu invincible, capable de travailler jour et nuit. Il fut enterré au cimetière du Montparnasse, voisin de la rue Campagne-Première où il avait habité. Mathilde n'en souffrit pas autant qu'Antoine le redoutait : ce fut plutôt un soulagement, pour elle, de ne plus voir cet homme brisé qui ne reconnaissait plus personne et lui demandait, les jours où elle lui rendait visite, pourquoi sa fille ne venait pas le voir.

Au printemps, fin mars, Cécile, la femme d'Adrien, donna le jour à un garçon prénommé Hugo, et Antoine et

Mathilde firent l'aller-retour, le week-end suivant, pour aller découvrir cet enfant qui, se disait Antoine, allait peut-être un jour succéder à son père sur les terres du Verdier. Le mois ne se termina pas sans une visite de Fabrice qui leur annonça, de but en blanc, que sa compagne, Estelle, attendait un enfant.

– Alors vous allez vous marier, lui dit Mathilde, tandis qu'Antoine demeurait muet à l'idée de devenir grand-père.

– Il n'en est pas question.

– Enfin, Fabrice ! s'insurgea Mathilde. Comment s'appellera-t-il, cet enfant ?

– Par son nom, je suppose.

– Tu veux dire le nom de sa mère.

Fabrice parut étonné, comme s'il n'avait jamais songé à cette probabilité, mais il se reprit très vite et déclara :

– Je le reconnaîtrai, bien sûr.

Un long silence succéda à ces propos, qu'Antoine finit par rompre en suggérant :

– Il ne serait pas plus simple de vous marier avant ! Que de problèmes seraient évités !

Après un instant de réflexion, Fabrice concéda dans un sourire :

– Vous avez peut-être raison. Nous allons y réfléchir, Estelle et moi.

Puis il partit, les laissant consternés de constater à quel point cette génération si brillante, si intelligente, paraissait totalement dépourvue de jugement dans le domaine pratique – et peut-être aussi le domaine moral.

Au mois d'août suivant, alors qu'ils se trouvaient à Puyloubiers, une éclipse de Soleil en plein midi fit penser à beaucoup, stupidement, qu'elle annonçait une possible apocalypse pour le siècle à venir. Antoine en fit part à Mathilde qui haussa les épaules et répondit :

– Tout ça dure depuis des millions d'années. Qu'est-ce qu'ils vont imaginer ? Que l'Univers se soucie des fourmis qui errent sur la Terre ?

– Je me dis seulement que la prochaine éclipse étant prévue pour 2081, nous ne la verrons pas.

– Nos enfants non plus.

– Mais nos petits-enfants sans doute.

– Ils auront probablement d'autres soucis.

C'était fou comme la proximité du changement de siècle suscitait des questions métaphysiques et perturbait les gens. Qu'allait-il réellement se passer ? Un bug planétaire qui mettrait en danger la population mondiale ? L'ouverture subite d'un trou noir qui avalerait la Terre et la Lune ? La disparition du Soleil ? Les médias rivalisaient de prophéties toutes aussi fantaisistes les unes que les autres. Et pourtant, à la fin de l'année, alors que Mathilde et Antoine se trouvaient à Puyloubiers pour Noël comme d'habitude, le vent se mit à souffler très fort dans la nuit du 27 au 28, et une tempête fondit sur la France, fracassant les arbres des forêts, provoquant la désolation dans les campagnes, les jetant hors de leur lit à trois heures du matin, au bruit de la chute d'un grand chêne sur l'angle de leur toit. La nuit rendait la tempête plus effrayante encore, et ils hésitèrent à partir se réfugier au Verdier, car il fallait traverser un petit bois et ils entendaient craquer les arbres qui s'abattaient.

Cette nuit-là fut l'une des plus longues de leur vie. Au petit jour, ils s'étaient réfugiés à l'opposé de leur toit éventré, dans la cuisine, et le vent ne cessait toujours pas. Adrien apparut à huit heures sur son tracteur et il les rassura : il n'y avait aucun dégât sur la toiture du Verdier. Ayant évalué les dégâts sur celle de Puyloubiers, il repartit aussitôt chercher une bâche dans sa grange ; puis, dès son retour, Adrien et Antoine, en unissant leurs efforts, parvinrent à la fixer sur l'angle où le chêne s'était abattu. La brèche n'était pas très importante : deux mètres carrés environ, mais elle allait nécessiter l'intervention d'un couvreur, et peut-être même d'un charpentier.

Ils partirent au Verdier pour y passer la journée à l'abri, et ils décidèrent de regagner Paris dès le lendemain, car la mère de Mathilde était seule, et leurs enfants les attendaient pour le premier de l'An. Tout au long du trajet, à partir du Limousin et jusqu'à Orléans, ils purent constater les énormes dégâts de cette tempête : les arbres arrachés ou déchiquetés de la Sologne gisaient en bordure de l'autoroute, leur faisant prendre conscience d'avoir eu de la chance de ne pas s'être trouvés sur le chemin du retour en pleine tourmente.

– Tu vois, dit Antoine à Mathilde en riant, ils ont raison : ce sont les prémices de l'apocalypse annoncée pour l'an 2000.

– Ne joue pas les oiseaux de mauvais augure, lui répondit-elle. Il fera beau demain. Je le sais ; j'en suis sûre.

Ce fut en se répétant ces paroles dignes d'elle et de son optimisme naturel qu'Antoine vit apparaître dans le lointain la tour Montparnasse et la tour Eiffel dans le bleu d'un ciel tout neuf, lavé par les vents furieux des jours précédents.

43

LA SOIRÉE du 31 fut célébrée par les télévisions du monde entier, les bruyantes manifestations de rue et les feux d'artifice se succédèrent toute la nuit dans une joie un peu folle, comme si la population de la planète était rassurée par l'absence de fin du monde et la continuité banale de la vie sur la terre, ainsi qu'il en avait toujours été. Mathilde et Antoine regardèrent le concert de Jean-Michel Jarre en Égypte : musique interstellaire, d'un autre univers, lointain et en même temps familier. Fabrice et Estelle se trouvaient près d'eux, la mère de Mathilde également, et ils discutèrent de l'accouchement qui devait intervenir début janvier. Ils s'étaient finalement mariés en octobre, entre deux témoins, et tout de même en présence de Mathilde et d'Antoine, ainsi que des parents d'Estelle, venus de Vendée. Estelle attendait une fille, et il fut longuement question du prénom à lui donner. Elle voulait choisir Louise, et Fabrice préférait Léa. Par jeu, ils décidèrent d'un vote qui trancha pour Louise.

Il était minuit, le champagne coula, et tout le monde s'embrassa avant de regagner son appartement, mais déjà pressés d'être au lendemain matin pour vérifier que le gigantesque bug annoncé ne s'était pas produit.

Rien de fâcheux ne survint en ce matin de 1er janvier doux et pluvieux, et l'on en conçut, bizarrement, une certaine déception. Julie, qui se trouvait en voyage d'affaires aux États-Unis, téléphona longuement en s'excusant de n'avoir pu être présente auprès d'eux, comme chaque année, le 31 décembre.

– Cette enfant nous échappe, murmura Mathilde.

– Mais non. Elle travaille, c'est tout, tempéra Antoine.

– Et elle oublie de vivre.

– Elle n'a que vingt-six ans. Elle a le temps.

Mathilde n'insista pas, mais ce fut la première fois qu'Antoine constata un peu de tristesse, chez elle, au sujet de leurs enfants. Cela ne dura pas, car Estelle accoucha le 4 janvier d'une belle petite fille prénommée, donc, Louise. Elle ressemblait à Fabrice, avec quelques cheveux blonds, comme lui à sa naissance, il y avait vingt-huit ans.

– Cette enfant est née en l'an 2000 ! se réjouit Mathilde. Avec les progrès de la médecine, elle verra sans doute tout le siècle à venir.

– J'espère pour elle, dit Antoine. À condition que les hommes ne retrouvent pas leur folie du précédent. Tu connais cet aphorisme : « L'humanité ? Une histoire de singes qui a mal tourné. »

– Pauvres singes ! s'exclama Mathilde en riant.

Peu après ce premier de l'An, Antoine eut l'occasion de rester seul, un samedi après-midi, dans l'appartement que Fabrice et Estelle avaient acheté dans le XVIIIe arrondissement. Il s'agissait de veiller sur Louise pendant que Mathilde et la jeune maman allaient faire les courses nécessaires à la « garde-robe » de cette enfant qui avait promu Antoine grand-père sans qu'il parvienne à le réaliser, ni d'ailleurs à lui en vouloir. Fabrice lui révéla ce jour-là qu'il allait être nommé PDG plus tôt que prévu, car le conseil d'administration était très satisfait de sa gestion de la société.

– Je te félicite, lui dit Antoine, mais tu sais, je n'ai jamais douté de toi.

– Moi si ! avoua-t-il, mais j'ai toujours été assez malin pour ne pas le montrer.

C'était vrai. Jamais Antoine n'avait décelé la moindre faille chez ce fils qui lui avait toujours donné une entière satisfaction.

– Le seul problème, reprit Fabrice, c'est que je devrai voyager davantage. D'ailleurs, dès le mois prochain je dois partir en Italie pour étudier le dossier de construction d'un pont, sur un affluent du Pô.

– Et cette enfant, qui va s'en occuper ?

– Estelle est en congé maternité. Pour la suite, nous avons trouvé une nounou.

Puis il ajouta malicieusement :

– Elle a des grands-parents, cette petite Louise, n'est-ce pas ?

– Des grands-parents qui travaillent.

– Je suis sûr que ma mère ne se fera pas prier pour s'en occuper si nous ne le pouvons pas.

Il posa sa main sur le bras d'Antoine et reprit :

– Et toi aussi, d'ailleurs. Je me trompe ?

– Tu ne t'es jamais beaucoup trompé.

– Merci, papa.

Ce « papa » lâché innocemment, dans un élan affectueux, toucha si profondément Antoine qu'il le garda présent en lui un long moment. Entendre ce grand gaillard, bientôt PDG d'une multinationale, prononcer ce mot venu de l'enfance lui fit en effet comprendre que les enfants demeuraient les enfants de leurs parents pour la vie, quel que fût leur destin. Ce qu'Antoine vérifia une semaine plus tard au retour de Julie des États-Unis, lorsqu'elle leur rapporta de menus cadeaux – gadgets électroniques pour lui tout à fait obscurs –, mais qu'elle utilisa aussitôt sous prétexte de leur montrer comment ils fonctionnaient, avec un plaisir de gosse ébloui devant un sapin de Noël. Puis elle leur annonça, dans la foulée, sans la moindre émotion, qu'elle allait être titularisée comme cardiologue à l'hopital B. de Paris.

– Tu le sais depuis longtemps ? demanda Mathilde.

– Non ! Je l'ai appris aux États-Unis par un coup de téléphone.

– C'est tout l'effet que ça te fait ?

– J'ai été très occupée à chercher des fonds à Los Angeles pour créer une fondation destinée à faire soigner à Paris les enfants d'Afrique souffrant de malformations cardiaques.

Et, comme ils demeuraient muets, elle ajouta :

– D'ailleurs j'envisage très sérieusement d'adopter un de ces enfants à l'avenir.

– Tu n'es pas mariée, bredouilla Mathilde.

– Trouver un mari n'est pas un problème. J'en capturerai un quand il le faudra.

Elle repartit sans plus de commentaires, inconsciente d'avoir fait souffler une tempête dans leurs crânes de cinquantenaires décoiffés par une bourrasque aussi violente qu'inattendue.

– Mais de quelle planète vient notre fille ? s'interrogea Mathilde, d'un air faussement accablé.

Antoine ne répondit pas. Plus rien ne l'étonnait de la part de Julie, ni d'ailleurs de Fabrice, et il se disait seulement qu'il fallait s'accrocher sérieusement s'ils ne voulaient pas être distancés irrémédiablement. Aussi l'actualité de ce début d'année, avec les 35 heures de Martine Aubry, la ministre de Lionel Jospin, et la succession d'un nommé Poutine qui venait de remplacer Eltsine en Russie, leur apparut d'une banalité totale. De même que la nounou noire, prénommée Simone, à qui Fabrice et Estelle avaient confié leur fille.

– Ces femmes ont une fibre maternelle très développée, prétendit Mathilde.

– Mais bien sûr, approuva Antoine. Il n'y a pas de raison de penser le contraire.

Décidément, le monde se transformait à une vitesse qui n'était sans doute plus la leur, en tout cas plus celle d'Antoine. Et pourtant, ils vivaient dans ce monde-là, au collège et au lycée, chaque jour, et ils s'efforçaient l'un et l'autre d'adapter leur enseignement aux mœurs du temps, tout en refusant les perturbations quotidiennes des baladeurs MP3 qui auraient diffusé jusque dans leurs classes un rap devenu musique officielle chez les adolescents. Car même dans Paris la population changeait, et, déjà, ne ressemblait presque plus à celle qu'ils avaient connue lors de leur nomination.

Cinquième partie

UN AUTRE MONDE

44

CE CHANGEMENT se manifesta brutalement le matin de la rentrée de cette année 2000, quand Antoine découvrit devant lui deux jeunes filles d'une quinzaine d'années qui portaient un voile noir sur la tête.

Dès qu'il croisa leur regard, il comprit qu'il s'agissait d'un défi, car il savait que le problème de la laïcité dans l'école et dans les lieux publics s'était déjà posé. Le gouvernement hésitait à légiférer en se contentant de rappeler les principes de la loi de 1905 et en confiant aux directeurs d'établissements scolaires le soin de régler le problème « au cas par cas ». Mais jamais ce problème n'était apparu dans le lycée où Antoine enseignait. Et il le découvrait à la première heure de ce cours de rentrée en classe de français. D'abord il ne réagit pas, afin de prendre le temps de la réflexion, puis il résolut d'attendre la fin de l'heure pour retenir les deux jeunes filles, et leur parler. Il entreprit donc sans sourciller l'explication d'un texte d'Albert Camus choisi dans son roman *La Peste*, tout en s'étonnant du profond silence qui régnait dans sa classe. Les autres élèves ne pouvaient pas n'avoir pas remarqué ce qui se passait, mais ils ne semblaient pas y accorder d'attention, ou alors ils le cachaient bien. Ce fut une heure pénible, au terme de laquelle les deux jeunes filles acceptèrent de rester assises, comme il le leur demandait, au lieu de sortir. Elles lui parurent calmes, mais tout à fait déterminées à assumer ce qui était, à n'en pas douter, un signe d'affirmation ostentatoire de la religion musulmane. Antoine leur expliqua que le lycée était un espace où devait régner la laïcité, c'est-à-dire l'absence de signes ostentatoires religieux, et qu'il allait devoir informer le directeur de leur comportement.

– Personne ne peut nous faire renoncer à notre foi, lui répondit Leïla, celle qui semblait avoir autorité sur son amie.

– Il n'est pas question de ça. Chacun est libre d'adopter la religion de son choix.

– Alors, où est le problème ? fit-elle sans baisser les yeux.

– Le problème, c'est que si vous ne quittez pas votre voile, vous ne pourrez plus entrer dans ma classe.

– C'est ce que nous verrons ! lança la nommée Leïla avant de prendre son amie par le bras et de l'entraîner au-dehors.

Antoine partit aussitôt en informer le directeur qui en fut catastrophé et s'exclama, comme si son professeur était venu lui annoncer la fin du monde :

– Il ne manquait plus que ça !

Antoine devina qu'il avait redouté une telle situation, sachant que la responsabilité de trancher lui revenait. Il lui expliqua calmement comment il avait réagi, et lui indiqua que, pour lui, il n'était plus question que ces jeunes filles aient accès à sa classe si elles ne quittaient pas leur voile.

– Laissez-moi au moins le temps d'examiner le problème, lui répondit le directeur, très contrarié par son attitude.

– Vous pouvez les convoquer dès maintenant pour savoir où elles veulent vraiment en venir.

– C'est ce que je vais faire. Je n'ai pas besoin de vos conseils.

Antoine comprit qu'il lui en voulait, comme s'il était responsable de ce qui se passait. Et il dut faire face de nouveau l'après-midi, pour une nouvelle heure de français, à ces deux jeunes filles qui se présentèrent voilées devant la porte de sa classe. Comme il se doutait que le directeur ne pouvait pas avoir réglé le problème en si peu de temps, Antoine filtra le passage et il leur interdit l'entrée, tout en sachant qu'il ne pouvait pas intervenir physiquement. Elles le savaient aussi, car elles se faufilèrent entre le mur et lui, regagnant la place qu'elles avaient occupée au matin. Il revint le plus calmement possible vers son bureau et il déclara à la classe entière que si Leïla et Mounia ne retiraient pas leur voile, il ne ferait pas cours et quitterait la classe. Personne ne bougea. Il rangea donc ses affaires dans sa serviette et sortit, laissant derrière lui un charivari épouvantable, et il s'en alla dans la salle des professeurs où le directeur vint le rejoindre en le suppliant de reprendre son cours.

– Laissez-moi au moins quarante-huit heures, plaida-t-il.

– Non ! Je ne ferai pas cours dans ces conditions.

Le directeur hésita, réfléchit un instant, murmura :

– Vous allez vous exposer à des sanctions, monsieur Bastide.

– Je défends le principe de laïcité.

– Moi aussi, mais il faut me laisser le temps. Je vous en prie, regagnez votre classe. Ne faites pas cours si vous voulez, mais au moins surveillez vos élèves qui font un vacarme épouvantable.

– Je ne suis pas un surveillant.

– Mais vous abandonnez votre poste.

– Non ! Je ne quitte pas le lycée.

Le directeur partit, accablé, et Antoine s'en tint à sa position, d'autant qu'il savait n'avoir pas cours de nouveau avec cette classe avant trois jours. Et ce fut suffisant pour que le directeur convoque un conseil de discipline – sans doute pour diluer sa responsabilité – qui exclut les deux jeunes filles du lycée pour une durée de huit jours, c'est-à-dire pour leur donner le temps de la réflexion au sujet d'une possible menace d'exclusion définitive. Elles revinrent non voilées : ceux qui les avaient conseillées avaient probablement voulu tester les autorités de l'Éducation nationale, ici comme ailleurs. Mais Antoine comprit qu'il s'agissait d'un pas en avant dans l'affirmation d'une religion qui se voulait de plus en plus incontournable en France et, pour certains, dérivait vers un islamisme radical.

Il ne fallut pas attendre longtemps pour vérifier cette évidence : un an seulement, avant que les tours de Manhattan ne s'effondrent, transpercées par des fanatiques de cet islam si peu semblable à l'image que Mathilde et Antoine en avaient, jusqu'à ce jour pacifique et digne du plus grand respect. Ce 11 septembre funeste, tandis qu'ils regardaient, le soir, les avions transpercer les tours fumantes, les gens se jeter par les fenêtres, les murs gigantesques s'écrouler comme des châteaux de cartes, Mathilde lui dit :

– Nous sommes entrés dans un autre monde. Plus rien ne sera comme avant.

Et, comme il ne répondait pas, fasciné par la répétition morbide de ces explosions et de ces effondrements cataclysmiques, elle ajouta :

– Le pire, c'est qu'il sera difficile à l'avenir de faire la différence entre l'islam pacifique tel que nous l'avons connu et celui-là. Lequel gagnera la partie, nous ne le savons pas.

À peine huit jours plus tard, l'explosion de l'usine AZF à Toulouse frappa de stupeur la France qui, un instant, crut à un attentat terroriste, mais elle était uniquement due à des négligences. Que se passait-il donc, soudain, dans leurs vies ?

– Je me demande si mes plaisanteries de décembre 1999 n'étaient pas prémonitoires, dit Antoine à Mathilde. Ce siècle est bien mal né.

– Le précédent n'a mis que quatorze ans pour que l'Europe s'embrase, lui fit-elle observer. Celui-là n'est qu'un peu en avance.

– C'est vrai.

– Il s'agit seulement de garder son calme et de faire la part des choses, reprit-elle. Tout finira par s'arranger.

Antoine devina pourtant que pour la première fois l'optimisme viscéral de Mathilde tremblait sur ses bases, mais lui au moins, contrairement aux tours de Manhattan, ne s'effondrait pas. Il sut gré à son épouse de pouvoir l'exprimer en ces circonstances imprévisibles et, pour tout un chacun, assez traumatisantes du fait qu'elles remettaient en cause la conception habituelle et pacifique de l'existence.

45

LE PASSAGE à l'euro le 1er janvier qui suivit fut, lui, beaucoup moins traumatisant pour une population qui avait été préparée à ce changement de pièces et de billets d'une nouveauté séduisante. Il fallut seulement s'adapter à la conversion dans la nouvelle monnaie, l'habitude étant de raisonner en francs. À peine Antoine et Mathilde eurent-ils le temps de remarquer que les prix augmentaient légèrement, que tout se mit de nouveau à évoluer à une vitesse folle. L'appareil photo numérique supplanta le lecteur DVD, l'ADSL le lecteur MP3, l'écran plat devint rapidement le « must ». On entendit parler de clonage, d'implants cérébraux, de mères porteuses, d'iPod, de GPS, des sans-papiers, des chômeurs de longue durée, tandis qu'Internet permettait déjà de trouver une réponse à la moindre question que l'on se posait, rendant tout à coup les livres inutiles, presque dérisoires.

Heureusement, les moteurs de recherche ne remplaçaient pas encore les livres de littérature, les essais et les romans qui peuplaient la bibliothèque d'Antoine et de Mathilde, mais pour combien de temps ? Mathilde naviguait dans ces nouvelles technologies avec une aisance qui dispensait Antoine de s'y plonger pour les apprivoiser, non sans un certain sentiment de culpabilité. D'autant qu'elles regorgeaient d'informations contradictoires, notamment sur les élections présidentielles du mois d'avril.

– Beaucoup trop de candidatures à gauche, remarquait Mathilde. Jospin va souffrir.

– Mais non ! Sa marge de manœuvre est trop importante. Il n'y a pas de doute : c'est le futur président.

– Encore faudra-t-il qu'il batte au second tour le candidat de la droite !

Le 21 avril au soir, il ne fut même pas question, pour le candidat socialiste, de second tour, et à la surprise générale le duel se résuma à Jacques Chirac contre Jean-Marie Le Pen.

– La gauche la plus bête du monde, conclut Mathilde dans un haussement d'épaules.

Et Jacques Chirac fut élu triomphalement le 5 mai suivant, porté par une campagne de presse qui diabolisa Le Pen au point de faire voter beaucoup de gens de gauche pour un président de droite. Ce fut le cas d'Antoine, comme de Mathilde, qui lui dit le matin du vote :

– Après tout, Chirac n'est qu'un radical de la Troisième République déguisé en homme providentiel. Son grand-père était instituteur public. Alors ? Il n'y a pas de quoi fouetter un chat, d'autant que le mandat présidentiel a été réduit à cinq ans.

L'été s'annonça dans une chaleur précoce qui alarma le monde agricole. Ils passèrent quinze jours à Arcachon, puis ils se rendirent au Verdier où Adrien s'inquiétait d'une probable sécheresse. Il avait réussi à vendre deux parcelles éloignées du Verdier et à desserrer l'étau de l'endettement. Cela n'avait pas été le cas de son plus proche voisin que l'on avait retrouvé pendu dans sa grange, après avoir reçu un exploit d'huissier réclamant le paiement de traites non réglées depuis six mois.

– Je n'en suis pas là, confia Adrien à Antoine. Et de toute façon, je pense d'abord à mon fils et à mon épouse. Ne t'inquiète pas.

Il lui apprit que Cécile avait fait une fausse couche, alors qu'elle et lui souhaitaient donner un frère ou une sœur à Hugo âgé de trois ans.

– Peut-être que j'en suis responsable, ajouta-t-il. Moi aussi, j'ai respiré tout un tas de produits chimiques depuis mon enfance.

Antoine eut beaucoup de mal à calmer la colère d'Adrien au souvenir de son père qui avait tellement cru à sa mission de « paysan chargé de nourrir la France entière ».

– C'est incroyable comme ceux de sa génération se sont fait avoir ! s'indigna-t-il. Ils n'ont pas compris que l'agriculture qu'on leur proposait était avant tout destinée aux grands céréaliers de la Beauce et des grandes propriétés capables de réaliser un rendement à l'hectare susceptible d'engendrer à coup sûr des bénéfices. C'est trop petit, ici, chez nous, et les terres sont trop morcelées.

Il ajouta, dépité :

– J'en ai vu défiler, quand j'étais petit, des conseillers de la chambre d'agriculture, des fonctionnaires du ministère chargés de vendre leur politique et de pousser en avant les marchands de semences, d'insecticides, d'herbicides et d'aliments pour les bêtes. Mon père y a cru : il s'est vu non plus paysan crotté mais entrepreneur moderne d'un domaine où les machines allaient révolutionner sa vie tout en augmentant sa productivité.

– Mais toi, aujourd'hui, comment fais-tu ? demanda Antoine.

– Je réduis les coûts, j'ai arrêté la chimie, j'essaye de promouvoir la qualité et non plus la quantité.

– Et ça marche ?

– À peu près. Et de toute façon nous aurons toujours de quoi manger avec nos pommes de terre, nos tomates, nos salades, nos aubergines, nos poireaux, tout ce qui pousse dans la parcelle du bas, celle que je leur ai réservée. J'envisage aussi de me lancer complètement dans le « bio ». Ce n'est pas encore très porteur aujourd'hui, mais je suis sûr que ça va le devenir.

Antoine repartit à Paris, à moitié rassuré seulement, sur

le sort du Verdier. À son arrivée, la rentrée scolaire coïncida avec la naissance du deuxième enfant de Fabrice : un fils prénommé Théo.

– Estelle tenait à avoir un deuxième enfant rapidement afin de pouvoir ensuite se consacrer à sa carrière, expliqua-t-il. Ce n'est pas sans poser des problèmes, car Louise est encore petite, mais il faut bien reconnaître que nous vivons dans le luxe, et que l'argent simplifie tout.

Mathilde et Antoine s'en réjouissaient pour eux, qui avaient pris pour habitude de partir en vacances loin d'eux, aux Maldives ou aux Bermudes, mais Antoine songeait souvent que le Verdier, le berceau de la famille Bastide, n'avait plus aucune signification pour son fils. Sa femme et lui étaient entrés dans le monde des affaires et des multinationales, et rien, au Verdier, ne pouvait désormais attirer Fabrice. Il s'éloignait de ses origines, et Antoine se sentait impuissant à le retenir. Les terres des Bastide n'existaient plus pour lui. De même pour Julie, que son travail et ses nombreux voyages en Afrique monopolisaient au point de passer voir ses parents de moins en moins souvent, sauf pour faire souffler ce vent de folie dont elle semblait se nourrir – et se réjouir.

C'est ainsi qu'elle apparut un soir de novembre de cette année 2002, rayonnante, souriante, mais elle n'était pas seule.

– Je vous présente Bouba, leur annonça-t-elle comme si tout cela allait de soi. Nous vivons ensemble.

Et, comme Mathilde et Antoine demeuraient muets de stupeur devant ce colosse, qui souriait en leur serrant la main :

– Il est sénégalais. Je l'ai connu à Dakar, et je l'ai ramené à Paris, à l'hôpital. Il est cardiologue, comme moi.

Elle ajouta, inconsciente de leur stupéfaction :

– Une précision : il est musulman. C'est normal : au Sénégal, 90 % de la population est de confession musulmane.

Elle s'arrêta brusquement devant leur silence, puis elle demanda :

– Il y a un problème ?

– Aucun problème, eut le réflexe de répondre Mathilde alors qu'Antoine en était bien incapable.

– Bon ! Tout va bien !

Au cours du repas qui suivit – car, comme d'habitude, Julie avait faim –, ils apprirent que le compagnon de leur fille s'appelait en réalité Boubacar Cissé, qu'il avait étudié la médecine en France avant de repartir dans son pays où l'avait rencontré Julie. Il s'excusa de ne pouvoir manger le jambon que Mathilde avait sorti précipitamment du frigidaire sans penser à mal, et il se contenta des diverses salades que Mathilde et Antoine mangeaient, d'ordinaire, lors du repas du soir.

Julie et Bouba repartirent vers dix heures, les laissant abasourdis, incrédules, incapables de prononcer le moindre mot pendant un long moment. Puis Mathilde se leva, et proclama, un grand sourire aux lèvres :

– Les enfants métis sont magnifiques. Tu ne le savais pas ?

– Ce que je ne savais pas, c'était que notre fille allait épouser un Sénégalais.

– Pourquoi l'épouser ? Elle n'en a pas parlé.

– Et si c'était le cas ?

– Il faudrait l'accepter, tout simplement.

– Tout simplement, en effet.

Ils n'en reparlèrent pas pendant les semaines qui suivirent, mais à la Noël, Julie précisa d'elle-même, sans que ses parents l'aient questionnée :

– Il sera peut-être question de mariage un jour, mais nous n'aurons pas d'enfants.

Et, comme Mathilde et Antoine s'interrogeaient en silence sur cette affirmation, elle expliqua :

– Je ne veux pas ajouter à la souffrance humaine, je veux seulement la soulager. Et il y a bien assez d'enfants en Afrique qui souffrent, que ce soit au Sénégal, en Guinée ou au Mali. Vous comprenez ?

– Nous comprenons, fit Antoine, mais il faut nous laisser un peu de temps pour nous habituer.

– Vous habituer à quoi ?

– À la vie que tu mènes.

– Et pourquoi ?

– Elle est tellement différente de la nôtre, intervint Mathilde.

– Ah bon ! Si différente que ça ?

– Un peu, oui.

– Mais c'est la vie d'aujourd'hui.

– Pas pour tout le monde.

– Ah bon !

Elle repartit aussi vite qu'elle était arrivée, pas du tout ébranlée par ce qu'elle avait entendu. Il lui en fallait beaucoup plus pour s'émouvoir ou s'arrêter de vivre à la vitesse dont elle se grisait depuis toujours.

– J'ai définitivement renoncé à la suivre, avoua Mathilde à Antoine, ce soir-là. Elle m'épuise.

Devant Bouba, qui avait assisté à leurs conversations dans un silence énigmatique, Mathilde et Antoine avaient fait attention à ne pas parler d'Al-Qaida, de l'Afghanistan ou de Ben Laden, car ils ne voulaient surtout pas commettre un impair qui aurait éloigné Julie et son compagnon. D'autant que contrairement aux années précédentes, Fabrice n'était pas présent, à leur grande déception. Il était parti pour ses vacances de fin d'année à la Guadeloupe avec son épouse et ses deux enfants. Ainsi, la mère de Mathilde étant retenue au lit par une mauvaise grippe, ils passèrent le soir du réveillon et le premier de l'An seuls dans leur appartement. C'était la première fois depuis leur mariage.

– J'ai idée que ce ne sera pas la dernière, pronostiqua Mathilde. Allons fêter ça au restaurant !

L'année commença au Dôme, boulevard du Montparnasse, devant des fruits de mer arrosés d'un blanc sec, délicieux.

– De quoi pourrions-nous nous plaindre ? déclara Mathilde. Ne sommes-nous pas des privilégiés ?

Au milieu des fêtards de ce restaurant de luxe, Antoine ne put s'empêcher de penser au Verdier, à son père Léon et sa mère Marie, à tout ce chemin parcouru, un chemin qui l'avait conduit là, sans qu'il sache s'il devait le regretter ou bien s'en réjouir.

46

L'ANNÉE commença par l'annonce de la probabilité d'une guerre prochaine en Irak, où Saddam Hussein, selon les États-Unis, disposait d'armes de destruction massive. Selon eux, il avait aussi armé les terroristes coupables des attentats des tours de Manhattan et de certaines ambassades d'Afrique. George Bush et son ministre Colin Powell produisirent des preuves fabriquées de toutes pièces devant les Nations unies, où Dominique de Villepin, le ministre des Affaires étrangères de Jacques Chirac, fit un discours remarquable pour affirmer que la France ne participerait pas à un conflit armé.

– Tu vois, observa Mathilde, ce sont bien les héritiers de De Gaulle, et dans le fond, par les temps qui courent, c'est rassurant.

Ce qui l'était moins, c'était la menace terroriste que l'on sentait monter un peu partout, dans un monde où les situations se tendaient de plus en plus, notamment en Afrique, au grand désespoir de Bouba, le compagnon de Julie qui, mis en confiance par la largeur d'esprit de ses beaux-parents, leur livrait de plus en plus de confidences sur ses origines. Il leur apprit que depuis le mois de février les tensions ethniques causaient des ravages dans la région du Darfour, au Soudan, mais aussi au Burkina Faso, au Mali, au Niger, au Tchad et au Togo. Elles rendaient très difficile l'action humanitaire entreprise par Julie, qui visait à conduire et opérer en France des enfants souffrant de malformations cardiaques.

Il vint rencontrer un soir Mathilde et Antoine pour leur demander de dissuader Julie de se rendre au Soudan, où elle projetait de partir huit jours plus tard, malgré les dangers que la guerre civile y faisait régner. Bouba souhaitait y aller seul pour ne pas l'exposer, sachant que le péril était grand, là-bas, où l'on comptait déjà des milliers de victimes.

– Et pourquoi je n'irais pas ? s'insurgea Julie, le jour où Antoine et Mathilde se hasardèrent à aborder le sujet.

– Parce que c'est dangereux, répondit Mathilde.

– Tout est dangereux aujourd'hui, répliqua Julie. Même de respirer l'air de Paris ou de traverser la rue sur un passage clouté. Vous ne lisez donc pas les journaux ?

Antoine tenta d'intervenir en lui faisant remarquer que ce n'était peut-être pas la peine de multiplier les risques en se précipitant vers des pays où les ethnies se battaient entre elles.

– Comment ça, se précipiter ? s'indigna-t-elle. Trois

enfants attendent depuis un an une opération. Leur survie dépend d'une question de jours, ou même de quelques heures seulement. Il nous a fallu des mois et des mois de tractations avant d'obtenir une autorisation des autorités en place.

Elle s'arrêta un instant, défiant ses parents du regard, puis elle reprit d'une voix encore plus véhémente :

– Mais comment vivez-vous ? Il existe d'autres enfants que les vôtres dans le monde, tout de même !

Que répondre à ces paroles lancées d'une voix vibrante d'indignation ? Elle ajouta, comme ils demeuraient muets, sans le moindre argument pour contester quoi que ce fût :

– Si j'ai choisi de devenir cardiologue, c'est dans ce but, je vous l'ai déjà expliqué : alléger la souffrance des enfants plutôt que celle des hommes qui, eux, ne le méritent pas vraiment. Êtes-vous certains de bien m'écouter quand je vous parle ?

– On s'inquiète simplement pour toi, murmura Mathilde.

– Eh bien, ne vous inquiétez pas ! S'il m'arrive malheur, ce ne sera pas sur un passage clouté.

Et elle ajouta, de manière définitive :

– Et ce sera pour de bonnes raisons, pas de celles qui encombrent aujourd'hui la cervelle des Européens confits dans le luxe !

Tout était dit. Elle les embrassa pourtant avant de partir, les laissant une fois de plus abasourdis par la violence de ses propos mais aussi par l'affection qu'elle leur témoignait, même dans les circonstances les plus « électriques ». À partir de ce jour-là, pourtant, ils réalisèrent que leur fille avait enfoui en elle une révolte maladive sous une carapace forgée au cours de ses réussites scolaires et professionnelles. Elle s'était armée et n'entendait pas aujourd'hui déposer les armes qu'elle avait acquises avec un courage, une persévérance, sans doute payés au prix fort, celui d'une fatigue doublée d'une exaspération accumulées depuis des années.

– C'est vrai qu'elle paraît très fatiguée, murmura Mathilde.

– Elle ne s'est jamais préservée, approuva Antoine. Et aujourd'hui pas plus qu'hier. La question est de savoir combien de temps elle va tenir. Entre son travail à l'hôpital, ses voyages et sa fondation, elle ne doit pas dormir beaucoup.

Ils en restèrent là et vécurent le mois qui suivit dans une folle inquiétude que les nouvelles du Soudan, le soir, à la télévision, n'atténuaient pas, bien au contraire. L'exposition du cinquantenaire du livre de poche au Centre Pompidou les intéressa au point de leur faire oublier pendant quelques heures les dangers que courait Julie. Antoine y retrouva avec un plaisir infini les livres qu'il avait découverts au lycée, et notamment les premiers publiés : *Kœnigsmark* de Pierre Benoit, *Les Clés du royaume* de Cronin, et *Pour qui sonne le glas* d'Hemingway. Cette plongée dans le passé le rasséréna en lui démontrant que grâce aux livres rien ne se perd vraiment : ils demeurent intacts, capables de restituer ce que l'on croit perdu, et, contrairement à leurs lecteurs, ils demeurent inaccessibles aux blessures du temps.

Trois jours plus tard, Julie revint vivante et très heureuse de ramener les trois enfants qu'elle allait opérer elle-même. Elle l'expliqua en venant voir ses parents dès son retour et en s'excusant de ses excès de paroles avant son départ.

– Il faut te reposer, ma fille, lui conseilla Antoine du bout des lèvres.

– On perd son temps quand on se repose. Et moi, vous le savez bien, je n'ai pas le temps.

L'incident clos, la vie reprit son cours : pour Antoine, dans la désolation de constater à quel point l'orthographe était devenue dérisoire pour les adolescents saturés de SMS au style télégraphique, mais aussi dans l'obligation de faire face aux incivilités de plus en plus fréquentes ; pour Mathilde, dans l'épreuve du décès de sa mère âgée, qui vivait dans son appartement de la rue Campagne-Première, assistée par une infirmière et une aide ménagère. Ce fut précisément cette infirmière qui la retrouva morte un matin dans son lit, paisiblement passée dans l'autre monde à près de quatre-vingts ans.

– On dirait qu'elle n'a pas souffert, confia Mathilde à Antoine, mais je me reprocherai toujours de n'avoir pas été là dans ses derniers instants. Qui sait si elle ne m'a pas appelée à son secours ?

– Tu sais bien qu'on lui avait proposé de la prendre ici, avec nous, mais qu'elle n'a jamais voulu quitter son appartement.

– Oui, je sais, mais ça n'empêche pas : j'aurais peut-être dû insister davantage. On n'a qu'une mère !

La défunte rejoignit son époux dans le caveau du cimetière du Montparnasse trois jours plus tard, et il fallut s'occuper des papiers de la succession qui ne posait pas de problèmes, puisque Mathilde était fille unique ; leur obtention nécessitait néanmoins de nombreuses démarches pour les réunir tous. Et que faire de cet appartement magnifique au dernier étage d'un immeuble récent, doté de toutes les innovations ?

– J'aime beaucoup la rue Campagne-Première, confia Mathilde à Antoine. Elle est vaste, ouverte, proche du carrefour Raspail-Montparnasse, un quartier que j'adore.

Et, comme il ne savait que répondre :

– Ici, rue Poliveau où nous vivons depuis si longtemps, je souffre du manque d'horizon. Cette rue est si étroite, si fermée sur elle-même, que j'étouffe un peu aujourd'hui. Si nous déménagions là-bas ?

Antoine se plaisait rue Poliveau, car ils vivaient dans l'appartement où ils s'étaient connus et qu'ils avaient acheté ensemble, dès qu'ils en avaient eu les moyens. Mais Mathilde, fidèle à son sens pratique, lui suggéra qu'ils pourraient peut-être le louer à Julie à des conditions très favorables, comme ses parents l'avaient fait pour eux au début. Leur fille, en effet, ne s'était jamais souciée d'habiter un appartement sûr et confortable, au contraire de Fabrice dont les ressources lui avaient déjà permis l'achat d'un bien de standing.

– Elle n'acceptera jamais, avança Antoine.

– Ce n'est pas sûr. Je suis persuadée qu'elle aimerait trouver un port agréable au retour de ses voyages mouvementés.

– Eh bien, propose-le-lui !

À sa grande surprise Julie accepta, car elle en avait assez de vivre dans des studios sans confort, n'ayant jamais pris le temps de s'occuper de mieux se loger. Sans doute ne lui déplaisait-il pas, aussi, de retrouver les lieux où elle avait grandi, et dont les chambres lui permettraient d'abriter provisoirement les enfants qu'elle ramenait en France.

47

Ainsi fut fait, mais toutes ces démarches les occupèrent beaucoup pendant les mois qui suivirent, monopolisant toute leur énergie, si bien que ce fut avec soulagement qu'ils virent arriver les vacances d'été. Ils ne purent pourtant pas partir au bord de la mer à cause du déménagement et des perturbations engendrées par ce changement de vie. Et alors qu'ils se préparaient à se réfugier à Puyloubiers, Fabrice leur demanda s'ils ne pouvaient pas prendre Louise avec eux pendant quinze jours. Comme les parents d'Estelle avaient accepté de se charger de Théo, ils se sentirent obligés d'en faire autant.

– Elle a trois ans, dit Mathilde à Antoine. Sa présence me fera du bien. Ça me changera les idées.

Ils partirent donc tous trois, le 2 août, dans une canicule qui allait, cette année-là, s'avérer redoutable. Heureusement, la maison de Puyloubiers était fraîche grâce à ses murs épais, et ils n'eurent pas à en souffrir outre mesure. Et là, avec cette petite Louise souriante et pas du tout compliquée, ils retrouvèrent les années où leurs enfants étaient petits, en ces mêmes lieux si précieux, pour Antoine surtout, heureux de ce retour en arrière qui leur restituait un peu de leur jeunesse.

– Tant d'années ont donc passé ! feignait de s'étonner Mathilde. Par moments, il me semble que je m'occupe de Julie et non pas de Louise. Tu crois que c'est normal ?

– Je le crains.

– Mais qu'avons-nous fait durant tout ce temps ?

– Nous avons travaillé et nous nous sommes occupés de nos enfants.

– La vie est un éternel recommencement, concluait-elle.

L'après-midi, il faisait tellement chaud que Mathilde gardait Louise pendant sa sieste puis l'occupait comme elle en avait l'habitude avec ses propres enfants. Antoine partait au Verdier pour aider Adrien à des travaux rendus épuisants par cette canicule dont la télévision leur apprenait, chaque soir, qu'elle faisait de nombreuses victimes chez les personnes âgées, notamment dans les maisons de retraite – que l'on n'appelait pas encore des EHPAD. La nouvelle du meurtre de Marie Trintignant par son compagnon les attrista beaucoup, car ils aimaient autant la fille que le père, Jean-Louis, qui restait pour eux le héros magnifique du film *Un homme et une femme* découvert à sa sortie, en 1966.

Adrien, lui, n'était pas trop inquiet pour ses cultures : ses terres n'étaient pas à nu, mais, au contraire, protégées par les herbes qu'il ne détruisait pas. Elles s'imprégnaient de la rosée de la nuit, quand il y en avait, et conservaient ainsi une certaine humidité dans les cultures. Ce qui l'inquiétait davantage, c'était la pénurie de foin et de paille pour le bétail. Il allait devoir en faire venir des régions moins atteintes par la sécheresse et, bien sûr, les payer au prix fort.

Son fils Hugo, âgé de quatre ans, ne le quittait pas. C'était un garçon vigoureux, très brun, les yeux noirs, de fort caractère déjà, qui faisait penser pour Antoine à son propre père : Léon Bastide. Cécile, sa mère, avait repris son travail d'infirmière et le confiait volontiers à Adrien qui adorait son fils.

– Tu vois, Antoine, disait-il, je crains qu'il ne veuille jamais quitter le Verdier. Comme moi, il y est déjà attaché.

– Pourquoi le craindre ? demandait Antoine.

– Pour le moment, c'est le salaire de Cécile qui nous fait vivre. Je n'ai aucun revenu. Je me contente de rembourser mes dettes.

– À ce point-là ?

– Oui. À ce point-là.

Et, comme Antoine ne savait que répondre :

– Ne t'inquiète pas : je n'abandonnerai pas la partie et je trouverai les solutions.

– Si je peux t'aider, n'hésite pas à me le dire.

– Merci, Antoine, mais je préfère rester seul dans cette aventure.

Antoine rentrait à Puyloubiers préoccupé par les confidences d'Adrien, mais les sourires de Louise et la présence affectueuse de Mathilde lui faisaient apprécier l'ombre rafraîchissante des murs et la paix qui régnait dans cette maison-refuge. Ils mangeaient des salades et des melons très mûrs ; puis, une fois le soleil couché, ils partaient sur les chemins où les oiseaux recommençaient à s'ébattre après la grande chaleur du jour. Le silence les accompagnait dans les prés où ils s'étendaient sur une couverture, comme ils l'avaient fait, souvent, avec leurs enfants, et Antoine apprenait à Louise le nom des étoiles et des constellations. Elle ne l'appelait pas « papi », mais Antoine, ce qu'il préférait. Mathilde aussi se félicitait de cette nouvelle coutume à la mode qui, disait-elle, réduisait la distance entre ses petits-enfants et elle, tout en la rajeunissant.

– Celle-là, Antoine, comment s'appelle-t-elle ? demandait Louise en tendant son petit bras vers le ciel.

– Bételgeuse.

– Et celle-ci ?

– Cassiopée.

– Je ne m'en rappellerai jamais.

– Mais si. Tu verras, tu ne les oublieras pas.

Et cela durait jusqu'à ce que la nuit les ramène à Puyloubiers dans le parfum des haies pleines de mûres, la respiration heureuse des arbres enfin délivrés de la canicule, le miroitement laiteux de la Lune que n'altérait pas le moindre nuage.

Le matin, ils allaient faire les courses de bonne heure au village, mais la température montait très vite et ils devaient revenir vers dix heures se réfugier à l'ombre de la maison. Ensuite, il était impossible de partir en promenade tellement la chaleur devenait rapidement accablante. Aussi Mathilde finit-elle par s'ennuyer un peu, et elle demanda à Antoine de repartir avec Louise par le train pour Paris. Mais ils avaient appris par la télévision que certains trains tombaient en panne car les caténaires souffraient trop de la chaleur. Antoine décida donc de les reconduire lui-même avec sa nouvelle voiture, une Nissan Primera à la climatisation parfaite. Il quitta Puyloubiers un peu déçu, mais en se promettant d'y revenir dès les vacances prochaines de la Toussaint.

À Paris, ils bénéficiaient de la climatisation dans l'appartement que le père de Mathilde avait doté de tout le confort moderne. Aux heures les moins chaudes, Antoine put parcourir le quartier de long en large et découvrir, boulevard Raspail, l'immeuble qui abritait les éditions Seghers, l'éditeur dont il possédait de nombreux volumes de la collection « Poètes d'aujourd'hui » et, de l'autre côté, vers le VIe arrondissement, la librairie Gallimard où il achetait des romans sous la fameuse couverture blanche. À la perpendiculaire du boulevard, quasiment à l'angle du carrefour avec celui du Montparnasse, se trouvaient également, dans la rue Huyghens, les éditions Albin Michel qui publiaient des auteurs comme Bernard Clavel, Robert

Sabatier, ou Michel Ragon. À la Rotonde, chaque fois qu'il passait devant, lui revenait le souvenir de sa première rencontre avec Mathilde, ce samedi où ils avaient pris un verre, en terrasse, dans la douceur de l'automne. Oui, décidément, ce quartier lui plaisait, il s'y sentait bien, et il ne regrettait pas d'avoir déménagé, d'autant plus que son lycée se trouvait à un quart d'heure à pied.

Quelques orages avaient mis fin à la canicule fin août, et bien que le soleil fût de retour, la température des jours demeurait agréable. Aussi la rentrée lui parut plus facile que les années précédentes, comme si en changeant de lieu d'habitation il avait aussi changé d'établissement. C'était ridicule, bien sûr, mais Mathilde ressentait la même impression que lui, et il se félicitait de l'avoir approuvée dans sa décision.

48

LES MOIS suivants les conduisirent vers l'année 2004 dans une relative sérénité à laquelle leur déménagement n'était pas étranger. Contrairement à ce qui s'était passé au début de l'année dans l'océan Indien, aucun tsunami ne vint frapper leur existence désormais davantage tournée vers leurs petits-enfants que vers leur métier, qui viendrait à terme pour Antoine dans trois ans, et pour Mathilde dans quatre. Ils n'évoquaient guère le sujet, car elle n'aimait pas cette perspective qui lui paraissait annoncer le début d'un renoncement. Or elle n'avait jamais renoncé à quoi que ce fût et elle exterminait avec férocité les rares cheveux blancs qui naissaient sur sa tête. Les traits de son visage s'étaient un peu creusés, mais elle refusait ces sacrilèges du temps non par coquetterie, mais par une sorte de dignité corporelle et mentale qu'Antoine admirait.

Il se devait donc d'agir de même, ou du moins d'essayer. À cinquante-sept ans, un peu de grisaille errait sur ses tempes, mais elle était noyée dans la blondeur de ses cheveux qui, eux, avaient tendance à s'éclaircir. Rien que de bien banal, en somme, en tout cas rien qui pût désagréablement influer sur sa vie familiale ou professionnelle. Il lisait beaucoup mais il marchait aussi beaucoup. Son esprit demeurait vif et n'avait pas subi les premières avaries que le temps s'ingénie à distiller à bas bruit : il renouvelait ses cours chaque année sans la moindre difficulté, bien que sans véritable passion. Les adolescents d'aujourd'hui l'inquiétaient par leur obsession des apparences, leur habitude de dénigrer une société dans laquelle ils ne se reconnaissaient pas, leurs propos permanents sur iTunes lancé récemment par Apple, leurs « à quoi bon » narquois, leurs sourires moqueurs face à la moindre remontrance, pourtant prononcée du bout des lèvres, et avec le souci de ne pas les blesser.

Une loi sur le voile à l'école avait été votée au mois de mars : elle interdisait aux élèves le port des signes religieux ostensibles dans les écoles, collèges et lycées publics, afin qu'ils puissent se forger leur propre opinion sans subir de pression. Elle prétendait ainsi encadrer le principe de laïcité dans ces lieux publics, mais elle laissait une voie ouverte aux mères de famille en les autorisant à porter le voile lors de l'accompagnement des élèves dans leurs sorties, à condition que ce port ne débouche pas sur du prosélytisme.

Les directeurs d'établissement accueillirent ces dispositions avec soulagement. Ils savaient désormais beaucoup mieux à quoi s'en tenir et espéraient que leurs éventuelles décisions d'exclusion seraient moins menacées par les tribunaux administratifs. Ainsi les lycées et collèges retrouvèrent un peu d'apaisement, malgré, dans celui d'Antoine, en avril, quelques tentatives qui relevaient plutôt d'un jeu que d'une véritable volonté d'affirmer une foi. Mathilde, elle, n'eut pas à se soucier de ce problème de toute cette année-là, et ils cessèrent de s'en préoccuper.

Elle s'occupait beaucoup de Louise et de Théo que Fabrice et Estelle leur confiaient chaque week-end, quand leur nounou ne pouvait pas s'en charger, et Antoine devinait qu'elle y prenait plaisir. Lui aussi, bien sûr, mais il regrettait parfois cette liberté du samedi et du dimanche à laquelle, à cause de leurs enfants, ils avaient longtemps vainement aspiré, et que, de nouveau, ils venaient de perdre.

– Comment refuser ? demandait Mathilde. Estelle et Fabrice sont tellement occupés.

– Ça ne les a pas empêchés d'acheter une villa près de Deauville.

– Eh bien, ils y garderont leurs enfants en été au lieu de s'en aller aux Séchelles et de nous les confier !

Que répondre à cela ? Leurs enfants menaient leur vie à leur manière et le leur faisaient bien comprendre. Surtout Julie qui survint un soir en leur annonçant qu'elle allait adopter un enfant au Sénégal.

– Tu n'es pas mariée, lui fit observer Mathilde avec le plus de précautions possible.

– J'ai obtenu l'agrément d'adoption délivré par le conseil général, ici, en France. En ce qui concerne le Sénégal, Bouba s'est occupé de tout là-bas. Il est au mieux avec les autorités de Dakar. Il n'y a aucun problème. Je pense revenir avec cet enfant lors de mon prochain déplacement à Dakar.

– Un enfant noir ? demanda Antoine en le regrettant aussitôt.

Julie le fusilla du regard avant de répondre :

– Le Sénégal, c'est en Afrique.

– Une fille ou un garçon ? s'interposa Mathilde pour déminer la situation.

– Je ne sais pas encore. Je n'ai pas de préférence. Un enfant est un enfant.

– C'est vrai, dit Mathilde tandis qu'Antoine se cantonnait à présent dans un silence prudent.

– Et peut-on savoir quelle sera sa religion ? insista Mathilde.

– Quelle importance ? Il choisira quand il sera majeur. C'est aussi simple que ça.

Julie repartit, toujours aussi effarée par des questions qui n'avaient aucun sens pour elle, animée par cette détermination qui l'inclinait à penser qu'aucun obstacle n'était insurmontable. Mathilde et Antoine, eux, devinaient que les problèmes suscités par une adoption étaient bien plus compliqués à résoudre que ne le prétendait leur fille. Mais comment décourager Julie ? Et d'ailleurs le fallait-il vraiment ? Ils en discutèrent à plusieurs reprises, mais sans parvenir à conclure dans un sens ou dans l'autre. C'était certes une action digne de louanges et de respect, mais nul ne pouvait prédire ce qui adviendrait au moment de l'adolescence de l'enfant. Mathilde s'était renseignée à ce sujet : c'était à cet âge-là, le plus souvent, que les difficultés apparaissaient. Et pour les parents adoptifs le choc était brutal : le plus souvent nulle reconnaissance, mais, au contraire, une rébellion incompréhensible, parfois même violente.

– Nous verrons bien, soupirait Mathilde.

– C'est surtout notre fille qui verra, rectifiait Antoine. Est-ce qu'elle trouvera le temps et la patience de faire face à ce genre d'épreuve ?

– Elle a toujours trouvé le temps pour tout, concluait Mathilde, non sans douter, intimement, de cet optimisme un peu forcé.

Les jours se mirent à passer dans l'attente anxieuse de cet événement, rythmés par la réélection de George Bush auréolé de sa « superbe » victoire en Irak, puis par la révolution orange en Ukraine et la mort d'Arafat dans un hôpital parisien. Julie revint à la fin de l'année avec une magnifique petite fille prénommée Fatou. Elle avait des yeux immenses qui dévoraient la moitié de son visage, des tresses crépues, un corps très maigre aux os apparents, et un sourire auquel nul ne pouvait résister.

– Elle doit être opérée, leur dit Julie, mais elle ne repartira pas en Afrique. Celle-là, je la garde.

– Tu es sûre que tu auras le temps de t'en occuper ? demanda Mathilde.

– Je ne fais pas n'importe quoi ! répliqua Julie. Il y a une crèche à l'hôpital. Fatou y sera bien.

Et elle ajouta, afin de les rassurer tout à fait :

– Ne vous en faites pas : vous ne lui servirez pas de nounou.

Ce fut pourtant le cas : cette enfant dont les parents avaient été tués au Sénégal au cours d'une rixe devint en quelques semaines l'objet de toute l'attention de Mathilde qui prétextait la fatigue de Julie pour se l'approprier le week-end et laisser ainsi sa fille se reposer. Heureusement, malgré ses deux ans, Fatou parlait et savait se faire comprendre. À la grande surprise d'Antoine, Mathilde s'attacha rapidement à cette enfant venue d'ailleurs, qui ne manquait ni de charme ni de caractère, au point d'aller elle-même la chercher à la crèche de l'hôpital et d'oublier de la reconduire chez sa mère adoptive le soir venu.

Julie ne s'en formalisa pas, au contraire : elle était tellement occupée qu'elle oublia sa promesse de ne pas monopoliser ses parents pour la garde de Fatou. Antoine s'y résigna également, non sans s'inquiéter, parfois, de la place de plus en plus importante prise par l'enfant dans leur vie. Est-ce qu'elle ne comblait pas un manque chez Mathilde ? Peut-être, mais lequel ? Il résolut de ne pas se poser ce genre de questions. Après tout, c'était peut-être l'instinct maternel qui se réveillait chez sa femme, mais il n'y avait rien là de réellement étonnant : une mère demeurait une mère, quel que fût son âge.

À la différence d'Antoine, occupée comme elle l'était, Mathilde s'intéressa peu au référendum sur l'Europe de Maastricht, au mois de mai suivant. D'ailleurs il était évident, pour elle comme pour Antoine, que le « oui » l'emporterait facilement. Or ce fut le « non » qui triompha le soir du vote, alors qu'ils étaient tous les deux favorables au traité.

– Tu vois, lui fit remarquer Antoine, personne en France ne souhaite déléguer à qui que ce soit une part trop importante de sa souveraineté. Le sentiment national est toujours aussi puissant dans la population. Mais finalement, tout ça ne m'étonne qu'à moitié.

Et il ajouta, avec un sourire un peu contraint :

– De toute façon, avec les Anglais, il n'y aura jamais d'Europe véritable. Ils roulent pour les Américains, et ne sont là que pour nous empêcher d'avancer. Il faut dire qu'ils y parviennent assez bien.

Tous deux avaient voté sans véritable conviction, mais en étant persuadés que c'était cette Europe-là, même très imparfaite, qui avait préservé l'Europe de la guerre depuis cinquante ans. Ils n'auraient jamais pensé que des gouvernants fussent capables de s'asseoir sur un vote majoritaire, et de le contourner au mépris de l'avis de la population.

Ce qui se passait était inimaginable, tout à fait contraire aux principes les plus élémentaires de la démocratie.

– Jamais je n'aurais crue possible une pareille manœuvre, se désola Antoine.

– Enfin, Antoine ! Tu sais bien que les politiciens ont de l'intérêt supérieur du pays une opinion que le peuple est incapable de comprendre.

Il apprécia peu ce trait d'humour et vécut pendant des semaines dans une certaine amertume que les beaux jours ne parvinrent pas à atténuer. Heureusement, ces semaines-là le rapprochèrent des vacances qu'un soleil précoce annonçait chaque matin dans une lumière déjà trop vive pour la saison. Elle prédisait un été peut-être aussi caniculaire que celui de 2003, mais Antoine ne s'en inquiétait guère. Il devait d'abord assumer la tenue des conseils de classe et la correction des examens, ce qu'il fit dans la hâte et, parfois, en se le reprochant, avec des approximations coupables. Puis l'année scolaire se termina dans l'affaiblissement de la discipline habituel à cette époque, et, pour Antoine la perspective heureuse d'un retour au Verdier, loin des contingences politiques et scolaires de la capitale.

49

IL DUT pourtant partir seul au Verdier en août, car Julie ne voulait pas que sa fille s'éloigne d'elle, et Mathilde, qui veillait sur Fatou, ne se désolait pas vraiment de devoir rester à Paris au lieu de partir à la campagne où elle s'ennuyait de plus en plus. Elle ne l'avait jamais avoué à Antoine mais il l'avait deviné lors de leurs précédents séjours : comment passer du quartier du Montparnasse de Paris à la solitude de Puyloubiers ? Elle y parvenait de moins en moins, et, après tout, Antoine pouvait le comprendre, étant lui-même sous le charme d'une vie parisienne riche en expositions, conférences, cinémas, théâtres et restaurants aux menus aussi riches que variés.

L'été, là-bas, l'accueillit dans une chaleur supportable et des soirées d'une grande douceur. Il retrouva, ravi, les étés d'avant, quand le dérèglement climatique n'avait pas encore embrasé les saisons les plus propices à la canicule. Adrien et son épouse avaient renoncé à concevoir un deuxième enfant, après une seconde fausse couche de Cécile.

– On a voulu se lancer dans des analyses et puis on y a renoncé, confia Adrien à Antoine. Peut-être qu'il vaut mieux ne pas savoir. Après tout, je préfère ne pas me sentir coupable, j'ai assez de problèmes comme ça.

– Tu as raison ! Tu n'es coupable de rien, toi. Au contraire, tu t'es débarrassé des poisons.

– J'espère que tu as raison.

– Les terres ? Comment ça va ?

– Un peu mieux. Les subventions de Bruxelles m'aident bien. Je fais deux marchés par semaine, où je vends sans peine tous mes beaux légumes. Les gens commencent à me connaître. En ce qui concerne le bétail, je crois que je vais arrêter le lait et engraisser des veaux sous la mère. Avec ce que je leur donne, les vaches vont faire naître des veaux de qualité.

– Et les céréales ?

– Un peu de blé, d'orge, et surtout du maïs fourrage. C'est bon pour les bêtes.

Antoine fut heureux de constater qu'Adrien relevait la tête et que Cécile, son épouse, s'entendait toujours aussi bien avec Viviane, sa belle-mère – peut-être parce que Cécile exerçait toujours son métier d'infirmière à l'extérieur et passait ses journées loin du Verdier, ne rentrant qu'à midi et le soir. Il pouvait le vérifier en déjeunant tous les jours près d'elle, de Viviane, d'Adrien et d'Hugo lors de repas au cours desquels il fermait les yeux, parfois, pour revoir en imagination tous ceux qui n'étaient plus là, mais dont il ressentait, pourtant, la précieuse présence.

Hugo aimait suivre Antoine à Puyloubiers où il lui donnait des livres à lire avant de l'emmener à la pêche dans le ruisseau où l'on pouvait prendre encore quelques goujons, comme jadis avec François. Hugo, alors, lui demandait de lui parler de ce grand-père qu'il n'avait pas connu, et les récits de son enfance commune avec François faisaient mesurer à Antoine à quel point le bonheur est fragile sous les vagues du temps habile à le recouvrir de son voile opaque, à l'ombre envahissante. Ici, cependant, Antoine s'efforçait de penser que le cœur des terres des Bastide ne changeait pas vraiment. C'est pour cette raison qu'il s'y sentait bien, qu'il aimait y revenir : il pouvait à loisir parcourir les chemins, longer les champs, les haies, les bosquets d'où s'envolaient les mêmes oiseaux qu'à l'époque où ils les guettaient, François et lui, pour repérer leurs nids.

Le soir, avant la nuit qui tombait tard en cette saison, il lisait devant le seuil bâti de pierres millénaires, levant de temps en temps les yeux pour regarder s'étendre une ombre au parfum d'herbe mouillée par la rosée. Un grand silence cernait la maison, faisant naître en lui un vertige à la douceur vénéneuse : était-il encore enfant ou avait-il déjà traversé sa vie sans mesurer le véritable poids des années ? Quel était ce gouffre creusé soudain sous ses pieds, dont l'approche lui donnait le vertige mais ouvrait aussi l'accès à des heures dont il n'avait jamais oublié la délicieuse caresse ? Incapable d'accepter cette perte, il partait marcher dans la nuit un long moment avant de se coucher toutes fenêtres ouvertes, respirant un air familier qui le renvoyait vers des rivages connus depuis toujours. Un sommeil peuplé de rêves aux images très anciennes tombait sur lui jusqu'au matin, le laissant étonné de se trouver là, et pressé, déjà, de repartir vers les champs et les prés où erraient des fantômes qui savaient lui parler.

Ces trois semaines passèrent trop vite, hélas, et il regagna Paris où Mathilde veillait toujours sur Fatou, la crèche de l'hôpital étant fermée en août. Elle s'était tellement attachée à cette enfant qu'elle redoutait la rentrée qui s'annonçait début septembre.

– Mais enfin ! s'exclama Antoine en constatant cette affection débordante. Est-ce bien raisonnable ?

– Sans doute pas, mais je n'y peux rien.

– N'oublie pas que nous avons des projets de voyages.

– Nous aurons le temps dans quelques années.

– Quand nous serons à la retraite ?

– Oui, c'est ça : à la retraite.

Comment imaginer qu'un jour il allait s'arrêter d'enseigner ? Deux rentrées seulement l'en séparaient, mais l'échéance lui paraissait lointaine, inaccessible.

Et cependant elles s'écoulèrent vite, à peine soulignées par des émeutes à Clichy-sous-Bois, l'exécution de Saddam Hussein en Irak, la mort de l'abbé Pierre à quatre-vingt-quatorze ans, si bien qu'il n'eut pas le temps de se préparer à cette rupture qui allait bouleverser sa vie bien plus qu'il ne le redoutait. Mais ce qui l'ébranla le plus, au cours de ces deux années, ce fut un drame évité de justesse à cause d'un harcèlement pratiqué sur un élève de troisième, dans sa classe, alors qu'il n'avait pas accordé l'attention suffisante à un garçon fragile, un peu efféminé, qui avait demandé à lui parler à la sortie d'un cours. L'élève se prénommait Jérôme et ne savait pas résister aux sarcasmes de ses camarades, garçons et filles, d'ailleurs, qui déversaient sur lui un flot de moqueries et de méchancetés dont la violence l'accablait. Il était blond, les yeux bleus, doué dans chaque matière, ce qui attisait les jalousies ; mais il s'exprimait d'une voix fluette, à peine audible, comme s'il s'attendait en permanence à de cruelles représailles.

– Je me sens mal, très mal, avait-il avoué à Antoine, ce soir-là.

Et il avait ajouté, des larmes dans les yeux :

– Je n'en peux plus.

Antoine était allé aussitôt prévenir les deux membres de l'administration concernés par ce genre de problème, mais ils ne lui avaient accordé qu'une attention distraite, tant ils avaient de problèmes à régler. Antoine avait alors évoqué la situation avec ses collègues, qui, comme lui, avaient remarqué le harcèlement subi par Jérôme, et chacun avait décidé d'intervenir en classe pour mettre fin à ces turpitudes. Antoine avait aussi décidé de convoquer les parents, afin de les alerter, et ceux-ci s'étaient montrés abattus, sans solution, sinon de changer leur enfant de lycée, mais c'était la deuxième fois que cela se produisait. Il résolut alors de relancer les services sociaux qui étaient déjà au courant, mais il n'en eut pas le temps : Jérôme tenta de se pendre avec sa ceinture à un portemanteau, devant la classe où Antoine allait faire entrer les autres élèves, et il intervint aussitôt pour éviter le suicide de cet enfant à bout de force qui s'était vainement confié à lui. Le SAMU appelé en urgence le sauva, mais de justesse.

Dès lors, quelque chose d'essentiel se brisa chez Antoine : un enfant avait voulu mourir dans sa classe – un enfant qu'il n'avait pas su défendre comme il aurait fallu. Mathilde eut beau prétendre que ce genre de choses survenait dans presque tous les établissements scolaires, hélas, et que lui, Antoine, avait fait tout ce qu'il pouvait, il demeura blessé de cette tentative de suicide comme s'il en portait seul la responsabilité. Alors ce fut comme s'il se précipitait vers la retraite qu'il considéra comme une délivrance, à cause des comportements des adolescents de plus en plus difficiles à maîtriser et d'une violence qu'il ne supportait plus.

Au point qu'un dimanche matin, perdu dans ses pensées, il heurta en voiture une vieille dame sur un passage clouté et qu'il craignit pour sa vie. Elle avait une fracture du col du fémur et elle se rétablit difficilement. Mais que de complications avec la police, sa compagnie d'assurance et la famille de la vieille dame qui n'était plus valide !

Quand Antoine se désolait de son imprudence auprès de Mathilde, elle répondait :

– N'essaye pas de faire porter à tes élèves une responsabilité qui n'est pas la leur. Tu as simplement un peu moins de réflexes qu'avant, mais comment pourrait-il en être autrement ?

– Es-tu en train de me dire que j'ai vieilli ?

– C'est le cas de tout le monde.

– De là à ne pas voir une piétonne sur un passage clouté !

– Tu l'as vue puisque tu as freiné !

– Un peu trop tard.

– Elle est vivante, concluait Mathilde – et toi aussi. C'est l'essentiel.

Il garda de l'accident la sensation que dans la vie tout arrivait sans doute à son heure et qu'il n'y avait pas de hasard. Il fêta avec Mathilde et quelques collègues le dernier jour d'école avec soulagement, et il partit en vacances au Verdier avec l'impression qu'un fardeau venait de quitter ses épaules, le laissant libre, enfin, de mener l'existence à laquelle il avait souvent rêvé.

50

ET POURTANT, soudain, en septembre, plus aucun élève face à lui, plus de cours à préparer, plus de conflits à gérer, plus de collègues avec qui discuter, mais, au contraire, une solitude différente de celle de Puyloubiers, l'attente du retour de Mathilde en poste encore pour un an, un désert ouvert devant lui, à présent contraint de s'intéresser aux événements extérieurs pour peupler les heures vides : l'interdiction de fumer dans les lieux publics, les débuts de la présidence de Nicolas Sarkozy qui avait été élu en mai, la crise des « subprimes » et l'assassinat de Benazir Bhutto au Pakistan.

Rien d'assez passionnant pour lui faire oublier qu'il n'avait plus de métier, qu'il était devenu un homme dont la société ne se souciait plus, et que le monde continuait de tourner sans lui. Il fallait se ressaisir, débuter une existence nouvelle sous peine de sombrer. C'est alors qu'il retrouva un matin les feuillets qu'il avait écrits à Puyloubiers quelques années auparavant sur son enfance, et d'abord au sujet de cette nuit où il était resté éveillé à l'idée de devoir quitter sa maison à la rentrée d'octobre, pour aller au lycée. Et tout de suite, ces quelques pages lui parurent infiniment précieuses. Elles étaient le moyen de revivre sa vie année après année, de peupler sa nouvelle existence désormais un peu trop vide de ces trésors accumulés au fil des ans, et de ce qu'ils révélaient de plus précieux. Dès lors, il se sentit mieux, chargé d'une mission essentielle vis-à-vis de lui-même : refaire en sens inverse le chemin parcouru afin que chaque pas compte et soit scellé par l'écriture dans un matériau inaccessible au temps. Bref ! Que rien ne lui ait été dérobé par la fuite des jours, rien de ce qui, au fond de lui, demeurerait toujours le foyer de sa vraie demeure.

Mathilde, au début, s'étonna de ces heures passées par Antoine devant son ordinateur au logiciel Word, mais elle comprit très vite de quoi il s'agissait et elle ne se permit pas de les contester. Elle avait trop de clairvoyance pour ça, et elle connaissait l'importance de ses racines pour Antoine, dans une campagne qui représentait pour lui un îlot de bonheur. Elle n'en avait jamais pris ombrage, éprouvant pour sa part le même sentiment à l'égard de Paris.

En dehors de ce travail de mémoire dans lequel Antoine s'immergeait pour ne pas sombrer dans une inaction néfaste et douloureuse, la vie reprit un cours normal jusqu'au jour où Fabrice fit souffler sur eux une nouvelle tempête :

– Estelle et moi, nous divorçons ! leur annonça-t-il un soir, avec un détachement qui les glaça.

Décidément, leurs enfants ne les ménageaient pas, mais avaient-ils à le faire ? Apparemment pas, puisque Fabrice répondit à Mathilde qui lui faisait observer qu'ils n'étaient mariés que depuis huit ans et qu'ils avaient deux enfants en bas âge :

– Quelle importance ? répliqua-t-il. Le mariage n'a plus vraiment de signification aujourd'hui.

– Et vos enfants ?

– Estelle en aura la garde la semaine et moi tous les week-ends et pendant les vacances scolaires.

– Tu veux dire que c'est nous qui nous en occuperons, comme d'habitude ?

– Mais non ! Je m'en occuperai avec Séverine. Nous en avons discuté et elle est d'accord.

– Qui est Séverine ?

– Ah oui ! C'est vrai, j'ai oublié de vous en parler.

– Tu as oublié, en effet.

– Je vis avec elle depuis trois mois. Elle est directrice des ressources humaines dans ma société.

– Directrice des ressources humaines !

– Oui ! Et alors ?

Un long silence succéda à ces échanges un peu crispés.

– Si je comprends bien, cela signifie que c'est toi qui es parti et qui a demandé le divorce ?

– On peut le voir comme ça, oui. Mais ne vous inquiétez pas : il s'agit d'un divorce à l'amiable. Je garde l'appartement de Paris et Estelle la villa de Deauville.

Antoine ne put s'empêcher de faire un peu d'ironie :

– Ah ! Bon ! Tu nous rassures.

Fabrice sourit, se leva en disant :

– Ce n'est pas une affaire, tout de même ! Il n'y a pas mort d'homme !

– Non ! C'est vrai ! répliqua Antoine en sentant la colère monter en lui. Mais il va falloir que tu assumes tes actes !

– J'ai toujours assumé, répondit Fabrice avec contrariété, et vous le savez bien. Il en sera de même à l'avenir.

Il partit, les laissant aussi désemparés que Julie lors de chacune de ses visites.

– Pourquoi nos enfants sont-ils des irresponsables ? murmura Mathilde, abasourdie. Qu'avons-nous fait pour mériter cela ?

Elle ajouta, s'allongeant sur le canapé et fermant les yeux :

– Il y a vraiment des jours où je me demande si je dors ou si je suis bien réveillée.

En fin de compte, elle décida, comme Antoine, de prendre quelque distance avec les décisions de leurs enfants. Et d'abord d'organiser enfin ce voyage en Italie qu'ils envisageaient depuis longtemps et que sa mise à la retraite, en juin de cette année 2008, rendait enfin possible.

– Ce sont les vacances scolaires, rappela-t-elle à Antoine, mais Fabrice et Julie, pour une fois, se débrouilleront sans nous. Nous partons. Il n'est que temps.

Ni Julie ni Fabrice n'osèrent avancer le moindre argument face à une mauvaise humeur à laquelle ils n'étaient pas habitués, connaissant l'attachement de Mathilde à ses petits-enfants, et surtout à la dernière arrivée : la fragile Fatou. Antoine, de son côté, cherchait à comprendre pourquoi ses enfants lui ressemblaient si peu. Certes, ils n'avaient pas été élevés comme lui à la campagne et dans des conditions souvent difficiles, mais était-ce suffisant pour expliquer des comportements si différents ? Sans l'avouer à Mathilde, il se demandait où et quand s'était creusée cette faille qui les séparait aujourd'hui ? Trop de facilités dans leur vie quotidienne ? Une existence dans une grande ville aux plaisirs faciles ? Pas assez d'autorité ? Trop de caprices tolérés ? Il n'en avait jamais eu l'impression, et pourtant ! Tant d'inconséquence, de légèreté ! Mais grand Dieu, d'où provenaient-elles ?

Il se souvint qu'un de ses collègues en proie aux mêmes difficultés appelait ses enfants les « moi d'abord ». Il en avait fait part un jour à Mathilde qui avait seulement haussé les épaules, et il n'avait su si elle approuvait ou désapprouvait ces propos. Non ! Il fallait raison garder : c'étaient les conditions de vie qui avaient changé, tellement plus faciles pour la jeunesse, désormais, moins contraignantes, moins rudes, et donc les mœurs et les états d'esprit ne supportaient plus la moindre adversité, le moindre obstacle. Il fallait tout obtenir, et vite, sans attendre.

Il s'en voulait de raisonner ainsi, et n'avançait jamais ce genre de ruminations devant Mathilde qui lui aurait aisément démontré qu'il s'agissait d'un raisonnement de grincheux dont les facultés d'adaptation diminuaient. Et pourtant elle aussi s'en irritait parfois, mais jamais elle n'aurait affirmé que « c'était mieux avant », que tout était plus facile, plus raisonnable. Ses accès de mauvaise humeur devant l'irresponsabilité apparente de ses enfants, finalement, Antoine se demandait s'ils étaient sincères, chez elle, ou s'ils ne dissimulaient pas une satisfaction secrète, vaguement amusée.

Il prit dès lors le parti de s'en préoccuper le moins possible dans le seul souci de ne pas risquer un jour de rompre des liens auxquels il tenait.

51

ILS PRIRENT la route un lundi de juillet, non sans avoir préparé un itinéraire censé leur faire visiter la Lombardie, la région des grands lacs, et la Vénétie. Il faisait si beau, ce jour-là, que Mathilde murmura, dès qu'ils eurent quitté la banlieue parisienne :

– Comment avons-nous pu attendre si longtemps pour voyager ? C'est incompréhensible !

– Ai-je vraiment besoin de te le rappeler ? Le travail, nos enfants, nos parents, et maintenant nos petits-enfants.

– Je connais bien des hommes et des femmes de notre âge qui ne s'en sont pas souciés autant que nous.

– Qui a eu raison ? Eux ou nous ?

– Il vaut mieux ne pas répondre à cette question.

Ce sujet ne revint plus dans leur conversation car ils ressentirent très vite une impression de liberté que, pour sa part, Antoine n'avait jamais éprouvée lors de ses départs pour le Verdier. Une sorte d'air du grand large qui les grisait un peu, car ils n'étaient pas habitués à franchir des frontières, même les moins éloignées, et ils le regrettaient, ce matin-là, avec un peu d'amertume. Ces regrets s'accentuèrent encore dès le val de Suse, passé le tunnel du Fréjus, au milieu des hautes montagnes entre lesquelles l'autoroute conduisait à Turin. Ils évitèrent la grande ville pour faire une halte le premier soir à Asti, dans un petit hôtel réservé depuis Paris, puis ils repartirent le lendemain matin pour traverser la Lombardie, le Pô, et remonter vers Milan et les grands lacs.

Tout en conduisant, Antoine eut la sensation trouble d'être déjà venu en ces lieux, alors que ce n'était évidemment pas le cas.

– Pas étonnant ! lui dit Mathilde. Si tu croyais comme moi à la mémoire des gènes, tu saurais pourquoi.

– Et pourquoi, s'il te plaît ?

– Il est très probable que l'un de tes ancêtres ait été enrôlé dans les armées napoléoniennes et soit venu combattre ici, à Arcole ou Rivoli. Ils n'avaient pas le choix, à l'époque, les pauvres.

– Et alors ?

– Alors quelques-uns des gènes qu'il t'a transmis s'en souviennent, tout simplement.

Antoine n'avait jamais envisagé une telle hypothèse, mais ce jour-là, elle lui parut évidente, et, en même temps, rassurante. Ainsi, nous ne mourrions jamais, et une part de nous-mêmes continuerait sur un chemin terrestre à travers d'autres existences ? C'était assez séduisant, finalement.

– Et pourquoi ne m'as-tu jamais révélé ces secrets qui te paraissent si familiers ? demanda-t-il à Mathilde.

Elle coupa court en répondant :

– Nous ne sommes jamais venus en Lombardie.

Elle n'avait manifestement pas envie, ni besoin, de s'étendre sur un sujet qui ne présentait pour elle aucune nouveauté.

Ils contournèrent Milan comme ils avaient contourné Turin pour monter vers le lac de Côme où Antoine ressentit, en descendant vers les rives, le même émerveillement que Stendhal, encore jeune officier, avait éprouvé dans ce pays qu'il aimait tant. Antoine l'avait lu dans *Voyages en Italie* qu'il possédait dans la prestigieuse collection de la Pléiade chez Gallimard. Il en fit part à Mathilde qui lui répondit en riant :

– Un peu trop de sensiblerie à mon goût, chez cet Henri Beyle, même si je n'oublie pas *La Chartreuse de Parme*, Fabrice, la comtesse del Dongo et l'air que l'on y respire.

En bas, des golfes et des calanques abritaient de magnifiques villas, mais aussi ces barques typiques surmontées d'un toit de branchettes tressées. Leur hôtel s'appelait Ostello Villa Olmo. De là, ils avaient accès aux bâtiments superbes du Duomo, de la basilique Sant'Abbondio et au Broletto, un majestueux édifice datant du XIIIe siècle. Mais ce qui les séduisit le plus, ce furent leurs promenades sur les berges, le soir, dans une douceur de l'air au parfum de lilas.

– Quand je pense que nous avons attendu si longtemps, soupirait Mathilde.

– Trop longtemps, surenchérissait Antoine, mais rien n'est perdu : désormais rien ni personne ne nous empêchera de découvrir ce à quoi nous avons rêvé.

– Je l'espère ! concluait Mathilde non sans songer, dans le même temps, à la petite Fatou qui menaçait cette nouvelle liberté.

Deux jours plus tard, ils retournèrent sur leurs pas pour visiter Milan, son Duomo, le théâtre Scala, ses vieux quartiers autour de Sant'Ambrogio, avant de repartir vers Venise par Bergame, Brescia, Vérone, Padoue, puis la lagune de Venise qui les déçut car il y avait trop de monde en cette saison, et les gondoliers ne parvenaient pas à faire face à la demande. Ils retournèrent alors vers la Lombardie, et, passé Milan, remontèrent vers le lac Majeur, s'attardèrent sur ses rives lumineuses dominées d'aimables montagnes bleues. Et toujours le même enchantement d'une nature sauvage et somptueuse, des jardins, des villas, des palais, des villages nichés au cœur d'une végétation méditerranéenne aux multiples couleurs.

Ce fut un merveilleux voyage dont le retour leur fit encore plus regretter de ne pas avoir pu s'échapper plus tôt, ou, plus sûrement, de ne l'avoir pas désiré assez fort.

– Nous repartirons dès la fin septembre, décida Mathilde. Nous avons à rattraper le temps perdu.

– Où donc veux-tu aller ?

– Aux Baléares.

– Pourquoi aux Baléares ?

– J'ai toujours eu envie d'aller aux Baléares, mais je ne saurais pas expliquer pourquoi. Peut-être parce que ce sont des îles, à l'écart de ce monde encombré d'obligations diverses.

Dès leur retour, pourtant, ils ne purent refuser la garde de Théo, puis de Fatou, pendant deux semaines, mais la perspective de pouvoir repartir bientôt fit que cette garde ne leur parut pas trop contraignante. Théo avait six ans maintenant, et il était drôle, aussi attachant que Fatou ; et tout compte fait, Mathilde et Antoine, sans oser se l'avouer, ne furent pas trop contrariés de veiller sur eux, pourvu que ce ne fût plus au détriment de leurs nouveaux projets.

Cette deuxième escapade aux Baléares fut aussi agréable que leur voyage en Italie. Ils prirent l'avion jusqu'à Barcelone, puis passèrent une nuit en bateau vers Puerto de Alcudia, une île encore protégée d'un tourisme trop envahissant. De là, ils firent une excursion à Valldemossa où George Sand avait aimé Chopin. Il régnait là-bas un climat tempéré, d'une extrême douceur en cette saison, après la canicule de l'été. Ils y restèrent dix jours seulement, mais dix jours d'un dépaysement accentué par la traversée d'une partie de la Méditerranée où une tempête de force huit secoua leur bateau qui n'avait rien d'un paquebot.

À leur retour, Obama fut élu aux États-Unis et des attentats terroristes secouèrent Bombay. L'année ne se termina pas sans que Julie leur apprenne qu'elle allait retourner en Afrique – en Somalie – dès le début janvier. Aussi Noël ne fut pas aussi serein qu'il aurait pu l'être sans cette habitude qu'avait prise leur fille de partir vers de dangereuses zones de conflits pour secourir les enfants malades. Fabrice vint passer la journée de Noël avec Louise et Théo, mais également avec Séverine, la nouvelle élue, que Julie, présente elle aussi avec Fatou et Bouba, parut ne pas apprécier du tout. Mathilde et Antoine devaient se rendre à l'évidence : il fallait désormais compter avec des difficultés de cohabitation qu'ils ne maîtrisaient pas, mais qu'il fallait tolérer sous peine de voir s'éloigner l'un de leurs enfants.

Et Julie partit avec Bouba, leur confiant Fatou parce que, n'est-ce pas, prétendit-elle, « ce n'était pas une saison pour entreprendre des voyages d'agrément ». Que répondre à cela ? Mathilde n'opposa à ce diktat aucune objection et Antoine se dit qu'elle avait fait le plein de dépaysement au moins pour quelque temps. Julie s'en fut donc sans la moindre mauvaise conscience, du moins en apparence, et huit jours plus tard tomba sur l'ordinateur de Mathilde un mail de Bouba leur apprenant que Julie avait été blessée par des tirs isolés et se trouvait dans un hôpital de fortune à Mogadiscio. Ils en furent transis de terreur et en perdirent le sommeil, passant les nuits devant l'ordinateur pour bombarder Bouba de mails auxquels il ne répondait pas. Sans doute en était-il empêché, mais Mathilde et Antoine étaient bien incapables de raisonner et ils se débattaient dans un désespoir sans recours.

Ce cauchemar dura huit jours, durant lesquels Antoine passa avec Dieu – ou son représentant – les marchés les plus fous : donner sa vie en échange de celle de sa fille, s'offrir en otage pour la sauver, se rendre à Mogadiscio afin de travailler pour les autorités en place, autant de projets aussi démunis de sens les uns que les autres. Mathilde, elle, souffrit en silence en s'efforçant de ne pas perdre espoir.

Enfin un mail arriva de la société Mondial Assistance les informant qu'elle allait rapatrier Julie dans un hôpital parisien. Aucune précision sur la gravité de ses blessures, ni sur la date de son retour, ni sur l'hôpital qui devait la réceptionner. Mais au moins, elle était vivante et ne tarderait pas à rentrer en France. Bouba leur rendit visite quarante-huit heures plus tard pour leur apprendre que Julie se trouvait à la Pitié-Salpêtrière, et que sa vie n'était plus en danger.

– Elle l'a donc été ? demanda Antoine d'un ton qui, sans doute, meurtrit Bouba, car il n'y était pour rien dans ce qui était arrivé.

– Elle a reçu une balle dans le poumon droit, mais ne vous inquiétez pas : elle est hors de danger aujourd'hui. Vous pouvez aller la voir quand vous le voulez.

Ils lui confièrent Fatou et ils partirent sur-le-champ pour l'hôpital où ils trouvèrent leur fille dans un état d'épuisement qui ne les rassura pas du tout. Elle était pâle, gardait les yeux mi-clos, tentait de sourire, mais ses brefs sourires s'abîmaient dans une grimace de douleur.

– Tout va bien, murmura-t-elle en les découvrant devant elle, d'une voix presque inaudible qui démentit aussitôt son affirmation.

Comment la croire, en effet, en la trouvant si défaite, le souffle court, pressée de les voir repartir malgré leurs paroles de réconfort ? Et surtout que dire sans trahir la peur qu'ils éprouvaient devant ce visage qu'ils n'avaient jamais vu aussi tendu et où la jeunesse avait disparu ? Ils tentèrent à tour de rôle de trouver les mots pour la réconforter, mais ils n'exprimèrent rien d'autre que des banalités confondantes. Puis ils partirent, malheureux, impuissants, trouvant dans la promesse de revenir chaque jour la consolation dont tous trois avaient besoin.

Ils tinrent parole malgré la hantise de trouver Julie plus faible qu'ils ne l'avaient quittée la veille, mais ils évitèrent d'en parler entre eux : voir quotidiennement son enfant souffrant sur un lit d'hôpital était quelque chose qu'ils n'avaient jamais envisagé. Et c'était ce qu'ils vivaient de pire depuis qu'ils s'étaient connus. La nuit, ils ne dormaient guère, se levaient pour lire ou regarder la télévision. Le jour, après leur visite à leur fille, ils allaient s'enfermer dans un cinéma pour oublier pendant une heure que la souffrance les guettait dès la sortie.

Curieusement, Antoine se montra à cette occasion-là le plus solide. Il finit par trouver les mots un matin, devant Mathilde pour la première fois muette et désarmée :

– Si nous ne croyons pas, nous, à sa guérison, qui en sera capable ? Il faut le lui faire sentir, le lui montrer et l'en persuader.

Il comprit alors que pour Mathilde la vie de sa fille était aussi la sienne et que l'enfant qu'une femme a mis au monde ne se détache jamais tout à fait d'elle. Si l'un est en péril, l'autre l'est aussi. Il en fut assez bouleversé pour inculquer à l'une et à l'autre l'énergie dont il disposait encore, et il trouva dans cette attitude une satisfaction qu'il n'espérait plus.

Il fallut un mois à Julie pour sortir de cette épreuve et envisager d'entreprendre de nouveau ces voyages si périlleux, comme si rien ne s'était passé. Dès lors, au cours de l'année qui suivit, le combat quotidien de Mathilde et d'Antoine fut de s'efforcer de dissuader leur fille de se risquer une nouvelle fois dans des pays aussi dangereux, où sévissait la guerre civile.

– C'est promis ! concéda-t-elle.

Antoine feignit de la croire, Mathilde également, mais l'un et l'autre savaient intimement qu'elle ne renoncerait jamais à une mission devenue sa raison de vivre.

52

L'ANNÉE 2010 commença dans une vague de froid et de neige sans précédent qui les empêcha de partir à Puyloubiers comme Antoine l'avait envisagé. Il rongea son frein en se lançant dans la lecture d'*À la recherche du temps perdu* qu'il n'avait jamais pu lire entièrement, à sa grande confusion. Les circonvolutions parfois obscures d'un génie de la littérature l'avaient empêché d'aller au terme de ces pages dans lesquelles il savait, pourtant, ce qu'il espérait trouver : la certitude que le temps ne pouvait anéantir l'essentiel d'une vie. Il parvint au terme de ces pages avec une jubilation qu'il savait exagérée, mais après avoir ressenti, à plusieurs reprises, combien les mots du grand maître avaient apprivoisé l'indicible tout en révélant sa fabuleuse caresse – ce que lui, Antoine, avait été bien incapable de réaliser dans ses modestes écrits.

Puis, alors qu'il s'apprêtait à partir en février, la tempête Xynthia fondit sur la France et il dut attendre le mois de mars pour s'y rendre enfin – sans Mathilde retenue à Paris par une grippe de Fatou. Il lui sembla alors que des portes aussi précieuses que familières s'ouvraient devant lui, et, comme souvent, il roula d'une traite vers le Verdier, ne s'arrêtant qu'une fois pour refaire un plein d'essence. Là, Adrien se montra dès son arrivée un peu plus optimiste pour l'avenir :

– Le bio marche de mieux en mieux, expliqua-t-il à Antoine. Beaucoup de gens recherchent la qualité aujourd'hui. Je n'ai aucun mal à vendre mes récoltes.

En outre, tout semblait aller bien entre lui, son épouse Cécile et leur fils Hugo aujourd'hui âgé de onze ans, qui allait entrer au collège. Viviane, la mère d'Adrien, approchait les soixante ans mais les aidait beaucoup, à la fois dans la tenue de la maison et dans l'exercice des travaux à l'extérieur. Il y avait bien longtemps qu'Antoine n'avait pas ressenti une telle confiance au Verdier, et il en fut réconforté, après avoir craint pendant des années que ce havre de paix ne disparaisse de sa vie.

Il y resta une semaine, accompagnant Adrien dans son travail et ses démarches, également en débitant les arbres abattus par son neveu et en les coupant en bûches d'un mètre pour la cheminée. Ce travail lui plaisait. Combien de fois n'avait-il pas « fait du bois » avec son père en prévision de l'hiver ? Antoine retrouvait des odeurs d'écorce, de mousse et de sciure, s'épuisait à cette tâche non urgente, comme si sa vie en dépendait. Malgré le froid de ce mois de mars, il couchait à Puyloubiers et allumait le feu devant lequel il demeurait vacant, le regard fixe, à la recherche de ceux avec qui il avait partagé cette vie simple, si lointaine, si étrangère à celle d'aujourd'hui. En fermant les yeux il ressentait des présences dont il se disait, avec une joie puérile, qu'elles ne l'abandonneraient jamais. Il s'endormait alors dans la certitude paisible de n'avoir rien perdu et il rêvait à des retrouvailles heureuses, dont l'évidence, au matin, le réconciliait avec cette part de lui-même qui, parfois, se refusait à toutes les consolations.

Il fallut pourtant repartir et rallier sa deuxième vie, comme il se plaisait, souvent, à la qualifier ; retrouver Mathilde et en même temps les complications dérisoires qu'il avait espéré fuir définitivement. Dès son retour, en effet, Fabrice, qu'ils voyaient moins depuis quelque temps car il avait deviné des réserves de leur part au sujet de ses décisions, leur apprit que sa nouvelle épouse Séverine venait d'accoucher d'un fils prénommé Gabriel.

– Te voilà père de trois enfants qui n'ont pas la même mère, observa Mathilde.

– C'est vrai, mais c'est plus fréquent aujourd'hui que vous ne le pensez. On appelle ça des familles recomposées.

– Moi, j'appelle ça des familles décomposées, rectifia Mathilde.

Et elle ajouta aussitôt, d'une voix qui ne pouvait dissimuler sa contrariété :

– Mais si tu penses que ta nouvelle femme s'occupera

aussi bien de tes autres enfants que de celui qui vient de naître, tout va bien.

– Mais bien sûr, voyons ! Que veux-tu donc insinuer ? Elle s'occupe déjà très bien de Louise et de Théo !

– Alors, c'est parfait.

Cette passe d'armes qu'Antoine n'avait pu éviter rendit encore plus distendus leurs liens avec ce fils si brillant dans son métier et si insouciant dans sa vie amoureuse. Antoine souffrit de cette distance nouvelle plus que Mathilde, inquiète davantage pour Julie et Fatou : Julie, parce qu'elle avait relancé ses missions – sans toutefois se décider à repartir – ; Fatou, parce que, malgré son opération, elle souffrait toujours de la faiblesse d'une valve qui ne fonctionnait pas parfaitement. Il ne fut cependant pas question de refuser de voir cet enfant nouveau-né qui répondait au prénom de Gabriel, mais Séverine ne le leur confia guère, alors que Louise et Théo faisaient des séjours chez eux lors de toutes leurs vacances scolaires. À ces occasions-là, la sœur et le frère leur expliquaient avec ravissement l'apparition d'Instagram sur le smartphone de l'aînée.

– Il n'y a aucun mal à ça, confiait Mathilde à Antoine qui s'en étonnait. Un smartphone à dix ans, c'est banal aujourd'hui. D'ailleurs, il vaut mieux qu'ils s'initient de bonne heure aux nouvelles technologies. Ça leur sera profitable à l'avenir.

Antoine n'en pensait pas moins, mais il avait admis que ses compétences limitées en ce domaine ne l'autorisaient pas à exprimer la moindre réserve. Pourtant, il concevait quelques contrariétés de ces pratiques et de ces mœurs qu'il ne comprenait pas toujours, et depuis quelques mois – depuis, à la réflexion, la blessure de Julie – il ressentait de temps en temps comme une gêne en haut de la poitrine, qui parfois l'oppressait. Or, à part une grippe et quelques bronchites, il n'avait jamais été réellement malade et il ne doutait pas d'avoir la chance de posséder une santé de fer.

Ce fut pourtant au mois de juin suivant, au moment des grandes chaleurs, alors qu'il traversait à pied le jardin du Luxembourg en plein après-midi, qu'un étau de fer se referma à trois doigts sous sa gorge, et, cette fois, ne se desserra pas. Il sentit que sa vue se brouillait, que ses jambes fléchissaient et il tenta de s'accrocher à un arbre pour ne pas tomber, mais en vain. Ensuite, ce fut un trou noir qui dura jusqu'au lendemain matin où il se réveilla allongé dans une chambre d'hôpital, une infirmière devant lui.

– Où suis-je ? murmura-t-il.

– Ne parlez pas et ne bougez pas. Vous avez fait un infarctus, mais tout va bien. Reposez-vous.

Sa première pensée fut pour Mathilde : avait-elle été prévenue ? Cette question l'obséda jusqu'au moment où une deuxième infirmière le rassura à ce sujet :

– Ne vous inquiétez pas. Votre famille est au courant. Ils pourront vous voir en début d'après-midi.

En usant de sa qualité de cardiologue dans un hôpital

voisin, alors que les visites n'étaient pas autorisées le matin, Julie apparut vers dix heures, embrassa Antoine et lui dit :

– Tu nous as fait peur.

Malgré la douleur, il n'avait pas eu l'impression que la mort avait été proche.

– À ce point-là ? fit-il.

– Le chirurgien, qui est un ami, t'a posé deux stents. Heureusement que le SAMU n'a pas tardé.

Julie ajouta en souriant :

– Ton cerveau n'a pas souffert. En tout cas, moins qu'on aurait pu le craindre.

Les mots qu'il entendait avaient du mal à se frayer un passage dans sa tête. Julie se pencha sur lui, et, d'un air affligé, déclara :

– Il faudra que tu m'expliques pourquoi tu sembles plus stressé à la retraite que lorsque tu enseignais.

Il n'eut pas le cœur de lui avouer qu'elle n'y était sans doute pas pour rien dans l'anxiété qu'il ressentait parfois, tout en s'efforçant de le cacher.

– Il va falloir te reposer.

– Longtemps ?

– Un mois ou deux.

– Mais je ne vais pas rester là ?

– Non ! Une dizaine de jours, seulement… si tout va bien.

– Pourquoi ? Il peut y avoir des complications ?

– Mais non… ne t'inquiète pas.

Elle l'embrassa et partit en esquissant, de la porte, un geste de la main qui le bouleversa, car il lui parut vouloir dissimuler une émotion dont il ne la croyait pas capable. Et ce fut aussi le cas de Mathilde, qui arriva à deux heures de l'après-midi. Elle caressa la joue d'Antoine en secouant la tête comme dans un reproche affectueux. Ils avaient donc eu si peur, tous !

– Si tu peux, la prochaine fois, préviens-moi à l'avance, dit-elle en retrouvant rapidement son sens de l'humour.

– Je n'y manquerai pas.

Elle s'assit au bord du lit, soupira, mais choisit, comme à son habitude, de dédramatiser la situation en continuant de plaisanter :

– J'espère au moins qu'à l'avenir ton cœur remis à neuf battra plus fort pour moi.

– C'est évident.

– Bon ! Me voilà rassurée.

Leur conversation dura sur ce thème-là pendant dix minutes, avant qu'une infirmière n'y mette fin en disant :

– S'il vous plaît, madame, il ne faut pas le fatiguer.

Mathilde l'embrassa en lui indiquant que Fabrice passerait quand les visites seraient autorisées pour tous, et leurs petits-enfants aussi.

– Je ne tiens pas à ce qu'ils me voient sur ce lit d'hôpital, répondit Antoine. Il me suffit de vous voir, toi et Julie pour le moment.

Elle partit dans un dernier sourire affectueux, et ainsi commença une convalescence sans véritables complications, mais qui leur interdisait les voyages en avion. Il reprit une vie à peu près normale à Paris, mais sans se rendre à Puyloubiers où, pourtant, il lui semblait possible de mieux se reposer. Comme il lui était recommandé de beaucoup marcher, il se mit à parcourir Paris à pied, surtout les quartiers de la rive droite qu'il ne connaissait pas, ou mal, notamment le cœur de Paris des Ier et IIe arrondissements. Ainsi passa cette année-là, sans surprise et sans voyages, donc, mais en compagnie fréquente de Louise, de Théo et de Fatou. Ces enfants l'étonnaient et l'émerveillaient par leur vivacité d'esprit et leur adaptation au monde dans lequel ils vivaient. Et pourtant, ce n'était pas facile pour eux, ballottés qu'ils étaient d'un appartement à l'autre, d'un foyer à l'autre, d'une manière de vivre à une autre.

Louise et Théo, qui n'avaient que deux ans d'écart, se chamaillaient souvent, mais Fatou, elle, demeurait d'un calme sidérant, même quand elle demandait à Antoine, ses grands yeux dévorant son visage, si son attention s'égarait devant elle :

– Tu m'écoutes, Antoine ?

Cet « Antoine » prononcé avec gravité le décontenançait autant qu'il le séduisait. Il n'était pas un grand-père pour elle, mais un compagnon, et le peu de distance établi entre elle et lui le rajeunissait soudain.

– Je t'écoute, Fatou. Qu'est-ce que tu voulais me dire ?

Elle reprenait d'un ton de reproche :

– Tu sais, Antoine, Bouba n'est pas mon père.

– Ah !

Elle l'observait sans ciller, ajoutait de sa petite voix haut perchée :

– Mes vrais parents sont morts.

– Mais tu as deux nouveaux parents aujourd'hui : Bouba et Julie.

Fatou réfléchissait un moment en silence, puis, dans un soupir, regrettait :

– Ce n'est pas pareil.

Le sérieux de ce genre de conversations lui faisait douter de l'âge de la petite – huit ans seulement –, mais comme tous les enfants qui avaient souffert, elle faisait preuve de plus de maturité que la moyenne. Dix ans auparavant, Antoine n'aurait pu imaginer qu'après un infarctus il cohabiterait un jour avec cette enfant-là, une enfant qui lui deviendrait aussi précieuse que si elle avait été sienne depuis toujours.

53

IL SE REMIT, mais se méfia, malgré les mots rassurants de son cardiologue, de ce cœur qui, lui sembla-t-il, l'avait trahi. C'était une impression bizarre, suspecte, mais dont il ne pouvait se débarrasser : sans la moindre alerte, son cœur, et son corps, donc, l'avaient lâché. Une sorte de trahison à laquelle il n'avait jamais songé auparavant, une faiblesse soudaine, inquiétante, qui obscurcissait l'avenir. Il refusa de l'accepter, et se mit à beaucoup marcher, comme le lui avait recommandé son médecin. Après quelques journées difficiles, ses jambes le portèrent mieux et son souffle s'améliora. Il s'inscrivit alors dans une salle de sport du VIIe arrondissement, et il conçut de cette démarche le sentiment d'une victoire qui l'aida à refouler les pensées négatives de l'été. Mathilde, qui l'avait approuvé dans cette démarche, l'accompagna une première fois puis adopta des séances hebdomadaires de « stretching », comme on disait alors, dont elle tira des bénéfices qu'elle n'avait pas soupçonnés. « Une nouvelle jeunesse », disaient-ils en plaisantant, mais pas dupes des atteintes sournoises que les années s'étaient ingéniées à accumuler en eux sans prévenir.

Tout serait allé pour le mieux, en somme, si, quelques mois plus tard, n'étaient survenus des événements auxquels nul, pas plus qu'Antoine au sujet de la défaillance de son cœur, ne s'attendait : les attentats terroristes de Montauban et de Toulouse où un nommé Mohammed Merah tua sept personnes – trois militaires et, une semaine plus tard, un professeur, ses deux fils et une petite fille de sept ans dans une école juive. Antoine et Mathilde en furent abasourdis, se refusant à croire que de telles abominations fussent possibles. Ils évoquaient souvent ce sujet, y compris devant Bouba, qui était musulman et se désolait de ce terrorisme si peu conforme, pour lui, aux préceptes du Coran.

– J'ai honte, leur confiait-il, mais que pouvons-nous opposer à cette menace souterraine qui surgit où on ne l'attend pas ?

Ce terrorisme se manifestait aussi à l'étranger, principalement en Afrique, au Nigeria, au Mali et au Maghreb, rendant l'action de Julie encore plus périlleuse. Elle n'était pas repartie depuis trois ans, par souci de s'occuper de Fatou, et elle déléguait l'essentiel de ces missions à Bouba qui s'en acquittait avec efficacité. Mais trop de problèmes avaient surgi à Bamako, et elle décida de s'y rendre, jetant de nouveau ses parents dans l'angoisse, au printemps 2013. Elle partit le 29 mai, le jour même où était célébré à

Montpellier le premier mariage de deux personnes du même sexe.

– Après tout, pourquoi pas ? lança Mathilde à Antoine en haussant les épaules, alors qu'il s'en étonnait benoîtement.

– Cela ne fait guère que remettre en cause des coutumes qui datent de plusieurs milliers d'années, observa-t-il du bout des lèvres.

– Et alors ? L'humanité est en perpétuelle mutation. C'est probablement ce qui a fait sa force. Tu ne crois pas ?

Il ne répondit pas car cette affirmation lui semblait bien anodine à côté du départ de sa fille pour le Mali et de la crainte qui en résultait. Il sentait confusément qu'ils étaient entrés dans une autre époque, faite de violence aveugle, de changements de mœurs radicaux, et le monde lui paraissait parfois être devenu un bateau ivre, une idée que Mathilde balayait d'un revers de main en répondant :

– Il a toujours été ivre, le monde, alors tu sais, un peu plus ou un peu moins !

Ce détachement apparent, mais qui dissimulait la même angoisse que la sienne, lui faisait toutefois du bien : il feignait de rendre une dimension acceptable à une évolution trop rapide pour une génération comme la leur. Pas question de l'avouer, pourtant : leurs enfants se chargeaient de réduire à néant en quelques mots la moindre observation négative sur le modernisme d'un monde dans lequel ils se sentaient parfaitement à l'aise. Pour ne pas apparaître dépassés, il fallait accorder leurs pas aux mœurs contemporaines, sous peine d'être disqualifiés irrémédiablement.

Julie revint saine et sauve trois semaines plus tard, et Antoine décida de se rendre au Verdier où, là-bas, le temps s'arrêtait au lieu de s'emballer. C'était chaque fois une halte qui l'aidait à respirer moins vite, à faire la part des choses, à prendre de la distance par rapport à des événements qui lui paraissaient souvent contraires à la raison. Les prés et les champs de son enfance l'ancraient dans l'autre monde, celui qui lui parlait d'une ancienne sagesse, de la patience à attendre les saisons, d'une vie où ne pesaient pas d'autres menaces que les caprices de la nature.

Adrien avait lui aussi acquis cette patience et montrait à présent une calme résolution qui apaisait Antoine. Il avait décidé de se lancer dans l'élevage extensif et l'accroissement des prairies qui, selon de récentes études, captaient efficacement le CO2. Ainsi il réduisait le bilan carbone, les rejets dans le milieu, et donc les émissions de gaz à effet de serre. Il expliqua à Antoine qu'il s'agissait d'augmenter la période des pâturages en créant, précisément, des pâturages tournants, et donc les surfaces en prairies, tout en assurant un temps de repos favorable à la repousse de l'herbe. De cette manière il diminuait la quantité et donc le coût des concentrés alimentaires, des engrais, et les frais de la mécanisation pour la production fourragère. Tout cela dans la perspective d'une réduction de 50 % des gaz à effet de serre d'ici l'an 2050.

– C'est ce que l'on appelle l'agroécologie, précisa-t-il. Les prairies et les haies permettent de stocker le carbone. Elles sont elles-mêmes source de biodiversité et elles favorisent le bien-être de l'animal qui vit en liberté au lieu de rester à l'étable. Qu'en penses-tu, Antoine ?

– Je pense que tu es dans le vrai, et je t'avoue que tout ce que tu m'expliques me réconforte.

– J'essaye de penser à Hugo qui prendra ma suite un jour, et je ne voudrais pas qu'il souffre autant qu'a souffert mon père – et moi aussi, au début, quand les banques me menaçaient et que je ne savais quelle résolution prendre.

– Je suis sûr que tu es sur la bonne voie.

– D'autant que les crises du prix du lait me laissaient dans une incertitude qui n'était pas supportable. Il fallait trancher, et c'est ce que j'ai fait.

Antoine rentra à Puyloubiers, rassuré par ces conversations qui lui faisaient seulement regretter que François ne fût plus là pour voir ce que son fils entreprenait. Rassuré également d'avoir constaté que le Verdier demeurait à l'écart des grandes mutations du pays, dont on ne savait où elles allaient conduire le monde. Tout allait si vite ! Personne ne pouvait contrôler cette évolution permanente qui inventait chaque jour quelque chose dans le domaine social aussi bien que dans le domaine technologique : le nombre d'internautes ne cessait de croître, YouTube était le média qui connaissait la plus forte croissance, Netflix avait surgi dans le paysage audiovisuel, les réseaux sociaux, boostés par Facebook, devenaient incontournables, les imprimantes 3D avaient fait leur apparition, et Mathilde essayait tant bien que mal de suivre le mouvement, tout en initiant Antoine à ces pratiques dont il ne percevait pas l'utilité.

– Pense à tes petits-enfants, lui disait-elle. Si tu ne fais pas cet effort, tu ne pourras bientôt plus communiquer avec eux, et ce serait dommage.

Il n'en croyait pas un mot, surtout quand Fatou dardait sur lui ses grands yeux pour lui demander, toujours avec la même gravité :

– À quoi penses-tu, Antoine ?

– À toi.

– Ce n'est pas vrai.

– Et comment le sais-tu ?

– Je le vois dans tes yeux.

Elle l'écoutait lui répondre d'une oreille attentive, hochait la tête ou tournait les talons pour aller réfléchir dans une chambre avant de revenir et de demander :

– C'est mieux d'être catholique ou d'être musulman ?

– C'est à toi de choisir.

– Je ne veux déplaire ni à Bouba ni à Julie.

– Mais tu es Fatou, et tu as le droit de choisir.

– Merci, Antoine.

Elle repartait, digne et fière, et affrontait Théo dans des jeux vidéo interminables que, malgré l'aide de Mathilde, Antoine avait beaucoup de mal à interrompre.

Très pris par ces « gardes rappochées », ils ne purent

envisager d'autre voyage, malgré leur souhait de plus en plus affirmé, qu'à l'automne de l'année 2014 : ce fut la Grèce où Antoine chercha les traces d'Ulysse, d'Hercule et d'Homère sous un ciel de porcelaine et dans des ruines à la poussière de marbre. Une des plus anciennes civilisations dont la sagesse paraissait survivre encore, en une époque si différente, plus de deux mille ans plus tard. Une paix de premier jour du monde, un calme étonnant, et, pour Antoine et Mathilde, un peu de sérénité retrouvée, enfin, après les années agitées d'un Occident en proie à ses folles mutations.

Car la folie, en effet, n'était pas loin. Après un Noël heureux en présence de tous leurs enfants et petits-enfants, le mois de janvier 2015 s'embrasa soudain – le 7 exactement – avec les attentats de Charlie Hebdo et l'assassinat de ses journalistes dont Antoine connaissait l'un d'eux, Bernard Maris, qu'il avait rencontré à Toulouse dont il était originaire. Le choc, pour Antoine, qui ne pensait pas le terrorisme si proche, si menaçant, si terrible. Un ébranlement, même, qui le laissa sans forces, KO debout, et incapable d'assister aux manifestations antiterroristes qui furent organisées à Paris. Il se sentait davantage « Charlie » en pensant à son ami assassiné qu'en allant marcher sur les boulevards où l'impuissance de cette foule pourtant sincère l'accablait.

– Tu le connaissais donc si bien que ça ? lui demanda Mathilde.

– Nous avions sympathisé place du Capitole, et je l'avais revu deux fois à Paris. On avait même déjeuné ensemble dans une brasserie du boulevard du Montparnasse.

Cette proximité avec le sang et l'horreur en annonçait une autre, hélas, qu'ils n'auraient jamais crue possible : la première femme de Fabrice, Estelle, la mère de Louise et de Théo, était présente avec son nouveau compagnon dans la salle du Bataclan le 13 novembre qui suivit. Ni l'un ni l'autre n'en réchappa. Louise avait quinze ans, Théo treize, et leur mère venait de disparaître de la manière la plus cruelle qui fût. Ils en perdirent la parole pendant quelque temps, si bien que Mathilde et Antoine durent faire face, avec Fabrice, leur père, à un chagrin et une révolte inconsolables. Dès lors, Antoine oublia sa propre angoisse pour se consacrer, avec Mathilde, à leur réconfort. Ce ne fut pas chose facile. En pleine adolescence, Louise leur échappa un peu, et ils craignirent pour sa santé mentale. Mathilde découvrit qu'elle s'était mise à fumer, et pas seulement du tabac. Mis au courant, Fabrice refusa de s'alarmer :

– Quels sont les adolescents qui, aujourd'hui, ne fument pas de l'herbe ? lui dit-il. Il n'y a pas de quoi s'inquiéter.

– Elle ne va pas bien du tout. Je ne suis pas sûre qu'elle ne fume que de l'herbe.

– Séverine veille sur elle. Ne vous en faites pas.

Théo, lui, ne parlait plus. Il paraissait froid, hostile, incapable de renouer avec ses grands-parents un lien qui, pourtant, leur avait toujours paru inaltérable. C'était comme s'ils portaient une responsabilité dans la disparition de sa mère. Il se mit à fuguer et Fabrice, désemparé, fit appel à Mathilde et Antoine pour le réconcilier avec une existence que Théo refusait, désormais, et qu'il chercha, un soir, à fuir définitivement dans un coma éthylique. Antoine et Mathilde allèrent le chercher aux urgences et ils durent s'engager à ce qu'il voie un psychologue, pour pouvoir le ramener chez eux. Fabrice, alors complètement dépassé, s'en remit à eux.

Il était bien difficile de trouver les mots pour ces deux adolescents blessés à un âge où les interrogations spirituelles et corporelles creusent parfois des failles douloureuses. Mathilde et Antoine les cherchaient, ces mots, et ce n'étaient souvent pas les mêmes mais ils parvenaient à peu près aux mêmes conclusions : la violence et le terrorisme avaient toujours existé dans le monde, mais le monde était toujours là, et les hommes avaient toujours trouvé les solutions pour survivre dans les meilleures conditions possibles.

– Apparemment pas aujourd'hui, objectait Théo.

– Un peu de patience, suggérait Mathilde. Tout arrive à son heure.

– Même les attentats ! répliquait Théo.

Antoine alors intervenait en suggérant que la raison et le courage venaient à bout de tous les problèmes, puis, devant le regard accablé de Théo, il se taisait. Car comment justifier l'injustifiable, la violence gratuite et la mort d'innocents ? Pas plus que leurs parents, les adolescents ne peuvent admettre l'injustice, surtout lorsqu'elle frappe mortellement un de leurs proches. L'impuissance de Mathilde et d'Antoine devant l'indéfendable les rendait malheureux mais ils ne renonçaient pas. Ils n'en avaient pas le droit. Ne sachant plus à quoi se résoudre, ils proposèrent à Louise et à Théo de les emmener en voyage dans le pays de leur choix, mais ils refusèrent. Rien ne semblait pouvoir panser une plaie qui demeurait ouverte, infiniment douloureuse. Ils se rabattirent alors sur les seules armes dont ils disposaient : le silence, la douceur et l'affection.

Ainsi se termina cette année funeste, dont tous savaient qu'elle ne s'effacerait jamais de leur mémoire.

54

LE COMBAT pour ramener ces deux enfants à la vie fut interminable. Mathilde se consacra surtout à Louise et Antoine à Théo. Le psychologue leur suggéra qu'une des solutions consistait peut-être à détourner leur attention vers des projets qui leur tenaient à cœur ou du moins à les encourager dans des passions susceptibles de leur faire en partie oublier le drame qu'ils avaient vécu.

Louise envisageait de passer le concours d'entrée à l'École de la magistrature – peut-être était-ce une réaction de combat contre le terrorisme –, et Théo rêvait de marcher sur les traces de son père en devenant ingénieur dans le domaine des nouvelles sources d'énergie. Une réaction aussi, sans doute, pour lutter contre le réchauffement climatique dont les images implacables hantaient les postes de télévision. Des métiers de refus et de défense, en quelque sorte, contre une adversité redoutable.

Ce chemin les conduisit vers des rivages moins hostiles, plus féconds, plus rassurants pour eux. Si bien que Louise et Théo allaient mieux quand le terrorisme frappa de nouveau le 14 juillet 2016, sur la promenade des Anglais à Nice. Ce rappel de leur douleur faillit jeter à bas tous les efforts de Mathilde et d'Antoine, et surtout les leurs, pour émerger du gouffre dans lequel ils étaient brutalement renvoyés. Un combat quotidien reprit à leurs côtés, car Louise comme Théo leur avaient demandé d'habiter avec eux, rue Campagne-Première, leur père se trouvant de plus en plus souvent à l'étranger sur des chantiers pharaoniques qui nécessitaient sa présence. Antoine et Mathilde avaient accepté, car l'appartement était assez grand et il n'était pas question de les laisser seuls dans l'épreuve. Fatou aussi venait souvent, et sa gaîté, sa vivacité, les distrayaient, les faisaient rire. Elle voulait devenir infirmière et disait :

– Je te soignerai, Antoine, et tu ne mourras jamais.

– Je n'en suis pas très sûr.

– Tu crois que je ne serai pas capable de te soigner ?

– Si. Mais ne doit-on pas tous mourir un jour ?

Elle le dévisageait avec sa gravité coutumière, décidait :

– Pas toi.

– Merci, Fatou. Tu es gentille.

Malgré ces moments bénis, ils retrouvaient les affres d'avoir à veiller sur leurs petits-enfants comme ils avaient veillé sur leurs enfants, et les voyages qu'ils envisageaient se firent rares et peu lointains car ils ne voulaient pas s'éloigner trop longtemps : les Canaries, le Portugal, et surtout l'Irlande qu'adorait Antoine pour sa rudesse sauvage. Il put cependant faire des brefs séjours au Verdier où Théo lui demanda de l'emmener, au mois d'août, à sa grande satisfaction. Antoine lui fit alors découvrir tout ce que Théo ignorait de la vie qu'il avait menée enfant, mais celle aussi de ses arrière-grands-parents : Léon et Marie. À cette occasion-là, Adrien leur apprit qu'il allait se lancer dans la méthanisation, c'est-à-dire la transformation des résidus agricoles en biogaz par fermentation des matières organiques. Il allait autoriser sur ses terres l'installation d'une petite unité de production qui ne dénaturerait pas le paysage. Théo se montra très intéressé par cette innovation que, pour sa part, Antoine eut du mal à cerner.

– Il y a eu des nuisances olfactives pour l'environnement, leur expliqua Adrien, mais elles ont été résolues. Outre le biogaz, on en tire aussi du digestat que l'on peut utiliser comme du fertilisant. C'est le cercle vertueux du recyclage et la possibilité d'obtenir de nouveaux revenus.

La conversation dura longtemps entre Adrien, Théo, et Hugo qui participait de près aux innovations de son père. De retour à Paris, Théo demanda à Antoine de lui donner des nouvelles de l'avancement des travaux, ce qu'il fit avec plaisir, heureux de constater que la vie du Verdier intéressait au plus haut point l'un de ses petits-enfants.

Et le temps se mit à passer sans que Mathilde et Antoine puissent s'arrêter aux événements qui jalonnaient la course du monde, que ce soit la disparition de Johnny Hallyday, la victoire de l'équipe de France de football à la Coupe du monde en Russie, ou le discours virulent de la jeune Greta Thunberg devant l'ONU. Avant même qu'ils ne l'aient réalisé, grâce à la force de toute jeunesse, Louise avait intégré l'École de la magistrature du IVe arrondissement de Paris, Théo une classe préparatoire au concours de Centrale Supélec, et Fatou une école d'infirmiers. Antoine avait eu soixante-dix ans en 2017 et Mathilde l'année d'après. Ni elle ni lui ne se sentaient vieux, la présence de leurs petits-enfants les ayant préservés des renoncements de l'âge.

Mais cette disposition d'esprit ne dispensait pas Antoine, grâce à l'écriture et au retour mental qu'elle impliquait vers les années passées, de mesurer à quel point la vie avait changé en trois générations. Il était parti d'une ferme très pauvre du centre de la France à onze ans pour aller étudier au lycée d'une petite ville, puis il avait gagné les grandes agglomérations : Toulouse et Paris, où étaient nés ses enfants et ses petits-enfants devenus citoyens du monde. Jamais, au cours de l'Histoire, les familles françaises n'avaient autant évolué en soixante ans. La plupart étaient passées de la basse paysannerie à l'université et à la réussite matérielle qu'elle autorisait.

Pas toutes, certes : certaines n'avaient pas eu cette chance ou les facultés nécessaires aux études. Mais près des deux tiers de la population rurale avaient migré vers les grandes métropoles et quitté la terre qui les avait vus naître. Fallait-il s'en réjouir ou s'en désoler ? Les conditions d'existence dans les grands centres urbains étaient devenues difficiles : les hommes y retrouvaient parfois des réflexes animaux de survie, et la violence d'un terrorisme aveugle les mettait en péril. Les campagnes souffraient au contraire d'une désertification implacable et d'un abandon qui pouvaient aussi être mortels.

Alors, qui avait eu raison ? Beaucoup, contrairement à Antoine, n'avaient pas choisi de partir : ils s'étaient dirigés tout simplement vers les lieux où se trouvait le travail et donc, espéraient-ils, de meilleures conditions d'existence. En établissant ce constat, Antoine songeait que ce ne sont pas la morale et les idées qui gouvernent le monde, mais seulement des lois économiques que personne ne maîtrise, pas même ceux qui les mettent en œuvre. Et toutes les sociétés obéissent à ces lois, emportées qu'elles sont par des vents impossibles à combattre. Tout cela débouche sur le progrès matériel, certes, mais qu'en est-il de la vraie vie, celle qui relie les vivants au monde qu'ils ont mis en péril ? Nul ne sait où cette évolution parfois folle conduira l'humanité.

Or il fallait aujourd'hui s'inquiéter d'un virus qui serait né en Chine et menacerait le monde entier.

– Souviens-toi du H1N1, disait Mathilde à Antoine. On en a fait toute une histoire et il ne s'est rien passé.

Son optimisme naturel n'avait pas changé : il demeurait le même, malgré les vicissitudes de la vie. Elle se trouvait toujours là, près d'Antoine, solide et souriante. Ils avaient franchi tous les obstacles qui s'étaient dressés devant eux, et cela n'avait pas toujours été facile. Mais la vie avait-elle été facile pour les anciens de la famille Bastide : celle de Léon et de Marie, de François et de Viviane ; celle, aujourd'hui, d'Adrien et de Cécile, là-bas, dans la ferme du Verdier ? Une ferme où Fabrice, Julie et leurs enfants ne reviendraient sans doute jamais. Qui savait ce que leur réservait le siècle qui venait de débuter dans les drames du terrorisme, la violence urbaine et le bouleversement des valeurs ? Personne. Il fallait simplement s'efforcer de croire à ce que Mathilde répétait à Louise, à Théo, à Fatou et même, déjà, à Gabriel : à savoir que le meilleur de la vie est toujours à venir.

DU MÊME AUTEUR

Aux Éditions Albin Michel

LES VIGNES DE SAINTE-COLOMBE :
1. Les Vignes de Sainte-Colombe (Grand Prix des lecteurs du Livre de Poche), 1996, 2021.
2. La Lumière des collines (Prix des Maisons de la Presse), 1997, 2022.

BONHEUR D'ENFANCE, 1996.

LA PROMESSE DES SOURCES, 1998, adapté à la télévision par Charles Némès sous le titre « La Clef des champs » en 1998.

BLEUS SONT LES ÉTÉS, 1998.

LES CHÊNES D'OR, 1999.

CE QUE VIVENT LES HOMMES :
1. Les Noëls blancs, 2000.
2. Les Printemps de ce monde, 2001.

UNE ANNÉE DE NEIGE, 2002.

CETTE VIE OU CELLE D'APRÈS, 2003.

LA GRANDE ÎLE, 2004.

LES VRAIS BONHEURS, 2005.

LES MESSIEURS DE GRANDVAL :
1. Les Messieurs de Grandval (Grand Prix de littérature populaire de la Société des gens de lettres), 2005.
2. Les Dames de la Ferrière, 2006.

UN MATIN SUR LA TERRE (Prix Claude-Farrère des écrivains combattants), 2007.

C'ÉTAIT NOS FAMILLES :
1. Ils rêvaient des dimanches, 2008.
2. Pourquoi le ciel est bleu, 2009.

UNE SI BELLE ÉCOLE (Prix Sivet de l'Académie française et prix Mémoires d'Oc), 2010.

AU CŒUR DES FORÊTS (Prix Maurice-Genevoix), 2011.

LES ENFANTS DES JUSTES (Prix Solidarité-Harmonies mutuelles), 2012, adapté à la télévision par Fabien Onteniente en 2022.

TOUT L'AMOUR DE NOS PÈRES, 2013.

UNE VIE DE LUMIÈRE ET DE VENT, 2014.

ENFANTS DE GARONNE :
1. Nos si beaux rêves de jeunesse, 2015.
2. Se souvenir des jours de fête, 2016.

DANS LA PAIX DES SAISONS, 2016.

LA VIE EN SON ROYAUME, 2017.

L'ÉTÉ DE NOS VINGT ANS, 2018.

MÊME LES ARBRES S'EN SOUVIENNENT, 2019.

SUR LA TERRE COMME AU CIEL, 2020.

LÀ OÙ VIVENT LES HOMMES, 2021.

L'ÉCOLE DES BEAUX JOURS, 2022.

Aux Éditions Robert Laffont

LES CAILLOUX BLEUS, 1984.

LES MENTHES SAUVAGES (Prix Eugène-Le-Roy), 1985.

LES CHEMINS D'ÉTOILES, 1987.

LES AMANDIERS FLEURISSAIENT ROUGE, 1988.

LA RIVIÈRE ESPÉRANCE, adapté à la télévision par Josée Dayan en 1995 :
1. La Rivière Espérance (Prix La Vie-Terre de France), 1990.
2. Le Royaume du fleuve (Prix littéraire du Rotary International), 1991.
3. L'Âme de la vallée, 1993.

L'ENFANT DES TERRES BLONDES, 1994, adapté à la télévision par Édouard Niermans, Ours d'or au festival de Berlin en 1997.

Aux Éditions Seghers

ANTONIN, PAYSAN DU CAUSSE, 1986.

MARIE DES BREBIS, 1986.

ADELINE EN PÉRIGORD, 1992.

Albums

LE LOT QUE J'AIME, éditions des Trois Épis, Brive, 1994.

DORDOGNE, VOIR COULER ENSEMBLE ET LES EAUX ET LES JOURS, éditions Robert Laffont, 1995.

UNE SI BELLE ÉCOLE, éditions Albin Michel, 2014.

Composition : IGS-CP
Impression : CPI Firmin-Didot en septembre 2023
Éditions Albin Michel
22, rue Huyghens, 75014 Paris
www.albin-michel.fr

ISBN broché : 978-2-226-45903-9
ISBN luxe : 978-2-226-18567-9
N° d'édition : 24350/01 – N° d'impression : 176151
Dépôt légal : octobre 2023
Imprimé en France